W0380014

BASTEI
LÜBBE
TASCHENBUCH

Primula Bond

GENTLEMEN'S CLUB

Erotischer Roman

Aus dem Englischen von
Sandra Green

BASTEI
LÜBBE
TASCHENBUCH

BASTEI LÜBBE TASCHENBUCH
Band 16 564

1. Auflage: Dezember 2010

Vollständige Taschenbuchausgabe

Bastei Lübbe Taschenbuch in der Bastei Lübbe GmbH & Co. KG

Deutsche Erstausgabe

Titel der englischen Originalausgabe: »Club Crème«
Published by Arrangement with Virgin Books LTD.,
London, England
Dieses Werk wurde vermittelt durch die
Literarische Agentur Thomas Schlück GmbH; 30827 Garbsen

Titelillustration: © shutterstock/cajoer/© shutterstock/ krivenko
Umschlaggestaltung: Kirstin Osenau
Satz: Urban SatzKonzept, Düsseldorf
Gesetzt aus der Palatino
Druck und Verarbeitung: Norhaven
Printed in Denmark
ISBN 978-3-404-16564-3

Erstes Kapitel

Kaugummi klebte an meinem Schuh. Bei jedem Schritt auf dem dreckigen Gehweg blieb der Schuh leicht hängen, als wollte der Fuß mich nicht hinbringen. Ich blieb stehen und lehnte mich an das Schaufenster eines bekannten Wäschegeschäfts. Eine kopflose Puppe stand da, eng geschnürt in ein scharlachfarbenes Korsett, und klopfte gegen die Scheibe, als wollte sie herauskommen. Ich kratzte verzweifelt die Sohle meiner ausgeliehenen unbequemen Schuhe an der scharfen Kante der Treppenstufe ab, um den Kaugummi loszuwerden, während ich überlegte, wie das Korsett aussah, wenn man es noch mit einem Hundehalsband, mit einem schwarzen Lederrock, mit nackten Beinen und irre hohen Absätzen trug.

Ich fing mir einen bösen Blick der dicken Frau im Geschäft ein. Sie hatte kirschrote Lippen und hochgezogene Augenbrauen, die stumm fragten, ob ich endlich hereinkäme, um etwas zu kaufen. Ich schüttelte den Kopf, wetzte die Sohle noch einige Male an der Kante ab, doch der Kaugummi klebte noch fest, als ich weiterging.

Ich hatte keine Zeit, mich noch intensiver mit dem klebrigen Zeug zu beschäftigen. Ich war spät dran wie üblich, und dann erwies sich das Büro als unauffindbar. Wütend zerknüllte ich die Zeitungsanzeige in meiner Tasche und hinkte ungleichmäßig durch Mayfair. Ich hatte vergessen, wie vornehm und ruhig diese Gegend war, verglichen mit der stressigen City, wo man nur gehetzt leben konnte, um nur ja keinen Termin zu verpassen. Trotz des schlechten Wetters brach in meinen Achselhöhlen der Schweiß aus, als ich mir die Türeingänge besah. Einige von ihnen hatten gar keine Nummer.

Fast alles von mir wollte sich umdrehen und flüchten. Ich wollte keinen beschissenen Job, weder hier noch sonst wo. Ich wollte das Leben von Riley fortführen, am liebsten unter ständig blauem Himmel. Wer immer Riley war, ich wollte ihn kennen lernen; ich wollte, dass er mich aus diesem Schlamassel herausholte. Ich wollte vergessen, dass ich kein Geld mehr hatte, nichts zum Anziehen und kein richtiges Arbeitsvisum. Ich konnte nirgendwo hingehen – höchstens nach Hause.

Ich hastete gerade bei einem Makler vorbei, mit großen Hochglanzfotos von prächtigen Villen im Schaufenster, als der Name, den ich suchte, wie der Fangarm eines Kraken nach mir zu greifen schien.

Gentlemen's Club stand da in schlichten schwarzen Buchstaben auf einem Holzschild, das an ein kleines Tor genagelt worden war. Abgesehen vom Namen hätte sich hinter dem Tor auch ein Bestattungsunternehmen verstecken können. Wenn ich geblinzelt hätte, wäre ich am Tor vorbeigegangen.

Ich blieb stehen, und der lästige Schuh flog weiter. Kein Wunder. Chrissie war ein paar Zentimeter kleiner als ich, und dünner war sie auch. Ihre Schuhe und eine Nadelstreifenhose, die ich mir ebenfalls von ihr ausgeliehen hatte, waren viel zu klein für mich. Mit achtundzwanzig war ich viel zu jung, um wie eine Matrone in die Breite zu gehen.

Verdammt, ich hatte mich immer für gut in Form gehalten, aber seit ich mich in diese Sachen gezwängt hatte, fühlten sich meine Rippen und Zehen eingeengt, gequetscht und gestaucht, als wäre ich ein paar Runden mit Mike Tyson gegangen. Aber ich konnte doch meine Freizeitklamotten nicht zu einem Bewerbungsgespräch anziehen, oder? Und ich brauchte diesen Job. Jeden Job.

Ich drückte gegen das Tor, und es schwang quietschend auf, als stammte es aus einem Horrorfilm. Ich ging einen schmalen Weg entlang; es tropfte von den Wänden, und entfernt klangen einige Echos, dann sah ich eine schwere Doppeltür vor mir. Gentlemen's Club stand auf der Tür. Ich wollte sie aufdrücken, aber sie war verschlossen. Da war eine Klingel, aber kein Name. Ich drückte auf den Klingelknopf und wartete. Ich drückte noch einmal und nahm die zerknüllte Anzeige aus der Tasche. Zum x-ten Mal las ich den geheimnisvollen Text:

Vielseitige, energische Person gesucht für unterschiedliche Aufgaben

Privater Gentlemen's Club.

Teufel, das hörte sich doch so an, als warteten sie auf mich.

Zweites Kapitel

»Woher willst du wissen, dass du das kannst?«

Chrissie hatte schon gestern Abend geschnauft, als ich ihr die offenen Stellen vorgelesen hatte, zusammen mit den Anzeigen für Billigflüge in die ganze Welt, wofür ich sparen wollte. »Das hört sich wie ein Altersheim an.«

»Entweder das oder ein Massagesalon.« Im nächsten Moment bereute ich, es ihr überhaupt erzählt zu haben.

»Kann sein. Schließlich ist es in der Nähe von Shepherd Market, und dort trieben sich früher die Huren herum. Vielleicht auch heute noch. Aber der Name Gentlemen's Club kann auch auf einen Kochclub für Herren schließen lassen. Dabei kannst du gar nicht kochen, Suki. Du kannst auch nicht tippen, und du bist fast aus jedem Job geflogen. Im vergangenen Jahr hast du auf der faulen Haut gelegen und dich von irgendeinem reichen Prinzen …«

Er war nicht wirklich ein Prinz, aber wir haben ihn alle so genannt, weil er aussah wie einer und sich auch wie einer benommen hat. »Und ich habe nicht auf der faulen Haut gelegen. Ich habe geholfen, seine Pferde zu trainieren.«

»Ja, und ich bin die Königin von Saba.« Chrissies Zunge war gefürchtet. »Ich schätze, für dich war das ein Karrieresprung, nachdem du in Rio de Janeiro als Model für Turnschuhe engagiert worden bist.«

»Und für Badeanzüge!«, protestierte ich. »Sie haben nicht nur meine Füße fotografiert, aber ich wollte nicht, dass sie mein Gesicht aufnahmen.«

»Warum nicht? Es ist gar nicht so schlecht, dein Gesicht, wenn du es richtig schrubbst. Ehrlich, Mädchen. Aber der einzige Job, aus dem du nicht geflogen bist, war bei Lord Wieheißternoch? Bei ihm hast du die Ställe ausgemistet.«

»Es gab einen guten Grund, warum er mich nicht rausgeworfen hat«, sagte ich und schüttelte mich bei der Erinnerung.

»Wieso? Hast du mit deinem Boss gepennt? Also wirklich, Suki ...«

»Sie haben mich gebeten zu bleiben. Ich war das Beste, was ihnen je passiert ist, und das kannst du nehmen, wie du willst«, sagte ich triumphierend. »Wenn meine Liste der vielseitigen Leistungen, die ich bisher erbracht habe, nicht überzeugt, verstehe ich die Welt nicht mehr.«

»Du nennst deine Leistungen vielseitig. Ich nenne sie unzuverlässig.«

Wir saßen uns bei einem Glas Wein gegenüber, und zwar auf der Dachterrasse, obwohl es ein kühler Herbstabend war. Ein Flugzeug erhob sich schwer in den Londoner Abendhimmel, und wie immer verrenkte ich mir den Hals, um mir vorzustellen, wohin es flog, wer an Bord war, wie heiß es an seinem Ziel sein würde.

»Wie wäre es, wenn ich Stewardess würde? Oder Flugbegleiterin, wie man das heute nennt. Das ist etwas, was ich noch nie versucht habe.« Ich nahm einen Schluck Wein und schlenderte über die Terrasse. Eine U-Bahn donnerte aus der Earls Court Station und erschütterte das ganze Haus.

»Du siehst nicht so aus«, sagte Chrissie und legte den Kopf schief, als wollte sie ihre Behauptung einer Überprüfung unterziehen. »Ich muss zwar zugeben, dass ich deine natürliche Haarfarbe vergessen habe ...«

»Mausgrau nennt man sie, glaube ich.«

»Aber deine Haare waren noch nie so rot und noch nie so

lang. Unter den Schiffchen, die Flugbegleiterinnen tragen, lässt sich nichts verstecken. In dem zerknautschten T-Shirt und der zerrissenen Jeans siehst du eher wie eine Zwiebelverkäuferin aus. Aber hier bist du nicht mehr auf dem Kontinent.«

»Oh, Mann, ich wünschte, ich wäre da, Chrissie. Oder ich wünschte mir, ich wäre den Fernweh-Virus los.« Ich seufzte und atmete den Smog der Stadt ein. Ich zeigte mit dem Finger auf Chrissie. »Du hättest mich da besuchen sollen. Warum hast du das nicht getan?«

Chrissie schürzte die Lippen, und ich hätte ihr am liebsten einen Tritt versetzt. Wenn ich wie eine Zwiebelverkäuferin aussah, dann ähnelte sie einer Dresdner Schäferin, die kurzen Beine übereinandergeschlagen, die blonden Locken auf dem kleinen Kopf verteilt, die perfekt lackierten Fingernägel um den Stiel des Weinglases gelegt – ja, sie wäre die ideale Flugbegleiterin.

Aber der Job in der Parfumindustrie schien zu ihr zu passen. Sie liebte es, ihr natürliches, niedliches Gesicht mit einer dicken rosa Schicht auszustatten, die ihre blauen Augen mit dem glitzernden Schatten betonte, bis sie unschuldig aussah, ihre scharfen Zähne versteckt waren und die freche Zunge hinter dem perfekt aufgetragenen feuchten Lippenstift verschwand.

Am meisten aber liebte sie ihre Uniform, die das große Kaufhaus ihr zur Verfügung stellte. Sie musste sie tragen, wann immer sie über den glatten Marmorboden ihres Verkaufsbereichs schritt.

»Du weißt warum«, antwortete sie schließlich. »Ich habe zu viel zu tun. Ich muss an meine Karriere denken, und ich muss meinen neuen sexy Verlobten im Auge behalten. Und darüber hinaus hast du dich in verdammt zwielichtigen Kreisen herumgetrieben. Der viele Champagner und dann diese Pool Partys ... nein, ich hätte dich unmöglich besuchen können, selbst wenn ich gewusst hätte, wo du dich gerade aufhältst. Ich war nämlich auch besorgt um dich ...«

»Du warst besorgt, du könntest deinen Spaß an diesem Leben finden? Du bist nur eifersüchtig, dass ich die ganze Zeit von Männern ausgehalten werde. Komm schon, Chrissie, zieh den Stock aus deinem Arsch und entspanne dich. Und du brauchst auch nicht mehr so auszusehen, als wäre ich etwas, in das man nicht gerne tritt. Ich kenne dich schon lange, noch bevor du deine Unschuld verloren hast. Ich war sogar dabei, als du entjungfert worden bist, fällt mir gerade ein. Sammy Smithson und sein Bruder. Es war hinter dem Odeon, erinnerst du dich? Oje, jetzt kann ich mich wieder genau daran erinnern. Wir hatten uns *Achteinhalb Wochen* angesehen, und du warst heiß. Jeder Typ hätte es dir besorgen können. Aber die Smithson Brüder waren eben zur rechten Zeit am rechten Platz, nämlich bei dir.«

»Ich kann mich nur vage erinnern«, schniefte sie.

Ich lachte mich halbtot. »Es war besser als alles, was sie an diesem Tag auf der Leinwand zeigten«, beharrte ich, amüsiert über ihr Unbehagen. »Du warst so scharf. Dein PVC-Minirock hing hoch in deiner Taille, und dann hast du dich um Sammy Smithson geschlungen, als wäre er ein Laternenpfahl.«

»Nun, er war groß und stark wie ein Laternenpfahl«, meinte Chrissie anmerken zu müssen. Sie zupfte an ihrem engen Rock. »Und er war bestückt wie ein Esel.«

»Sein Bruder und ich sollten Schmiere stehen, und ich konnte es nicht glauben, als ich Tommy Smithson sah, wie er zu euch ging. Er gab einfach seinen Posten auf, machte sich an dich von hinten heran und nahm dich. Danach warst du als Smithson Sandwich bekannt.«

»Niemals!«

»Ich sah lange schlanke Beine und Arme, die durch die Luft flogen wie Windmühlenflügel, bis ihr alle in die Mülleimer gekracht seid. Der Manager des Kinos stürmte heraus, weil er wissen wollte, wer oder was den Lärm verursacht hatte.«

»Wie Windmühlenflügel, das ist aber nicht nett«, klagte Chrissie, verzweifelt um eine ernste Miene bemüht. »Aber das ist typisch. Du machst dich lustig über Sex und Romantik. Ich aber glaube, dass du süchtig danach bist. Ich habe schöne Erinnerungen an die Begegnung mit den Smithsons. Du weißt schon, die Potenz der Teenager und die freche Art der Jugendlichen. Leider kann ich von Jeremy heute nicht mehr so viel erwarten. Er ist immer zu müde. Ja, diese Smithsons, die waren wie Tiere. Sie wollten gar nicht mehr aufhören. Ich wollte auch nicht, dass sie aufhörten. Sie hoben mich vom Boden auf, als wäre ich eine Puppe. Alles geriet in den Hintergrund, nur nicht das, was sie mit mir anstellten. Ich konnte mich nur auf die kleine Knospe konzentrieren ... Himmel, ich wurde zu der Knospe.«

Chrissies Augen leuchteten unter dem glitzernden Lidschatten. »Was für ein Erlebnis! Ich war völlig hilflos bei den Smithson Brüdern. Ich konnte mich nur zwischen ihnen hin und her schieben lassen, während sie mit ihren Stößen das Feuer in mir entfachten.«

»Ich erinnere mich. Himmel, jetzt bereue ich, die Sprache darauf gebracht zu haben.«

»Die Brüder grunzten in meine Ohren. Ich mochte ihre derbe Art, ihr geiles Reden. Und dann kamen wir alle zusammen. Wow, das war wirklich mein erstes Mal!«

»Genug«, knurrte ich. »Ich hätte mit dem Thema nicht anfangen sollen«, sagte ich und hielt mir die Ohren zu. »Es mag ja ein sensationelles Erlebnis für dich gewesen sein, aber es war auch sehr akrobatisch. Ich wusste gar nicht, dass ein

Mädchen so viele Öffnungen hat, die man dafür benutzen kann.«

Chrissie rutschte auf ihrem Stuhl herum und errötete.

»Chrissie, es würde dir gefallen, im Ausland zu leben. Der Lifestyle dort ist genauso, wie du ihn liebst.« Ich gab meine Versuche nicht auf. »Was würden deine Kaufhausbosse sagen, wenn sie wüssten, dass du ein bisschen auf harten Sachen stehst? Ihnen würden die Monokel aus den Augen fallen, wenn sie wüssten, was du angestellt hast, während du eigentlich im College sein solltest.«

Chrissie schüttelte sich leicht. Aber ein Lächeln umspielte ihre Lippen.

»Sie würden mir vielleicht gratulieren, weil ich mich so verdammt geschäftstüchtig erwiesen habe. Dabei war ich erst zwanzig.«

»Ja«, sagte ich grinsend. »Wieder schöne Begegnungen. Hast gut betuchte Männer ins Haus deiner Mutter eingeladen, wenn sie nicht da war, und den Typen den Himmel versprochen für Gutscheine. Geld hast du nie genommen, deshalb kann ich dich nicht Schlampe nennen.«

»Und sie haben sich auch nie als Freier gefühlt. Ich habe den Kleiderschrank voller Klamotten gehabt, habe Urlaube machen und mir sogar ein Auto gönnen können. Und einmal habe ich auf diese Weise auch einen Job bekommen, nein, sogar zwei. Das hat mir die Welt gezeigt.« Chrissie streckte die Beine aus. »Auf mehr Arten, als man glaubt.«

»Das lässt du deinen Jeremy besser nicht hören«, sagte ich. Sie bedachte mich mit einem giftigen Blick.

»Ich weiß nicht, wovon du sprichst«, fuhr sie mich an, ließ die Füße wieder sinken und schenkte sich noch ein Glas Wein ein. »Wir sind ein respektables Paar, Jeremy und ich.«

»Natürlich seid ihr das«, besänftigte ich sie, aber dann hob ich die Schultern und neckte: »Obwohl ich den wunderbaren

Jeremy noch nicht kennen gelernt habe. Aber ich meinte was anderes: Mit deiner Vergangenheit kannst du mich nicht wegen meiner Rastlosigkeit kritisieren. Du warst damals viel verwegener als ich.«

»Vielleicht, aber das war damals. In diesem Alter dreht man gern durch. Aber ich bin nicht so abenteuerlustig wie du, Suki«, antwortete Chrissie nachdenklich. »Nein, wirklich nicht. Ich weiß, dass ich sicherer bin in meiner kleinen Welt, während du . . . also, du warst immer schon ein Wildfang, der nicht schnell genug die Flügel ausbreiten konnte.«

»Ja, und du warst ein Mädchen, hinter dem die Jungs her waren«, sagte ich. »Mich interessierten sie nicht. Ich war damit beschäftigt, den höchsten Baum zu finden, auf den ich klettern konnte.«

»Ich habe gedacht, dass du lesbisch bist,« Chrissie machte eine Pause, um mir eine Chance zum Dementi oder zum Bekenntnis zu geben. »Bist du?«

Ich versuchte, einen Moment ernst auszusehen, und überlegte, sie anzuschmieren, aber das schaffte ich nicht. »Darüber habe ich auch mal nachgedacht«, gab ich zu, »aber das lag nur daran, dass ich keinen Jungen haben wollte. Ich konnte die Beine nicht wegen irgendeines Kerls spreizen. Im Gegensatz zu anderen Leuten, die mir bekannt sind.«

»Eh! Das hat nichts mit mir zu tun. Ich bin ganz anders. Aber wie ist es mit dir? Immer noch der Wildfang, der Jungs für blöde hält?«

Ich leerte mein Glas und schaute hinaus auf die Stadt. Wieder donnerte eine U-Bahn heran und vibrierte unter uns. Der Himmel war jetzt dunkelblau, aber durch den Smog drangen keine Sterne. Die hellen Positionslichter der Flugzeuge waren die einzigen hellen Funken, die durch die Wolken schienen.

»Nein, keine Sorge, inzwischen mag ich Jungs. Aber ich

glaube, ein bisschen bin ich doch der Wildfang geblieben. Weißt du, unter der heißen Sonne kann eine Menge passieren.«

»Aber es gibt keinen besonderen Mann in deinem Leben?«

»Nein. Es stellte sich heraus, dass der Prinz schon zu viele Frauen hatte.«

Wir lachten wieder.

»Wir müssen einen Mann für dich finden, da du jetzt wieder in der Stadt bist.« Chrissie richtete die Weinflasche auf mich, als wäre sie ein Mikrofon, mit dem sie mich interviewen wollte. »Aber wer? Und wo?«

Chrissies Telefon klingelte. Sie lief hinein, während ich über ihre Frage nachdachte. Wer und wo? Verglichen mit dem, woher ich gerade kam, wo alle Männer und Frauen den ganzen Tag am Strand lagen oder mit den Monoskiern die blauen Wellen teilten, wo alles gleißt, wo einem die Augen übergehen, war London in den paar Tagen, die ich dort verbracht hatte, voller blasser, uninteressanter und verängstigt aussehender Typen, die über die Gehwege hetzten und sich in ihren Anoraks versteckten.

»Tut mir leid«, sagte Chrissie und schlenderte zurück zur Terrassentür. »Der Anruf kam aus meiner Abteilung. Man wollte mich erinnern, dass eine große Konferenz vor mir liegt; die Parfumeinkäufer treffen sich und feiern Silvester in einem feinen Landhaus. Okay – wo waren wir?«

»Auf Männerjagd.«

»Ja«, sagte sie und betrachtete mich abschätzend, als sie noch in der Tür stand. Sie konnte bei meinem Anblick nicht verhindern, dass sich ihre Lippen geringschätzig zusammenpressten. »Ich frage mich, ob es helfen würde, wenn wir dich aus diesen Klamotten schälen. Und ob du deine freche, fast aggressiv-männliche Art, die du schon als Kind gehabt hast, einfach mal vergessen kannst.«

»Aber diese Art hat dazu geführt, dass ich alles, was ich wollte, aus dem Mittleren Osten herausgeholt habe.«

»Vielleicht, Mädchen. Aber in England ist Herbst. Erinnerst du dich an diese Jahreszeit? Sie ist nicht geeignet, Männer mitten auf dem Piccadilly mit einem gepunkteten Bikini um den Verstand zu bringen. Die Männer hier bei uns erwarten mehr, und weil du um diese Zeit mehr Kleider tragen musst, solltest du es auf andere Weise versuchen. Wickle eine Locke um deinen Finger, streichle über dein Bein, mach ihnen große und schöne Augen ...«

Ich hob eine Augenbraue, und sie spielte ihre Verführungstechniken durch. Stirnrunzelnd hörte sie auf.

»Komm schon, Suki. Du bist sehr feminin, wenn du willst. Du bist dahingeschmolzen und hast ganz verträumt geguckt, wenn ein meist älterer Mann es dir angetan hatte. Oder wenn du der Musik gelauscht hast. Oder ein neues Abenteuer geplant hast.« Sie setzte sich neben mich auf die Mauer. »Aber du hast dich immer zurückgehalten. Ich war es, die über Sex und Jungs gesprochen hat, du nicht.«

»Eines Tages werde ich dir erzählen, was da draußen alles abgelaufen ist.«

»Das hört sich so an, wie wir früher Muscheln geknackt haben.«

»Zurück in die Gegenwart. Du willst mir meine Klamotten abquatschen.«

»Jetzt wirst du auch noch frivol«, sagte sie lachend.

»Ich rede doch nur von ordentlichen Kleidern für das Bewerbungsgespräch morgen.«

»Ich muss schon sagen, als ich hörte, dass du aus Übersee zurückkehrst, habe ich erwartet, dass du mit Juwelen, feinen Kleidern und hauchdünner Wäsche herumläufst und nicht in Klamotten, die du schon bei deiner Abreise vor Jahren getragen hast«, sagte Chrissie.

Ich konnte ihre Enttäuschung heraushören, dass es keine weiteren Sex-Themen geben würde. Ich hatte keine Lust, ihr diesen Wunsch zu erfüllen. Ich hatte eine ziemlich wilde Szene hinter mich gebracht, mit einem besonders wilden Mann, und das nur, weil ich ruhelos geworden war, weil meine Füße juckten und weil ich kein Geld mehr hatte. Aber jetzt war ich zurück in London, und schon begann ich meine überhastete Entscheidung zu bereuen.

»Dieser Gentlemen's Club«, sagte ich seufzend und sah mir wieder die Stellenangebote an. »Ich muss mich da mal sehen lassen, nehme ich an. Ich werde mich bemühen.«

»Klar wirst du das. Du musst positiv denken.« Chrissie nahm einen Schluck Wein, verschluckte sich daran und kicherte wieder. »Glaubst du, dass du da einen Mann nach deinem Geschmack findest?«

»Das bezweifle ich. Da werde ich nur alte Käuze mit gezwirbelten Schnurrbärten und von Gicht befallen kennen lernen. Sie werden in ihren Ohrensesseln herumhängen und sich hinter dem *Telegraph* verstecken, sobald sie Port und Zigarren bestellt haben. Kann ich das ertragen? Ich glaube eher nicht. Aber ich muss Geld verdienen, Chrissie, damit ich bald wieder den Abflug machen kann. Hilfst du mir? Ich muss mir ein paar Klamotten von dir ausleihen.« Ich zupfte an meiner zerfransten Jeans. »Was hast du für mich, Chris?«

»Ich will zuerst den Salat schwenken«, sagte sie, sprang auf und ging ins Haus. Ich erinnerte mich, dass sie gut kochen konnte. »Du bleibst doch zum Essen?«

»Ich hab's zwar eilig, aber ja, gern. Ich werde Jeremy ein anderes Mal kennen lernen.« Mein Magen rumorte. Wie gut, dass Chrissie eine hervorragende Köchin war – ich lechzte nach einem ordentlichen Essen. Aber danach wollte ich eine Weile für mich sein. Ich war schrecklich desorientiert, und ihr flottes Selbstbewusstsein verstärkte das noch.

Es wurde dunkel, und ich folgte ihr ins Haus. Weinflasche und Gläser nahm ich mit.

»Immer so ruhelos«, klagte Chrissie, während sie Frühlingszwiebeln mit heftigen Bewegungen des Ellenbogens hackte und sie dann in eine komplizierte Marinade gab. Ich sah ihr an, dass sie sauer war. »Warum die Eile?«

Es gab keinen Grund. Ich wollte nur nicht dabei sein, wenn sie und ihr neuer Typ sich knutschten.

»Nichts Umwerfendes«, sagte ich wahrheitsgemäß. »Ich will mich nur an mein kuscheliges Bett gewöhnen und morgen ein langes Frühstück genießen, bevor ich die Bewerbungsgespräche habe. Und danach muss ich mich auf Wohnungssuche begeben.«

»Ich habe dir gesagt, dass du hier wohnen kannst. Ich bin sicher, dass Jeremy nichts dagegen hat.« Nach einer kurzen Pause fügte sie hinzu: »Er lernt gern neue Leute kennen.«

Ich umarmte sie und schüttelte den Kopf. »Führe mich zu deinem Kleiderschrank, dann bin ich weg.«

Es dauerte nicht lange. Allerdings gerieten wir in einen ernsten Streit, als sie mich zuerst in ein tomatenrotes Kleid pressen wollte, das wie ein Sack an mir hing, und dann in ein grünes Ensemble, das wie unsere alte Schuluniform aussah. Wir einigten uns schließlich widerwillig, aber dann klingelte es.

»Das ist Jeremy, der mich warnen will. Er sagt, dann könnte ich den Hausfreund noch schnell in einen Schrank einsperren.«

Chrissie tastete mit den Fingerspitzen über ihre perfekt sitzenden Locken. Die rote Farbe kroch ihren Hals hoch, während sie darauf wartete, dass er mit dem Aufzug nach oben kam. Ich schnappte mir den Rucksack und die Harvey Nichols Tasche, in der ich das geborgte Kostüm verstaut hatte. Chrissie hatte auch noch eine Seidenbluse, Nylonstrümpfe und Schuhe in die Tasche gelegt. Ich gab ihr einen Kuss auf die Wange.

»Ihr seid bestimmt noch wie die Turteltauben, und in ein oder zwei Tagen bin ich wieder bei dir.« Ich floh aus der Wohnung und nahm die Treppe hinunter zur Straße.

Drittes Kapitel

Ich drückte noch einmal auf die Klingel vom Gentlemen's Club und ließ dann meinen Finger ungeduldig auf der kleinen runden Scheibe. Ein Taxi rumpelte durch die Gasse und fuhr durch eine Pfütze. Das schmutzige Wasser spritzte hoch. Immer noch kam niemand, und ich drehte mich um und wollte gehen. Gewöhnlich probiere ich alles aus, aber Chrissies Bemerkungen über meine beruflichen Fähigkeiten nervten mich. Ich war nicht zurück nach London gekommen, um alten Männern Katheter zu setzen, ein raffiniertes Soufflé für sie zu zaubern oder in anrüchigen Gassen auf sie zu warten.

»Kann ich Ihnen helfen?«

Jemand drückte das Metalltor am Eingang der Gasse auf, wodurch ein ohrenbetäubendes Quietschen entstand. Stöckelschuhe klackten auf den dunklen Steinen. Ein paar trübe Regentropfen rannen die hohen Mauern hinunter, und einige trommelten auf meine Baskenmütze.

»Nein, können Sie nicht. Ich habe die falsche Klingel gedrückt«, murmelte ich und drückte mich gegen die feuchte Mauer, damit sie vorbeigehen konnte.

»Glauben Sie? Sie sind nicht wegen des Bewerbungsgespräches hier? Obwohl, wenn ich es so richtig bedenke, sind Sie nicht der Typ der üblichen Kandidatin. Könnten Sie mich anschauen, wenn ich mit Ihnen rede?«

Ich ruckte den Kopf herum wie ein schmollendes Schulmädchen. Vor mir stand eine sensationell aussehende Frau, von Kopf bis Fuß in etwas gekleidet, was wie ein Silberfuchspelz aussah. Sie gehörte nicht auf diesen feuchten, modrigen Weg beim Shepherd Market, sondern ins Savoy. Auf der anderen Seite musste ich wieder an das denken, was Chrissie gesagt hatte; so eine Frau würde am Shepherd Market das schnelle Pfund verdienen.

Sie war so groß wie ich, und ihre schwarzen Haare türmten sich auf ihrem Kopf. Ich hatte diese Frisur schon einige Male gesehen, sie war clever arrangiert, denn jeden Moment glaubte man, dass die Haare gleich wieder nach unten fielen. Sie trug starkes Augen-Make-up, umringt vom rußigen Schwarz, und die Lider glitzerten in der Dunkelheit der Gasse. Ihr großer Mund sah wie ein scharlachroter Schlitz aus.

»Doch«, sagte ich nach einem Moment, und ich hielt den Blick auf ihre Augen gerichtet, »ich bin wegen des Bewerbungsgesprächs hier.«

»Gut.«

Ein Teil ihres knallroten Munds zog sich hoch; das mochte ein Lächeln oder ein spöttisches Grinsen sein. Sie hielt meinen Blick und befingerte den Stoff des Revers meiner Jacke, als wollte sie den Staub abwischen. Dann strich sie über meine Brust und verharrte einen Augenblick mit der Hand im Handschuh.

»Ich sollte eine Miss ...« – ich überprüfte mein Gekritzel über der Zeitungsanzeige – »Miss Sugar treffen.«

Die Frau legte den Kopf in den Nacken und ließ ein kehliges Glucksen hören. Ich konnte die Sehnen am weißen Hals sehen, die Reihen der weißen Zähne und die sehr, sehr rote Zunge. Sie sah wie eine Flamencotänzerin aus, die dabei war, sich in die Arme eines Matadors zu werfen.

»Wir lieben es, Menschen mit so lächerlichen Namen einzustellen. Sie werden noch sehen, wie gut er zu ihr passt.« Sie bedachte mich mit einem letzten funkelnden Blick, dann schob sie eine Karte in den Türschlitz und öffnete die Tür. Ich folgte ihr und war darauf vorbereitet, meinen Atem anzuhalten, um den Geruch von Kohl und Plastik zu meiden.

Als ich dann drinnen war, konnte ich mir nicht vorstellen, dass so etwas wie Kohl jemals im Gentlemen's Club gekocht worden war. (Obwohl es genau in diesem Moment war, dass die Idee des ›Schulessens‹ geboren wurde, und später, viel später, hielt knackig frischer Kohl wieder Einzug auf die Speisenkarte des Clubs; leicht in Butter geschwenkt und mit schwarzem Pfeffer und einer Prise Muskatnuss veredelt ...)

Und statt auf gebrochene Linoleumstellen und auf schwitzendes Mahagoni sehen zu müssen, starrte ich in ein wunderschönes Atrium aus Marmor. Lichtstreifen strömten hinab von einer hellen Kuppel direkt über mir.

»Was sind das für herrliche Düfte?«, fragte ich laut und schnüffelte die würzige Luft ein. »Einmal Bienenwachs, und dann rieche ich auch noch Maiglöckchen.«

Die Frau blieb neben mir stehen und lachte leise. »Korrekt. Sie haben eine empfindliche Nase, genau wie unsere Miss Sugar«, antwortete sie, offenbar leicht amüsiert. »Die Bienenwachspolitur und das Potpourri von Blumendüften sind beide ihre Ideen, und Recht hat sie. Finden Sie nicht auch, dass der erste Eindruck, den man beim Betreten eines Hauses wahrnimmt, entscheidend vom Aroma bestimmt wird? Noch bevor man etwas gesehen oder jemanden gesprochen hat.«

»Absolut«, stimmte ich zu. »Und in diesem Haus trifft es ganz besonders zu.«

Sie und ich standen direkt unter dem Lichteinfall, und ich konnte jetzt sehen, dass er ein kreisrundes Atrium aus weißem Marmor illuminierte sowie mehrere Türen aus Milchscheibenglas. In diesem Kokon aus stillem Luxus war es unmöglich, sich vorzustellen, dass es draußen kalt war und regnete.

»Sie finden Miss Sugar durch diese Tür«, sagte die Frau und wies mit der Hand auf eine der Türen. »Ich bin sehr gespannt, was sie von Ihnen hält. Oder Sie von ihr. Viel Glück.«

Dann war sie weg, schwebte eine Treppe hoch und verschwand im hellen Licht, das durch die Kuppel fiel.

Miss Sugar war so dünn wie eine Nadel und sah so aus, als wäre nichts Süßes, kein Apfel, keine Schokolade, kein Pudding, jemals über ihre Lippen gekommen. Alles an ihr war grau, selbst das Durchsichtige. Ihre Augen, die hinter dicken Brillengläsern auf mich starrten, ihre Kleider, ihre Haut; und wenn man alles zusammen betrachtete, sah sie aus wie ein Geist. Sie schien das helle Licht nicht zu mögen, und den weißen Marmor des Gebäudes auch nicht, denn sie hielt die Jalousien ihres Büros geschlossen, und sie hatte nur eine Lampe eingeschaltet.

Ihre Haare hätten auch grau sein können, aber tatsächlich waren sie von einem blassen, silbrigen Blond und am Hinterkopf zu einem festen Dutt zusammengefasst. Sie war das genaue Gegenteil der üppigen Dame, die mir eben begegnet war, und ganz gewiss war sie auch das Gegenteil von mir.

»Sie haben schon vieles unternommen in Ihrem Leben.« Miss Sugar hielt meinen Lebenslauf hoch und las ihn sehr langsam vor. Sie richtete die dicken Brillengläser auf mich, und ich sah mein Gesicht verzerrt wie ein Fisch.

»Und ich bin noch nicht mal dreißig«, sagte ich. Aber sie lächelte nicht.

»Ich sehe nicht, wie die vielen Reisen, die Engagements als Model und ... eh ... das Reiten ... zu der Rolle passen könnten, die wir hier im Club besetzen wollen.«

»Nun, Sie haben nicht nach meinen Erfahrungen gefragt, als ich wegen eines Bewerbungsgesprächs angerufen habe, deshalb ging ich davon aus, dass sie offen für alle Anfänger sind«, antwortete ich mit einem Hauch von Sarkasmus. Sie brauchte wahnsinnig lange, um zur Sache zu kommen, und mir fiel in diesem Stadium schon auf, dass sie mich nicht mochte.

»Wenn Sie mich wissen lassen, was zu der Rolle gehört, die Sie neu besetzen wollen, könnte ich Ihnen sagen, ob ich die Aufgaben erfüllen kann. Ich kann natürlich tippen«, warf ich ein und zupfte an Chrissies Nadelstreifenjackett. Zwei Knöpfe hatten sich geöffnet oder waren abgesprungen. »Und ich kenne mich mit den meisten Computerprogrammen aus.«

Während sie den Kopf beugte, um meine Referenzen zu studieren, öffnete ich auch die anderen Knöpfe meines Jacketts, damit die Belastung gelindert wurde, aber dann fand ich heraus, dass die Seidenbluse auch nur so gerade geeignet war, meine großen Brüste zu bedecken. Ich war irritiert und fummelte am Rest der Knöpfe. Das einzige Teil meiner Kleidung, das mir passte, war mein BH.

Chrissie konnte nicht wissen – und auch sonst niemand, der mich in der Wildfang-Phase gekannt hatte –, dass ich unter meinen rauen Klamotten immer exquisite Wäsche trug. Es waren die einzigen Tribute, die ich im Laufe der Jahre als Lieblingsfreundin gefordert hatte.

Nach dem ersten Mal hatte der Prinz meinen Körper wie eine kostbare Sendung eines unter dem Einfuhrverbot stehenden Guts ausgepackt und mir dann beigebracht, meinen Körper zu schätzen und richtig anzuziehen, während ich ihm beibrachte, seine Pferde zu schätzen.

Eines muss ich ihm lassen – er hat meinen Körper unter dem gleißenden blauen Himmel zum Leben gebracht, und ich hatte schnell eingesehen, wie wichtig es war, den Körper in wunderschöner Wäsche zu halten. Ganz besonders verwöhnte ich meine Brüste. Ich liebte es, köstliche Dinge zu kaufen, um sie zu umhüllen. Zu schade, dass ich die Pracht dann wieder unter Sweatshirts verstecken musste.

Der Prinz war auf mich aufmerksam geworden, als ich auf einer silbergrauen Araberstute um die Pyramiden von Gizeh galoppiert bin. Es war in der Morgendämmerung gewesen, und das war in heißen Ländern meine liebste Zeit. Er war in den Ställen rasch auf ein anderes Pferd gestiegen – Armani Anzug und alles – und hatte die Verfolgung aufgenommen. Ein paar Stunden später hatte er mir einen Job angeboten. Wir waren in einem Hotelzimmer in Kairo und tranken Buck's Fizz, um das Ereignis gebührend zu feiern.

Unsere Unterhaltung war rasch weniger geschäftlich geworden; wir flirteten, und dann hatte der Zimmer Service eine große Schachtel mit Unterwäsche gebracht, alles in Seide, vieles in Spitze. Der Prinz hatte mich gebeten, die einzelnen Stücke anzuprobieren, und ich war zu erstaunt, um etwas anderes zu tun, als ihm zu gehorchen.

Ich hielt mich damals genau seit achtundvierzig Stunden in Ägypten auf. Eigentlich wollte ich nur durchreisen, und ganz gewiss hatte ich keinen Gedanken an Männer oder Sex oder an irgendeine Beziehung vergeudet. So halte ich es immer, wenn ich auf Reisen bin.

Aber der Prinz war anders. Man musste blind sein, um nicht fasziniert von ihm zu sein. Er verströmte einen gefährlichen Charme, und als er mich das erste Mal allein für sich hatte, wurden seine Augen dunkel vor Lust und Bewunderung. Er war begeistert, mich anzusehen, und der Champagner war kalt und köstlich, die Wäsche teuer und sexy, also tat ich, was der Prinz wollte. Ich erinnere mich, dass ich unkontrolliert zu zucken begann, als ich mein verschwitztes T-Shirt und die Jodhpurs auszog.

Er hatte mich ganz ruhig angesehen, ohne sich über die

Lippen zu lecken oder mich mit einer Bemerkung in Verlegenheit zu bringen. Er hatte einfach gewartet und hielt mir dann die Schachtel mit der Wäsche hin. Inzwischen schwamm mein Kopf in einem Teich mit Buck's Fizz (oder Fuck's Bizz, wie Chrissie und ich immer sagten), und außerdem hatte mich eine verwirrende Erregung erfasst. Ich hielt seinem Blick stand und legte eher trotzig Hemd und Hose ab.

Dann war ich an der Reihe zu warten. Wir betrachteten uns in der Kühle des Hotelzimmers, bis er mich zu sich winkte. Er wusste genau, was er tat; er verführte mich sanft mit den verschiedenen Wäschestücken und zeigte mir, wie man mit einem Bügeldraht, einem Fischbein oder auch mit dem Lycrastoff seine Kontur und die ganze Silhouette verändern kann. Während er redete, dachte ich, wie viele Frauen wohl, verstreut über den ganzen Globus, wegen ihm und seiner großzügigen Art diese einengenden Dinger trugen.

An diesem ersten Morgen ließ er mich durch sein Zimmer traben wie eines seiner Pferde im Übungsring. Er holte mich aus meinem üblichen Schlendertrott heraus, bis ich schritt wie eine Ballerina. Nur dass sein tänzelndes Pony ein Mieder in dunklem Pink trug und dazu ein passendes und mit Rüschchen besetztes Höschen.

Mein Körper fühlte sich wie ein neues Spielzeug an. Meine Gliedmaßen schwenkten locker, meine Hüften schwangen von Seite zur Seite, und in der glühenden Sonne spürte ich meine Säfte steigen. Unten vor dem Hotel hörte ich die Autos in den verstopften Straßen hupen.

Er hatte mich eine Weile beobachtet und saß noch im Sessel am Fenster, dann hielt er mich an den Hüften fest, als ich an ihm vorbeigehen wollte. Bevor ich auch nur blinzeln konnte, hatte er mich auf seinen Schoß gezogen. Er betrachtete meinen neuen warmen Ausschnitt. Die Brüste wurden hochgedrückt und sahen unter dem seidigen Halter gereift aus.

Der Prinz grub eine Brust aus dem Körbchen und wiegte sie wie einen saftigen Pfirsich auf dem Wochenmarkt. Angezogen – oder besser: ausgezogen, wie ich war, fühlte ich mich wie ein neuer Mensch, der sich alles zutraute. Er war ein totaler Fremder. Bald würde er genauso geräuschlos aus meinem Leben verschwinden, wie er gekommen war.

Aber ich war im Ausland. Niemand kannte mich. Niemand konnte mich aufhalten. Zum ersten Mal in meinem Leben konnte ich tun, was ich wollte. Das war ein großartiges Gefühl.

Ich zwang mich zurück in die Gegenwart. Was für einen Unterschied fünf Jahre ausmachen konnten. Und mir waren nur ein Packen von Lügen geblieben, die der gut aussehende aber unberechenbare Prinz mir in der Nacht vor meiner Abreise aufgetischt hatte.

»Tippen ist nicht gerade das, was wir suchen«, sagte Miss Sugar auf meine Bemerkung hin. Sie legte meinen Lebenslauf zur Seite. Offenbar glaubte sie kein Wort davon, was da geschrieben stand. Ich sah mich im trüben Licht des Büros um. In einer Ecke stand ein Computer, und es gab auch ein paar stählerne Rollschränke da, aber sonst gab es keine Anzeichen von Sekretärinnenarbeit.

Als ich sie wieder ansah, bemerkte ich, dass sie mir auf den Busen starrte. Ich blickte hinab. Die Bluse hatte ganz aufgegeben, und meine Brüste stießen gegen die seidenen Falten. Ich zog das Jackett enger um mich und hatte das Gefühl, dass die Rückennaht aufbrechen würde. Ich fragte mich, wie schnell ich den Rückzug antreten konnte.

»Ich bin sehr vielseitig«, wiederholte ich. Dieses Mantra

hatte ich während der U-Bahn-Fahrt nach Mayfair geprobt. »Ablage, Botengänge, Nachrichten weitergeben, Telefondienst. Ich bin gut in Grammatik, und ich kann gut mit Menschen umgehen. In meinem letzten Job hatte ich ausschließlich mit Menschen zu tun. Außerdem kann ich gut Kaffee kochen.«

Miss Sugar lächelte nicht, aber sie schaute wieder auf meinen Lebenslauf.

»Ich sehe hier, dass Sie auch gut mit Tieren umgehen können. Aber ich bezweifle, dass wir in diesem Jahr ein Vollblut in den Club aufnehmen werden.«

Ich begann, langsamer zu atmen.

»Könnten Sie mir sagen, Miss Sugar, wer denn zu diesem Club gehört? Und wer hier arbeitet? Ich fürchte, ich weiß viel zu wenig über den Club.«

»Nun, es ist ein sehr englischer Club, der seine Mitglieder selektiv auswählt. Ein Rückzugsort, wenn Sie so wollen, für wohlhabende Menschen, von denen die meisten einen Titel haben. Aristokraten. Daher rührt auch der Name des Clubs. Wir bedienen hier nur feine Herren, also Gentlemen.« Sie musterte mich von oben bis unten, und man sah ihr an, dass sie mich am liebsten die Treppe hinunter und ins Licht verbannen wollte.

»Nun«, verkündete ich, weil ich die Gelegenheit nicht verpassen wollte, sie über mich aufzuklären, »ich kenne Aristokraten. Die letzten fünf Jahre habe ich für einen Prinzen gearbeitet.«

»Ja, stimmt«, sagte sie zögerlich nach einem weiteren Blick auf meinen Lebenslauf. »Aber ich vermute, dass Ihre exotischen Prinzen sich sehr unterscheiden von unseren meist einheimischen Mitgliedern – oh, nein, sie würden es nicht mögen, wenn ich sie ›einheimisch‹ nenne.«

»Genau. Das hört sich nämlich so an, als lebten sie in

Tweeds und grünen Gummistiefeln. Himmel! Ich bin sicher, dass meine exotischen Prinzen Ihren Aristos in nichts nachstehen.« Ich warf mich uneingeladen in den Sessel, der vor ihrem Schreibtisch stand. »Und wahrscheinlich sind sie auch alle reicher. Sie haben mehr Stil. Und viel mehr Spaß.«

»Da irren Sie sich.« Miss Sugars Stimme zerschnitt die Luft. Ich war beeindruckt. Sie war doch nicht die graue Maus, für die ich sie gehalten hatte. »Ich bin bereit zu wetten, dass unsere Mitglieder Ihre Scheichs in der Pfeife rauchen könnten, wenn sie wollten. Aber zum Gentlemen's Club gehört noch eine Menge mehr. Viel mehr.«

»Weiter.«

»Dies ist eine kleine Einrichtung. Wir mögen zwar nur wenige Gäste haben, vielleicht nur eine Hand voll, die zu einer bestimmten Zeit rund um die Uhr bei uns sind, aber dafür zahlen sie gut. Glauben Sie mir, unsere Gäste können sich das erlauben. Unser Job ist es, ihnen ein Zuhause weg von zu Haus zu bieten, nur viel besser. Sie kommen zu uns, um ihrem eigenen Haushalt zu entfliehen, das heißt, sie wollen den nörgelnden Ehefrauen entkommen, den nervenden Kindern, dem stressigen Beruf. Sie wollen sich vor komplizierten Entscheidungen drücken. Wir stellen aber auch fest, dass sie immer wieder zu uns zurückkehren, wenn sie ihre kleinen und großen Probleme gelöst haben.«

Sie sah verträumt an mir vorbei, und ihre Stimme wurde immer leiser. Offenbar lebte sie für ihren Job, so sehr hatte sie ihn verinnerlicht. Ich war jetzt richtig neugierig und wollte unbedingt wissen, worin ihre Aufgabe bestand. Und worin meine Aufgabe bestehen würde.

»Was ist mit dem Spaß?«, nervte ich sie. »Sie sagten, Ihre Mitglieder wären meinem Prinzen auf allen Gebieten überlegen.«

»Spaß ... ah, ja.« Sie lächelte mich kurz an, dann schien sie aufzuwachen. Das Lächeln brach ab, als wäre Spaß ein schmutziges Wort. Sie faltete ihre Hände über meinem Lebenslauf. »Darauf komme ich noch zurück. Wir – das heißt ich selbst, die ich für das Tagesgeschäft zuständig bin, und Miss Breeze, die Sie draußen schon kennen gelernt haben. Sie ist die Managerin. Die vakante Position ist ihre Assistentin.«

Sie klopfte auf meinen Lebenslauf. »Wir versuchen, diese Einrichtung zu führen, dass sie wie ein Uhrwerk läuft, aber die Mitglieder sollen glauben, dass sie es sind, die die Geschäfte führen. Wir überwachen fast alles, von den Kochrezepten bis zur Dekoration, von den Drinks in der Bar bis zum Design in den Schlafzimmern. Dieses Gebäude ist uns ans Herz gewachsen, vom Mörtel bis zum Stein, und das erwarten wir auch von der neuen Angestellten.«

Ich nickte. »Damit kann ich mich identifizieren. Es ist ein erstaunliches Haus. Aber wie war das mit dem Spaßelement, das Sie mir noch erzählen wollten?«

Miss Sugar hörte auf, den Schreibtisch zu streicheln, den sie offenbar so sehr liebte wie Mörtel und Stein.

»Nun, wir planen alle möglichen Unterhaltungen für unsere Mitglieder, wenn sie in der Stadt sind. Wir haben ein offenes Ohr für ihre Forderungen. Wir ahnen ihre Wünsche. Gleichzeitig müssen wir sie mit Glacéhandschuhen anfassen. Es ist eine sehr persönliche Dienstleistung, viel persönlicher als Sekretärinnenarbeit, kann ich Ihnen sagen.«

»Je weniger Sekretärinnenarbeit, desto besser«, rief ich aus und schlug alle Vorsicht in den Wind. »Ich sagte Ihnen doch, ich kann mich für alles erwärmen. Ich bin nach London zurückgekehrt, um das beweisen zu können. Werfen Sie den Lebenslauf weg, das war gestern, Miss Sugar. Jetzt suche ich eine Veränderung.«

Ich sah mich in ihrem altmodischen Büro um und erinnerte mich an das klassische Design im übrigen Haus, obwohl ich davon noch nicht viel gesehen hatte. Ich hatte noch keine Schlafzimmer gesehen und noch keine Mitglieder. Plötzlich wurde mir bewusst, dass ich diesen Job haben wollte.

Miss Sugar schien sich ein wenig beruhigt zu haben. »Wir suchen jemanden, der die Forderungen erfüllt. Die Bewerberin muss geschickt, gebildet und diskret sein.«

»Jemand, der das richtige Potpourri wählt.«

»Genau!«, rief sie und klatschte einmal kurz in die Hände, dann ließ sie sie wieder fallen. »Jemand, der den Kitzel hochhält, und zu jeder Tages- und Nachtzeit als Gastgeberin einspringt, entweder hier oder wo es unsere Mitglieder hinzieht. Manchmal erwarten sie Begleitung. Jemanden mit Geschmack, der teuer aussieht und sich nicht zu schade ist, still im Hintergrund zu bleiben, wenn das gewünscht wird.«

»Was Sie beschreiben, ist eine Kreuzung zwischen Haushälterin und Hure, nicht wahr?«

Sie schlug die Hände vors Gesicht. »Ich bitte Sie, Miss Summers. Sie haben mich völlig missverstanden. Ich fürchte, Sie haben meine Einwände gegen Sie bekräftigt. Keine Ihrer Fähigkeiten, keine Ihre farbigen Erfahrungen, auch nicht Ihr besonderer eh ... Stil, sind bei uns gefragt und ...«

»Entschuldigen Sie, Miss Sugar. Haben Sie nicht von persönlicher Dienstleistung gesprochen?« Ich riss mein Jackett von den Brüsten zurück. Sie hatte ihre Entscheidung gegen mich schon getroffen, also hatte ich nichts mehr zu verlieren. Es war Zeit für eine Schocktherapie. »Persönliche Dienstleistungen sind ein Spezialgebiet von mir. Aber ich muss sagen, dieses Haus sieht nicht gerade wie ein Etablissement mit zweifelhaftem Ruf aus. Zuerst habe ich geglaubt, es handelte sich um ein seriöses Altersheim.«

Ich glaubte, draußen auf dem Flur ein Kichern gehört zu

haben. Ich drehte mich um, weil ich sehen wollte, ob die dunkle Lady gehört hatte, was ich sagte, aber statt Miss Breeze sah ich eine große Gestalt, die den Flur mit einem leichten Schlurfen durchquerte. Der Mann trug einen klatschnassen Regenmantel und eine Mütze im Stil von Sherlock Holmes. Von seinem Gesicht konnte ich nur graue Stoppeln auf Wangen und Kinn sehen.

»Schönen Tag, Sir Simeon.« Miss Sugar knickste praktisch in ihrem Sessel. Ich starrte sie an, dann ihn. Er sah wie der lokale Tramp aus, der Schutz vorm Regen suchte. Er blieb vor der Tür stehen. Ich sah klare blaue Augen und hohe Wangenknochen. Er tippte an seine exzentrische Mütze, dann schlurfte er davon.

Miss Sugars blasses Gesicht hatte zwei pinkfarbene Punkte auf jeder Wange. Mit zitternden Händen nahm sie die Brille ab und drückte ihren Nasenrücken.

»Einer Ihrer Freier? Entschuldigung – Mitglieder?«, fragte ich. Miss Sugar schüttelte den Kopf, strich über ihre Haare und reichte mir meinen Lebenslauf zurück.

»Er ist der Eigentümer des Clubs, Sir Simeon Symes. Begreifen Sie jetzt, wie falsch Sie mit Ihrer Vermutung liegen? Ich fühle mich beschämt, dass Sie glauben konnten, dieser einzigartige, edle Hafen wäre ein Bordell. Er ist eigentlich für das genaue Gegenteil entworfen. Frauen bleiben in fast allen Fällen draußen. Frauen, Freundinnen, Mätressen – sie sind es, die unsere Mitglieder nicht sehen wollen, wenn sie zu uns kommen. Ja, es gibt nur drei Frauen hier, die regelmäßig anwesend sind – ich, Miss Breeze und …«

Sie brach ab. Ihre Wangen waren immer noch pink, und in ihren Augen glitzerten Tränen der Wut. Ich hätte gern gewusst, wer die glückliche dritte Frau sein würde.

»Ich wollte Sie nicht beleidigen, Miss Sugar. Allmählich kann ich mir ein Bild machen, und es sieht immer verlockender aus.« Ich lächelte sie an und versuchte, sie aufzutauen. »Drei Frauen, Sir Simeon und ganze Horden dösiger Gents.«

»So will er es haben, ja. Der Gentlemen's Club ist sein Baby. Er ist unser Boss.«

»Er sieht nicht wie ein Sir aus. Er sieht eher wie ein ...« Ich brach ab. Miss Sugar sah ganz verzaubert aus, und die Tür stand noch offen. »Warum führt Sir Simeon nicht das Bewerbungsgespräch mit mir, wenn er der Boss ist?«

»Das überlässt er alles mir. Verwaltung, Finanzen, die vielen Kleinigkeiten. Deshalb suchen wir eine Neue für den Betrieb an vorderster Front. Die Begrüßung der Gäste, die Partys, die Soireen, die Blumengestecke, die Begegnungen eins zu eins ... Also, ich möchte Ihre Zeit nicht länger beanspruchen. Ich habe den Eindruck, dass unser Konzept, den Mitgliedern alle Wünsche zu erfüllen, mit Ihren feministischen Prinzipien kollidiert. Wie ich schon sagte, Miss Summers, ich glaube nicht, dass diese Position für Sie geeignet ist.«

»Im Gegenteil, Sugar. Verzeih, aber du irrst dich.« Die dunkle Lady trat ins Zimmer. Ich konnte ihr durchdringendes Parfum riechen, schwer wie Wein. »Ich wundere mich, dass du ihr Potenzial nicht wahrgenommen hast. Aber dies ist schließlich dein erstes Bewerbungsgespräch, seit du die Verwaltungs-Managerin geworden bist, oder welchen Titel hast du dir ausgedacht? Jedenfalls sind deine Fehlurteile eher zu verstehen, wenn man weiß, dass das alles neu ist für dich. Machen wir doch alle eine Pause.«

Ihre Hände ruhten auf meinen Schultern und drückten sie nach unten. Ich merkte erst jetzt, dass ich zusammengekauert dagesessen hatte, und mir wurde auch klar, dass sie uns schon eine Weile aus irgendeinem Versteck zugeschaut hatte. Sie drückte, bis meine Schultern entspannt waren, und dann presste sie weiter. Mein Kopf legte sich bereitwillig in den Nacken und ruhte an ihrem Bauch.

»Miss Breeze, ich bin nur über unser Image besorgt. Ich meine ...« Miss Sugar starrte mich empört an, dann stand sie auf und führte sie auf eine Seite. Sie senkte die Stimme ein wenig, aber ich hatte sie im Verdacht, dass ich jedes Wort mitbekommen sollte.

»Diese Baskenmütze und das Kostüm, das ihr nicht passt, da weiß man doch sofort, woran man ist. Ich kann mir nicht vorstellen, dass eines unserer Mitglieder sich behaglich fühlen würde, von Miss Summers begrüßt zu werden, wenn sie sich so anzieht. Ganz zu schweigen, wenn sie ihnen Cocktails einschenken soll. Sie wird sich an die Lieblingsseife des einzelnen Mitglieds nicht erinnern können, sie wird die Namen der besten Restaurants nicht behalten, und wer kann sich Miss Summers schon in der Oper vorstellen? Wir müssen an unsere Reputation denken. Sie könnte an einem einzigen Abend ruiniert sein.«

»Unsere Reputation?«, fragte Miss Breeze nach, und auch sie bemühte sich nicht, leise zu sprechen. In diesem Moment wurde mir bewusst, dass es nicht sinnvoll war, der dunklen Lady in die Quere zu kommen. Ihre Stimme klang, als würde Eis durch Stahl schneiden. »Vergiss nicht, dass du hier nur eine Angestellte bist, Sugar. Genau wie Miss Summers hier. Es ist meine Reputation, die auf dem Spiel steht, weil ich die *maîtress d'* bin. Und letztlich natürlich auch die Reputation von Sir Simeon. Aber ganz sicher nicht deine.«

Miss Sugars Gesicht verzog sich zu einer Serie schmerzerfüllter Falten, und sie tastete hinter sich nach ihrer Brille, aber gerade, als ich ihr Unbehagen zu genießen begann, zog mir die dunkle Frau die Baskenmütze vom Kopf, und nun war es Miss Sugar, die hämisch grinste. Meine Hände flogen zum Kopf, aber es war zu spät. Meine Haare sahen an diesem Morgen wie ein Vogelnest aus, durcheinander und ungebürstet. Deshalb hatte ich versucht, sie zu verstecken.

»Problem gelöst«, rief Miss Breeze aus, warf die Baskenmütze gut gezielt in den Papierkorb und stemmte die Hände auf die Hüften. »Und jetzt schauen wir uns die Kandidatin ein bisschen genauer an.«

»Ich dachte, ich führte das Bewerbungsgespräch, und ich sage dir, dass sie nicht richtig ist für diesen Job.« Miss Sugar schniefte und strich über die Papiere auf ihrem Schreibtisch, auch über meinen Lebenslauf. Sie legte alle auf einen neuen Stapel und bedachte mich mit einem mitleidigen Blick. »Es tut mir leid, aber ich sehe nicht, dass dieser Straßenkindblick unseren Ansprüchen genügt.«

»Ich glaube eher, dass Sie ein alles überstrahlendes Hausmädchen suchen. Im Moment mag ich nicht so aussehen, als könnte ich in die gewünschte Rolle schlüpfen, weil ich nicht die richtigen Kleider habe, aber das bedeutet nicht, dass Sie beide über meinen Kopf hinweg sprechen, als wäre ich gar nicht da.« Ich hatte genug. Jetzt war egal, was ich sagte. »Ich wollte mich ein wenig aufbrezeln, bevor ich zu Ihnen ging, aber ich musste mir diese Sachen von einer Freundin ausleihen, die viel kleiner und dünner ist als ich. Wie Sie aus meinem Lebenslauf ersehen, den ich gern zurückhaben möchte, habe ich eine Zeitlang im Ausland gelebt, wo ich die meiste Zeit Jodhpurs und Sarongs getragen habe.«

»Das gefällt mir«, sagte Miss Breeze mit dunkler Stimme. »Sarongs und Jodhpurs. Wie frei. Und wie sexy.«

»Und wenn es um schmutzige Baskenmützen geht, was sagen Sie denn zu Ihrem Boss? Ich dachte, er wäre ein Tramp, als er hereinkam.« Ich presste die Lippen fest zusammen, entsetzt über das, was ich gerade gesagt hatte, aber keine der beiden Frauen zuckte. Im Gegenteil, sie nickten.

»Er geht gern unerkannt durch London«, sagte Miss Breeze ruhig. »Deshalb haben Sie sich von seinem Aussehen täuschen lassen wie alle anderen auch.«

»Was auch immer ihm gefällt. Aber dies hier ist keine Verkleidung«, sagte ich und bückte mich zum Papierkorb hin, um die Baskenmütze herauszuholen. »So laufe ich gewöhnlich herum. Ich habe nie festliche Kleider getragen. Aber soll ich hier wie Mary Poppins aussehen? Ein Kleid zum Tee mit Blümchen und vernünftige Schuhe mit Schnürsenkeln?«

Ich stand auf und wollte gehen, aber Miss Breeze fing mich ab. Sie lächelte ihr breites rotes Lächeln direkt in meine Augen. »Es liegt an Ihnen, was Sie daraus machen.«

Errötend entschuldigte ich mich. »Ich habe auch nicht wirklich geglaubt, dass diese Einrichtung ein Bordell ist. Ich habe das nur gesagt, weil ich mich geärgert habe, dass Miss Sugar mir keine Chance gab.«

Sie griff nach einer Strähne meiner roten Haare.

»Gut. Denken Sie dran, wir haben keinen Platz für verletzte Gefühle und irgendwelche Missverständnisse. Schauen Sie mal – keine Knoten.« Sie rieb die Haarsträhne über meine Wange. »Reden wir nicht länger um den heißen Brei herum. Sie haben das Aussehen und den Körper. Und Sie haben die richtige Einstellung. Der Rest wird einfach sein.« Sie schaute zu Miss Sugar, dann zu mir. »Ich möchte, dass Sie den Job nehmen.«

Sie hatte meine Haare geglättet, ohne dass ich es bemerkt hätte. Der Gedanke hatte etwas intensiv Sinnliches. Woher wusste sie, dass ich es liebte, wenn jemand mit meinen Haaren spielte und mein Schädel massiert wurde? Ihr Parfum duftete fast hypnotisch, und ihre Augen glitzerten und drückten aus, dass sie amüsiert war. Sie hatte den Fuchsmantel ausgezogen; darunter trug sie ein langes Kleid aus blauem Samt, hoher Kragen und enge Ärmel, die an den Gelenken geknöpft waren. Das Kleid hätte sie wie eine jungfräuliche Gouvernante aussehen lassen sollen, aber der Samt umschmiegte jede einzelne Kurve der Brüste und der Hüften. Es sah so aus, als würde der Samt schmelzen, damit ihr Körper herausplatzen konnte.

»Ich kann nicht glauben, dass Sir Simeon zustimmt«, begann Miss Sugar ihren Protest.

»Sir Simeon hat nichts damit zu tun. Wie oft hat er uns schon gesagt, dass er das Geschäftliche vergessen will, damit er nur genießen kann? Wenn du Bewerbungsgespräche nicht fachlich einwandfrei führen kannst, Sugar, dann werde ich diese Aufgabe übernehmen, bis du es gelernt hast. Das Gespräch von heute kannst du vergessen; die Entscheidung ist getroffen.«

»Das Gespräch vergessen?«, fragte ich, denn das verstand ich nicht.

»Das gefällt mir überhaupt nicht; es untergräbt meine Position«, prustete Miss Sugar los. Ich bemerkte, dass sie immer lebendiger wurde, seit Miss Breeze ins Zimmer getreten war. Obwohl sie die Bügel ihrer Brille nach allen Seiten bog, schien sie zu vergessen, sie wieder aufzusetzen. Ich fragte mich, ob sie die Brille nur zur Schau trug. Ihre überraschend attraktiven Augen schauten scharf drein.

»Miss Sugar hat in einem Sinne Recht.« Miss Breeze sprach mit mir, als hätte sich Miss Sugar gar nicht geäußert. »Wenn sie das Wort ›Straßenkind‹ erwähnt. Heute könnten Sie eine dieser Unterhaltungskünstlerinnen sein, die steppen oder eine lange Zeit reglos dastehen oder sich wie Charlie Chaplin kleiden. Aber morgen könnten Sie die Königin von Sheba sein. Das ist es, was wir brauchen. Vielseitig, glaube ich, haben wir in die Anzeige geschrieben.«

Miss Sugar seufzte und hielt ihre Hände hoch, als wollte sie kapitulieren. Miss Breeze verstand es, einen Tadel durch ein kleines Lob abzufedern. Die Kälte wich aus Miss Sugars Gesicht. Sie schob ihren Stuhl zurück und stellte sich neben Miss Breeze. Die zwei Frauen waren wie zwei Seiten eines fotografischen Negativs: eine dunkel und sprühend vor Leben, die andere blass und eisig.

»Ich kann dir nicht folgen, Miss Breeze«, sagte Miss Sugar.

»Sie ist die personifizierte Vielseitigkeit«, erklärte Miss Breeze. Sie hielt mein Gesicht und drehte es von einer Seite auf die nächste. »Genau wie Sir Simeon es liebt. Du kannst alles machen mit diesem blassen schmollenden Gesicht und diesen verrückten Haaren. Man braucht keine Röntgenaugen, um zu sehen, dass sich unter diesen Klamotten ein schöner weiblicher Körper versteckt. Du musst noch eine Menge lernen, was die Personaleinstellungen angeht. Aber egal. Ich sagte ja, dass das Bewerbungsgespräch beendet ist.«

»Sie meinen, ich kann jetzt gehen?«, fragte ich und baute schon meine Angriffsstellung auf, wenn sie mich wegschicken wollten.

»Ich meine, dass wir Ihnen einen Job anbieten. Damit können wir auch die Förmlichkeiten aufgeben. Wir nehmen dieses hässliche Entlein und verwandeln es in einen Schwan, wie er uns gefällt.«

»Man hat mir schon viele Namen gegeben, aber eine Ente war nicht darunter«, scherzte ich unsicher und schaute von einer zur anderen, während sie mich anstarrten.

Bevor ich etwas sagen konnte, ob es nun um die Annahme des Jobs ging oder um die Ablehnung, hatte Miss Breeze mein Jackett genommen und riss die Seidenbluse gleich mit. Meine Brüste schwollen an vor Schreck. Die delikate Spitze des BHs unterstrich ihren Umfang. Die zwei Frauen starrten wissend auf meine Brüste, bis meine Nippel zu schrumpfen begannen. Unter den neugierigen Blicken wurden die Warzen hart; sie erröteten und stießen sichtbar durch die cremefarbene Seide. Es gab nichts, womit ich die Zeichen meiner Erregung hätte verstecken können.

Miss Breeze drehte mich zum mannshohen Spiegel um. Sie strich die Haare aus meinem Gesicht und verstaute sie zu einem Knoten. Miss Sugar stellte sich nah an meine andere Seite und strich mit den Händen über die Seiten meiner Brüste, um sie weiter nach oben zu drücken. Ich nahm die Schultern zurück und warf einen dunklen Blick in den Spiegel.

»Überraschend, diese Unterwäsche«, wunderte sich Miss Sugar und strich mit den Fingern wieder über den BH. Das Fleisch meiner Brüste hob sich. »Sehr teuer, das sieht man. Vielleicht gibt es ja doch Hoffnung mit ihr.«

Beide Frauen lächelten sich an und betrachteten mich weiter im Spiegel. »Heute das Straßenkind«, bemerkte Miss Breeze, »morgen die Kurtisane.«

Draußen vor dem Zimmer brachen die unregelmäßigen Schritte ab. »Habe ich eben das Wort Vollblut gehört?«, fragte eine tiefe Stimme im Türrahmen. »Sprachen wir von Pferden oder von den Stammbäumen der Clubmitglieder?«

Die zwei Frauen lachten.

»Ersteres, Sir Simeon. Wir sprachen über Pferde«, antwortete Miss Sugar. »Miss Summers hat in der Wüste mit Pferden gearbeitet.«

Es überraschte mich, dass sie ihre Hände nicht wegnahm, denn sie befühlte immer noch meine Unterwäsche. Sie zog meine Bluse weiter auf, sodass meine Brüste in ihrer ganzen Pracht zu sehen waren. Ich traute mich nicht, in Sir Simeons blaue Augen zu schauen.

»Und heuern wir Miss Summers an, bei uns zu arbeiten?«, fragte er und blieb in der Tür stehen.

»Ja, so ist es«, schaltete sich Miss Breeze jetzt ein. »Obwohl sie noch nicht bestätigt hat, dass sie diese Position übernehmen will.«

Es dauerte ein paar Momente, bis ich begriff, dass eine

Stellungnahme von mir erwartet wurde. Ich war viel zu abgelenkt, weil die beiden Frauen mit meinen Haaren und meiner Kleidung beschäftigt waren. Viel zu lange war ich immer diejenige gewesen, die berührte und drückte und streichelte. In Brasilien hatte ich gelernt zu massieren, und in Ägypten hatte ich es ausgeführt. Als Angestellte war ich gewohnt, Hände zu schütteln und Pferde zu striegeln. Als Frau musste ich immer Leute abwehren, weil sie möglicherweise meinen Prinzen beleidigen könnten.

Jetzt befanden sich Miss Sugars Hände meinen Nippel gefährlich nahe. Sie verschleierte die Bewegungen, indem sie so tat, als wollte sie meine Oberweitenmaße nehmen. Wenn ich mich auch nur einen Zentimeter auf sie zu bewegte, würden ihre Fingerspitzen meine Brustwarzen berühren.

In der Zwischenzeit spielte Miss Breeze weiter mit meinen Haaren; sie massierte meinen Kopf und den Nacken, und ich spürte, dass ich Wachs in ihren Händen wurde. Je mehr sie mich berührten, desto deutlicher reagierte ich auf sie, und ich wusste, dass sie mich nur darauf vorbereiteten, später einem Mann zu gefallen.

»Ja, also gut«, sagte ich und brach endlich die Stille. »Wenn Sie glauben, dass Sie mir schmeicheln können und mich gut dafür bezahlen, dass ich Ihr Haus repräsentiere, dann komme ich und arbeite für Sie.«

»Das ist großartig«, sagte Miss Breeze und klatschte in die Hände. »Wundern Sie sich nicht, ich habe es nicht ernst gemeint, als ich ›Kurtisane‹ sagte. Jedenfalls diesmal nicht. Wir wollen nur herausfinden, wer Sie unter diesem ganzen Polyester wirklich sind.«

Ich schaute zu Miss Sugar, aus irgendeinem Grund wollte ich auch ihre Zustimmung hören. Ihre Lippen pressten sich zu einem dünnen Lächeln zusammen. Jetzt setzte sie die Brille auf.

Sir Simeon trat ins Zimmer. Ich spürte, dass die zwei Frauen in Habachtstellung verharrten. Ich richtete mich auf dem Stuhl auf und ließ zu, dass er meine Hand nahm und kräftig schüttelte. Seine Hand war warm. Von seinem Tweedjackett, das er unter dem Regenmantel getragen hatte, waberten Zigarrenrauch und Eau de Cologne herüber. Oberhalb der verblüffend blauen Augen trug er seine stahlgrauen Haare im Bürstenschnitt, wodurch er wie ein amerikanischer General außer Dienst aussah und nicht wie ein englischer Lord.

»Ich frage mich, ob ich Miss Summers entführe, bevor Sie noch mehr Polyester zerreißen. Ich brauche sie, wie sie gerade ist. Nun, nicht unbedingt in dieser Aufmachung. Ich habe einen kurzen Auftrag für sie im Landhaus.«

»Auftrag?« Miss Breeze hörte auf, meinen Kopf zu massieren und legte die Hände wieder auf meine Schultern. Vielleicht wollte sie mich auf dem Stuhl halten, dachte ich. In ihrer Stimme klang Argwohn mit. »Was genau soll sie bei Ihnen machen?«

Miss Sugar ließ ein trockenes Glucksen hören und setzte sich wieder hinter ihren Schreibtisch.

»Eine Bagatelle, Mimi. Machen Sie sich keine Sorgen. Ich werde sie nicht lange von hier fernhalten. Nicht einmal eine Nacht. Man könnte sagen, dass sie das, wozu ich sie brauche, auch erledigen könnte, wenn sie einen Kopfstand dabei ausführt.«

Ich schüttelte Miss Breeze von meinen Schultern und stand auf. Sir Simeon war sehr groß und hoch aufgerichtet. Er strömte eine kühle Mischung aus Selbstsicherheit und Gelassenheit aus. Ich schätzte, dass er Ende fünfzig alt war. Im Gegensatz zu einem jüngeren Mann, der kaum in der Lage gewesen wäre, den Blick von meinen immer noch entblößten Brüsten zu wenden, schaute er in mein Gesicht. Ich wollte unsere Größenverhältnisse erfahren und stellte mich auf die Zehenspitzen. Jetzt waren wir gleich groß.

»Das Landhaus?«, fragte ich. »Wo ist es denn?«

»Nicht so weit entfernt von hier«, erklärte er. »Zum Wochenende haben sich einige Gäste angemeldet, und ich brauche jemanden, der die Pferde vorbereitet. Und sie zur Jagd bringt, wenn Sie wollen.«

»Ich hatte gehofft, ihr zu zeigen, wie es hier bei uns läuft, Sir Simeon«, protestierte Miss Breeze. Sie ging zu einem Aktenschrank und holte einige rosa Akten heraus. »Zum Wochenende sind wir nämlich auch so gut wie ausgebucht.«

»Sie werden Sie eher zurückhaben, als Sie für möglich halten, Mimi. Aber jetzt wird Miss Summers den ganzen Umfang unserer Dienstleistungen kennen lernen. Wenn sie so gut mit Pferden umgehen kann, wie sie in ihrem Lebenslauf angibt, könnten wir die Angebote unseres Hauses erhöhen. Schließlich sind mehrere unserer Mitglieder überzeugte Reitfreunde.« Es entstand eine Pause. Sir Simeon sah nacheinander alle drei Frauen an. »Nur so ein Gedanke«, murmelte er.

»Werden Sie denn nicht da sein, wenn Ihre Gäste kommen?«, fragte ich ihn.

Er schüttelte den Kopf und klopfte gegen sein Bein.

»Ich kann wegen einer alten Verletzung nicht mehr viel im Sattel anstellen, und ganz gewiss kann ich nicht mehr auf die Jagd gehen. Als junger Mann habe ich mir den Oberschenkel gebrochen. Ich wollte mich einer Frau beweisen und galoppierte wie ein Verrückter. Ein tief hängender Ast hat mich aus dem Sattel geholt. Wenn ich das Pferd gewesen wäre, hätten sie mich erschossen.«

»Und das Pferd?«

Er lachte, es war ein tiefes Lachen, das durch Miss Sugars mit Paneelen ausgestattetes Büro hallte. Miss Sugar begann mit einer Akte auf ihrem Schreibtisch herumzufummeln, und aus den Augenwinkeln sah ich Mimi, die von Sir Simeon zu mir schaute und wieder zurück.

»Vielleicht stimmt es, dass Sie lieber bei Tieren sind als bei Menschen?«

»Nein«, sagte ich und lachte mit. Er kam mir wie ein sexy Onkel vor, zuerst ein bisschen streng, aber ich fraß ihm jetzt schon aus der Hand. »Glauben Sie mir, ich kenne mich auch mit Menschen aus.«

»Ich bin davon überzeugt«, sagte er, und nach einer kurzen Pause fügte er hinzu: »Mimi und Miss Sugar werden Ihnen gesagt haben, dass das die Grundlage unseres Geschäfts ist. Und das Pferd damals – sorgen Sie sich nicht um das Tier. Es fraß Gras, genau wie sein Reiter.«

Die drei Menschen beobachteten mich jetzt, und im Büro summte es vor Stille.

»Also, Miss Summers«, sagte Sir Simeon ruhig. »Ein Trip aufs Land. Sind Sie damit einverstanden?«

Sie sahen mich alle wieder an. Ich hatte das Gefühl, dass sie mich einkreisten, aber statt mich eingeengt zu fühlen, war mir nach Befreiung zumute. Vor mir lag eine neue Herausforderung.

»Und Sie werden den Job annehmen?«, fragte Miss Breeze.

Ich zerriss die Zeitungsanzeige in kleine Schnipsel und ließ sie in Miss Sugars Papierkorb wehen.

»Ihre vakante Stelle ist besetzt«, sagte ich und hätte beinahe salutiert.

Ich glaubte, Sir Simeons Gemurmel zu hören: »Stelle ist gut, aber es kommt immer auf die Stellung an.«

Viertes Kapitel

Ich entfernte mich an diesem Samstagmorgen in einem taubengrauen MG aus London. Das Auto war zu meiner privaten Nutzung vor meinem B&B, Bed and Breakfast, abgestellt worden. Als ich an Heathrow vorbei in Richtung Westen fuhr, verrenkte ich den Hals, um die Flieger zu sehen, die in der Schlange standen und auf ihre Starterlaubnis warteten. Ich lechzte immer noch danach, oben am Himmel zu sein, der Sonne entgegenzufliegen. Aber das Abenteuer, dem ich entgegenflog, hatte auch sein Potenzial. Ich breitete die Straßenkarte auf meinem Schoß auseinander und klopfte auf meine Tasche, in der ich ein Bündel Geldscheine versteckt hatte.

»Sir Simeon sagt, das könnten Sie vielleicht brauchen«, hatte Miss Sugar gestern geschnieft, als sie mir das Bündel zusammen mit den Autoschlüsseln überreichte.

»Das sieht eher nach einem Vorschuss aus, wie man immer in den Gangsterfilmen sieht«, hatte ich bemerkt und zählte die Scheine durch. »Ich dachte, ich hätte Reiseschecks erhalten statt dieser dicken Rolle mit gebrauchten Zehnern.«

»Das gehört zu seinem Charme. Er ist ein Mann mit vielen Finessen«, hatte Miss Sugar ernst geantwortet, aber als ich zu kichern begann, hatte sie noch prophezeit: »Sie werden es noch herausfinden, Miss Summers. Vergessen Sie nicht, mir bei Ihrer Rückkehr alles über das Haus zu erzählen. Ich bin noch nie da gewesen.«

Während ich unter einem Brückenbogen her fuhr, der vom

winterlichen Efeu fast erstickt wurde, fragte ich mich kurz, warum Miss Sugar das Landhaus von Sir Simeon nie besucht hatte. Aber als das Auto weiterrumpelte, begriff ich warum. Dies waren Straßen, wie sie eben auf dem Land vorkommen. Der MG stolperte über tiefe Furchen, fuhr durch den Regen und an vielen Tieren vorbei. Irgendwie konnte ich ihre kleinen Füße nicht in dieser rauen Landschaft sehen.

Auf der anderen Seite fühlte ich mich sofort zu Hause, als ich die Autotür zuknallte und über die lange Nase eines großen Jagdpferds streichelte, das mich neugierig ansah.

Ich ging die Reihe der Ställe entlang, auf die Sattelkammer zu und stellte verwundert fest, dass die Pferde alle schon versorgt und gestriegelt waren. Sie hätten an jeder Parade teilnehmen können. Sir Simeon hatte gesagt, er bräuchte wenigstens vier Pferde, und weitere Angaben würde ich vom Hofmeister erhalten. Ich nahm an, dass ich heute nur die Aufgabe hatte, Gäste kennen zu lernen und zu begrüßen.

Das Rattern einer alten Maschine erschütterte die morgendliche Ruhe. Ein verbeulter alter Lastwagen fuhr unter dem Bogen durch und auf den Hof vor den Ställen. Die Bremsen quietschten, als der Fahrer dicht hinter meinen Knien anhielt.

»Sie mögen Sie«, sagte eine tiefe Stimme, als ich die Inspektion der Tiere fortsetzte. »Die Pferde, meine ich. Heute Morgen ist alles ruhig und friedlich.«

Ich hatte diese Stimme schon einmal gehört, oder eine sehr ähnliche, vielleicht eine Dekade oder zwei älter. Ich drehte mich um und blieb wie angewurzelt stehen, fasziniert von einem hellen blauen Augenpaar. Der Mann, der aus dem Führerhaus gesprungen war, sah wie ein amerikanischer Ureinwohner aus. Das schwarze, glänzende Haar, das ihm vor die Augen fiel und über den Kragen seines dicken Holzfällerhemds, die eckigen Wangenknochen und die vollen Lippen waren unverkennbar Cherokee. An einem Ohr glitzerte ein silberner Ohrring. Er roch nach Pferdeschweiß und nach dem Zeug, mit dem ich früher die Ledersättel eingerieben hatte.

»Leinöl«, sagte er und wischte seine Hände an den verschlissenen Jeans ab. Er griff meine Hand mit seinen langen braunen Fingern; im Moment eher ein Gentleman als ein Stallknecht. Dann ließ er meine Finger abrupt fallen und schob einen Zuckerwürfel zwischen die eifrig knabbernden Lippen des Pferdes, das ich streichelte.

»Das ist aber ein komischer Name«, sagte ich und hob die Brauen.

»Das ist das, was Sie riechen. Ich sehe es Ihnen an. Ich habe noch keine Zeit gehabt, mich zu säubern oder in meine Reitmontur zu steigen. Ich heiße Merlin, was auch ein komischer Name ist. Obwohl Leinöl besser zu mir passen würde.«

Meine Nasenflügel witterten immer noch. Der scharfe, potente Geruch, der von ihm und von den Pferden zu mir wehte, war mir so vertraut wie meine eigene Haut. Plötzlich wusste ich nicht mehr, ob ich glücklich sein sollte, in meiner vertrauten Umgebung zu sein, oder ob es mir besser ginge nach meiner Flucht nach London.

»Ich bin Suki Summers. Ich bin hier, weil ich einige von Sir Simeons Freunden begrüßen soll. Er will, dass ich sie morgen zum Treffpunkt führe, oder vielleicht gehe ich auch mit ihnen auf die Jagd. Ich soll mich um sie kümmern.«

Er ließ meine Hand fallen. »Kein Grund für Sie, hier zu sein. Der Treffpunkt ist gleich hier, drüben im Haus. Und sie brauchen nur zwei Pferde. Das ist längst erledigt.« Er runzelte die Stirn und riss die Tür zur Sattelkammer auf. »Er weiß, dass ich für diese Arbeiten zuständig bin. Warum traut er mir nicht zu, dass ich alles zu seiner Zufriedenheit erledige?«

»Nun, wenn das so ist, dann will er wohl nur, dass ich mich ein bisschen unter die Gäste mische.«

»Auch das ist nicht nötig. Er hat Sie also von seinem neuen Spielzeug in London hierhin transportiert? Sie sind eine seiner PR-Frauen, schätze ich mal. Gut und erfahren auf allen Gebieten, was?« Merlin kaute mit seinen weißen Zähnen auf der Unterlippe herum.

»Nein, bin ich nicht. Ich bin neu im Club, und das weiß er auch. Aber das ist nicht der Grund, warum er mich hier haben will. Ich habe die größten Erfahrungen mit ...«

»Sie können also ein Ende eines Pferdes vom anderen unterscheiden?«

Er wartete nicht auf meine Antwort, sondern stiefelte davon.

Irgendwas war ihm sauer aufgestoßen. Das hatte begonnen, als ich sagte, dass Sir Simeon mich geschickt hatte. Aber ich hatte nicht vor, mich von diesem Typen anfahren zu lassen. Ich sah mich auch als Sir Simeons Repräsentant, deshalb war es meine Aufgabe, dem Kerl Benehmen beizubringen.

Ich folgte Merlin in die Sattelkammer und überlegte scharf, was ich ihm sagen sollte. Aber als ich eintrat, musste ich laut keuchend die Luft anhalten. Merlin hatte seine Jeans ausgezogen und war gerade dabei, auch sein Hemd über den Kopf zu ziehen. Es war, als wäre ich in eine Anzeige von Calvin Klein geraten. Trotz des miserablen englischen Wetters zeigte Merlin mir einen himmlischen Körper. Der Bauch war gespannt und gebräunt, und ich sah auf seine knackigen Backen, die in engen schwarzen Boxershorts steckten.

»Was, zum Teufel, machen Sie denn da?«, fragte ich. Es gelang mir nicht, das zittrige nervöse Lachen aus meiner Stimme zu halten. Zog er sich aus, um mich zu ängstigen? Die Pferde mochten mich, aber er mochte mich offenbar nicht.

»Einer von uns muss gehen«, antwortete er. Seine Stimme klang gedämpft, weil der Kopf fast in einer alten Ledertasche steckte. »Wenn Sie also nichts Besseres zu tun haben, als mir beim Umziehen zuzuschauen, können Sie auch gleich zurück nach London fahren. Das hier geht über Ihren Horizont.«

»Das hier ist mein Fachgebiet«, gab ich zurück und hoffte, dass meine lautere Stimme meine Verwirrung durch Autorität ersetzte. »In den letzten fünf Jahren habe ich mit Pferden gearbeitet und viele zugeritten.«

»Sie müssten sich umziehen.« Jetzt bückte er sich und zog sich weiße Breeches an. Vor Wut zog sich meine Brust zusammen. Er ignorierte absichtlich, was ich gesagt hatte. Stattdessen streckte er seinen Arm aus und wies auf die Wand, an der die Sättel hingen, ohne mich anzusehen. »Nehmen Sie zwei Sättel und zweimal das Zaumzeug. Über den Haken stehen die Namen der Tiere. Jeder von uns reitet ein Pferd und führt es zum Haus.«

Die Muskeln seiner Seiten bewegten sich unter der Haut, als er sich aufrichtete, und mein Bauch verkrampfte beim Anblick des halb nackten Körpers direkt vor mir. Ich war fasziniert von dieser Schönheit, und bevor ich dazu kam, ihm mitzuteilen, dass er mir nicht sagen kann, was ich zu tun habe, fuhr er wieder herum und zog seinen Hosenstall hoch.

Ich hielt mich am Türrahmen fest. In den Schatten der Sattelkammer wirkte Merlin fast düster. Seine Haut sah bei dem trüben Winterlicht noch brauner aus, und ich sah eine dünne Haarlinie vom Nabel hinunter zum Hosenbund. Im Schritt sah ich eine Beule, aber die sieht man bei jedem Mann, der enge Breeches trägt. Ich hätte schwören können, dass er den Reißverschluss besonders langsam nach oben zog; in meinem Bauch brodelte es wie in einem Hexenkessel.

Ich schlurfte zur Tür, starrte auf seinen Bauch und traute mich nicht, ihm in die Augen zu sehen. Er schien überhaupt nicht verlegen zu sein, aber ich schätzte, dass er mein Interesse an seinem Körper bemerkte. Er griff nach einem frischen weißen Hemd und knöpfte es zu. Ich hatte keine Entschuldigung mehr, ihn anzustarren.

»Ich werde mich dann auch mal umziehen«, sagte ich und ging rückwärts zur Tür. »Danach sattle ich die beiden.«

Ich rannte zurück zum Auto, das ich zum Glück in der Nähe eines leeren Stalls geparkt hatte, und lief in den warmen Stall, um mich umzuziehen. Ich hatte meine Reitmontur lange Zeit nicht mehr getragen, und jetzt spürte ich, dass sie verdammt eng geworden war, genau wie Chrissies Kostüm.

Aber ich war entschlossen, dem jungen Merlin zu zeigen, dass ich wusste, was ich tat. Als ich mich dann in meine Jodhpurs gezwängt und die schwarzen Lederstiefel angezogen hatte, fühlte ich das Selbstbewusstsein zurückkommen. Ich bündelte die Haare zusammen und fluchte wie immer über die Länge und Dichte meiner Haare.

Mimi würde Tage brauchen, um alle Knoten aufzulösen, dachte ich und lächelte in der Erinnerung an ihre Hände in meinen Haaren.

Ich lief zurück zum Auto, um mich im Seitenspiegel zu betrachten. Verglichen mit dem gesunden Glühen von Merlins Körper sah ich blass aus. Meine ägyptische Bräune hatte sich schon nach ein paar windigen englischen Tagen zu pellen begonnen.

Sobald ich meinen Reithelm aufgesetzt hatte, kehrte meine alte Sicherheit zurück. Ich band den Kinnriemen fest und sah ein helles grünes Glitzern in meinen Augen. Ich erlaubte mir ein wissendes Grinsen. Ich werde es dir zeigen, Mr. Cherokee, verlass dich drauf.

Als Merlin aus dem Pferdestall trat, saß ich schon auf meiner schönen braunen Stute und hielt die Zügel des Jagdpferds. Merlin sah sensationell aus in seinem pinkfarbenen Jackett. Ich schaute auf seine Breeches; ich konnte nicht anders. Das ist so, als versuchte man, nicht auf das Lunchpaket einer Balletttänzerin zu schauen, wenn man sich eigentlich auf *Schwanensee* konzentrieren müsste.

Die Beule, die ich eben gesehen hatte, war wie durch ein Wunder verschwunden, und der Hosenstall sah hinter dem Reißverschluss und dem gut geschnittenen Jackett wieder züchtig aus. Für den Moment war er ein effizienter Reitersmann, kein Sex-Gott. Aber ich wusste jetzt, dass er das auch war. In meinem Schoß spürte ich ein leichtes Zucken, was auf heimliche Absichten schließen ließ. Ich rieb mich einige Male am glatten Sitz meines Sattels, und ein Strom purer Befriedigung floss durch mich hindurch, aber dann hielt er unvermittelt an.

»Wenn Sie so eine Fachfrau sind«, sagte er, »können Sie mal nach diesem Halsbinder sehen.«

Ohne mir selbst die Frage zu stellen, warum er das plötzlich nicht mehr selbst konnte, lehnte ich mich weit aus dem Sattel und verband die beiden steifen Enden zu einer Krawatte. Wir waren gezwungen, uns ganz nah zu sein, nahe genug, um uns zu riechen. Oder uns zu küssen. Ich sah seinen Adamsapfel hüpfen, als er schluckte, aber ich sah ihm nicht in die Augen. Ich konzentrierte mich nur auf das, was meine Finger taten.

»Fertig. Reiten Sie vor.« Ich fixierte noch seine goldene Nadel und richtete mich wieder im Sattel auf.

Ich war froh, dass ich das schwarze Jackett für den Moment nicht geschlossen hatte. Wenn wir zum Haus kamen, würde ich die Knöpfe schließen. Es war sehr eng. Unter dem Jackett trug ich einen Pullover mit Rollkragen. Da ich auf dem Pferd saß, war ich zu einem geraden Rücken gezwungen, und als das Pferd sich bewegte, bewegte ich mich auch;

der Po glitt im Sattel hin und her, und meine Brüste drängten bei jedem Pferdeschritt nach vorn.

»Mr. und Mrs. Grey werden beeindruckt sein«, bemerkte er und schwang sich auf seinem Tier nach vorn, ohne die Steigbügel zu benutzen. Er musterte mich wieder von oben bis unten und ging dann an mir vorbei. »Das sind die Gäste, die Sie kennen lernen werden. Ich muss sagen, Sie entsprechen der Rolle.«

»Das ist keine Rolle«, gab ich zurück und schloss zu ihm auf. »Ich zeige mich von meiner besten Seite. Und Sie sehen auch nicht so schlecht aus.«

Er sah mich an, seine Augen Blitze in Blau unter dem Reiterhelm. Er schnalzte mit der Zunge, und wir begannen einen raschen Trab aus dem Hof hinaus und den breiten Weg zum Landhaus entlang.

Vor der Steinfront des großen Hauses hielt sich schon eine Vielzahl von Menschen auf. Ein paar Männer waren als Diener gekleidet und boten Sherry und Port auf silbernen Tabletts an. Alle redeten laut durcheinander.

»Merlin? Endlich! Wir dachten schon, wir würden die Jagd verpassen!«

Eine Frauenstimme erhob sich über den Geräuschpegel, und Merlin ruckte den Kopf herum und gab mir zu verstehen, dass die Pferde zur Haustür gebracht werden sollten. Mr. und Mrs. Grey, vermutete ich, als ich das Paar zwischen den Pfeilern stehen sah, die den Hauseingang flankierten.

Sie trugen beide die volle Jagdkleidung. Auf den ersten Blick sah sie männlich aus, und sie hatte ein hartes Gesicht. Er sah sympathisch aus, ein wenig nervös, was man auch daran sah, dass er sich ständig über die Lippen leckte. Aber um nicht vorschnell zu urteilen – es war nicht leicht, Gesichter unter den Reiterhelmen und mit den Kinnriemen richtig einzuschätzen.

»Avril, Geoff, ich möchte Ihnen Suki vorstellen. Sie ist den weiten Weg aus London gekommen, um dafür zu sorgen, dass Sie Ihre Freude haben werden. Verblüffend, was?«, fragte Merlin. Er blieb auf seinem Pferd sitzen und zeigte mit seiner Reitpeitsche auf mich.

Ich sprang vom Pferd.

»Lassen Sie mich Ihnen helfen, Mrs. Grey«, bot ich an und bückte mich nach ihrem Bein.

»Ich schaffe das, danke«, blaffte sie und schob mich wie ein lästiges Insekt aus dem Weg. »Ich brauche keine blutige Anfängerin, die dafür sorgt, dass ich meinen Spaß habe. Sir Simeon hat dafür schon gesorgt. Er versteht es großartig, seinen Gästen ein gutes Gefühl zu geben.«

»Aber es war Sir Simeon, der mich gebeten hat, mich um Sie zu kümmern.«

»Ein netter Gedanke, aber können wir nicht einfach losreiten, ich meine, wir sind doch jetzt alle da.«

Der Master blies in sein Jagdhorn. Avril saß schon auf ihrem Pferd und hob einen Fuß, den sie in die Flanke ihres Tiers trat. Sie trug Sporen an den Stiefeln, und ich nahm mir vor, mich bei Sir Simeon darüber zu beklagen.

Mir war es egal, dass ihr Ehemann ein ehrenwertes Clubmitglied war. Aber als ich einen Schritt zurückging, rutschte ich auf ein paar Pferdeäpfeln aus, genau in dem Moment, als mein Pferd einen Huf hob und schwer auf meinen Fuß trat.

Ich biss auf meine Lippen, um meinen Aufschrei zu ersticken, und schob das Pferd von mir. Vorsichtig probierte ich, die Zehen zu bewegen. Das war möglich, aber der Schmerz war qualvoll und kaum auszuhalten.

»Kommen Sie ins Haus, Suki. Schnell«, sagte Merlin. »Wir müssen den Stiefel ausziehen und Eis auf den Fuß legen, bevor er anschwillt. Heute müssen sie ohne ihre Extra-Begleiterin auf die Jagd gehen.«

»Ich bin keine Begleiterin, wie oft muss ich Ihnen das sagen? Sir Simeon hat mir nur gesagt, dass ich mich um die Gäste kümmern soll.«

Aber ich lernte, dass Merlin nie lange irgendwo stillstand. Er band unsere Pferde fest, bevor er mich behutsam in das dunkle Hausinnere führte. Ich verzichtete darauf, meinen Auftrag zu wiederholen.

Für mich blieb kaum Zeit, einen kurzen Eindruck von der großartigen Halle zu erhalten – viele frische Blumen, dunkle Paneele und Ölgemälde mit nachdenklich blickenden Männern –, dann hatte er schon eine Tür am Ende eines langen Korridors geöffnet. Wir befanden uns in einer großen modernen Küche. Eine Terrassentür führte zu einem makellosen Garten mit herrlich geformten Ziersträuchern.

Merlin kniete sich hin und legte den Helm auf den Tisch. Ich schaute auf seine glatten dunklen Haare. Ich musste mich zurückhalten, um nicht die Hand auszustrecken und ihm über den Kopf zu streicheln. Aber der Gedanke verschwand, als er den fest sitzenden Stiefel von meinem Fuß zog. Ich unterdrückte noch einmal einen Schrei, als das Fleisch und die Knochen sich zurechtrückten.

»Das wird helfen.« Zu meiner Überraschung reichte er mir lachend ein großes Glas mit dunkelrotem Portwein. Die Temperatur zwischen uns war von frostig bis sommerlich gestiegen. Ich begann seine Gesellschaft zu mögen. Auf der anderen Seite schien es ihn nur zu amüsieren, dass ich im Moment kaum meine Aufgabe erfüllen konnte. »Die meisten Dienstboten haben wegen der Jagd einen freien Tag. Lassen Sie doch den Greys ihren Ausritt. Ich habe gehört, dass Mrs. Grey nichts gegen einen kräftigen Hengst einzuwenden hat.«

Bevor ich ihn fragen konnte, was genau er damit meinte, war er wieder aufgestanden und suchte im Kühlschrank nach irgendwas. Er kam mit einem Beutel mit Tiefkühlerbsen zurück und drückte sie auf meinen Fuß.

»Nicht allzu lange, sonst bekommen Sie Frostbeulen. Was halten Sie davon, wenn wir dieses Haus erforschen, nachdem die zehn Minuten Erbsenbehandlung vorbei sind?«

Zehn Minuten später führte er mich durchs Haus und flüsterte mit mir, als wären wir Einbrecher. Er ging übertrieben auf den Zehenspitzen, und ich hoppelte hinter ihm her, die Treppen hoch und wieder hinunter und über quietschende Dielenbretter. Oben erklärte er mir, welche Gäste in welchen Zimmern geschlafen hatten.

Mr. und Mrs. Grey bewohnten nicht ein gemeinsames Schlafzimmer, erfuhr ich, aber ich reagierte nicht darauf. Ich interessierte mich mehr für das Spiel seiner Muskeln, als er vor mir ging und ich seine Waden sehen konnte.

Es hatte was Illegales an sich, als wir in die verschiedenen Zimmer der Gäste schauten, aber es war auch sexy, wenn man die zerwühlten Betttücher sah. In den meisten Zimmern standen Himmelbetten. Ich musste daran denken, dass viele Gäste sich nach einem anstrengenden Galopp für einen weiteren Ritt im Bett bereitfinden würden.

Merlin stoppte am Ende des Korridors im Obergeschoss und wies auf die vielen Wandteppiche hin. Wir hatten in alle Zimmer geguckt, und plötzlich wurden wir still. Ich fühlte, wie eine lähmende Scheu mich erfasste.

Der freche Wortwechsel im Stall und auch noch unsere vorwitzige Begehung des Landhauses hatten mir Laune gemacht, aber die großartige Umgebung schüchterte mich ein. Merlin schien das Haus gut zu kennen; offenbar war er schon einige Male hier gewesen. Aber ich hatte das Gefühl, etwas Verbotenes zu tun. Ja, es war aufregend, aber es flößte mir auch Angst ein. Sie hätten früher als erwartet von der Jagd zurückkommen und uns beim ungehörigen Tun erwischen können.

Mein Herz begann wie verrückt zu schlagen, und auch in meinem Fuß pochte es. Merlin zog die Doppeltür vor uns auf, als gehörte ihm das ganze Haus.

»Und das ist das Schlafzimmer des Herrn. Sir Simeons Privatgemächer.«

Jetzt fühlte ich mich wirklich wie ein Eindringling. Der Gedanke, dass Sir Simeon hier etwas Intimes tun würde, sich ausziehen und zu Bett gehen zum Beispiel, ließ mich erröten wie ein Schulmädchen, aber ich trat trotzdem vor, weil ich meine Neugier nicht bezwingen konnte.

Es war ein riesengroßes Zimmer mit einem gigantischen Himmelbett. Dicke Steppdecken und mehrere Kissen lagen auf dem hohen Bett. Zahlreiche Sessel standen herum, und überall gab es Kissen. Ich sah zu meiner Überraschung das Feuer im offenen Kamin. Hohe Fenster schauten hinaus auf die Rasenflächen und dahinter auf die Ställe und Felder.

»Das sieht wie ein Schlafgemach bei Fürsten aus«, bemerkte ich laut, um meine eigene Verlegenheit zu überdecken. »Man kann sich nicht vorstellen, dass darin jemand lebt oder schläft. Nirgendwo eine Spur von Leben.«

Ich humpelte zu einem der hohen Fenster und starrte hinaus auf die im Dunst liegenden Felder. Draußen auf dem Schotterweg hörte ich die stampfenden Hufe der Pferde. Ich konnte auch unsere Pferde hören, die Merlin angebunden hatte. Ihr Atem stieg in dampfenden Wolken aus ihren ungeduldigen Nüstern hoch.

»Oh, er schläft hier, wenn er in der Gegend ist. Auch gestern Abend war er hier.«

»Er war hier? Himmel, warum ist er nicht zu mir gekommen?«

Der Gedanke, dass Sir Simeon in diesem Zimmer gewesen war, jagte mir einen Schauer über den Rücken. Diese Augen allein konnten dich schon in sein Bett ziehen. Ich sah alles genau vor mir, und ich konnte hören, wie er die Bettdecke zurückwarf, wie er den dicken Vorhang zur Seite schob und den Blick freigab auf die geheimnisvolle Frau neben ihm.

»Ich habe keine Ahnung. Er ist vermutlich wieder in einer neuen Mission unterwegs. Es kann aber auch sein, dass er zu jeder Zeit hier einmarschiert. Aber ich bin froh, dass er im Moment nicht hier ist.«

Ich stand am Fenster und hörte, wie Merlin sich mir näherte. Ich konnte sein Spiegelbild im Milchglas der Scheibe sehen. Mein eigenes Gesicht sah wie ein blasser Mond aus, eingerahmt von blutroten Samtvorhängen. Sein Gesicht schwamm neben meinem. Im nächsten Augenblick sah er anders aus. Alles sah anders aus. Das lag an dem großen alten Zimmer, in dem wir Kinder Fangen spielten.

Er hatte ein ernstes Gesicht aufgesetzt, und dann war es so, dass die Atmosphäre im Haus ihn verändert hatte. Er war ein anderer Mensch geworden. Von der Statur her war er jetzt größer, stärker und beeindruckender. Einer, mit dem man rechnen musste, und das gefiel mir.

Unsere Augen leuchteten groß und dunkel in der Spiegelung, meine besonders. Er musste gefühlt haben, dass auch mit mir eine Veränderung vorgegangen war. Er konnte nicht ahnen, dass ich gerade über Sir Simeon phantasiert hatte, und außerdem hatten die Bilder aufgehört, bevor ich ihm den seidenen Pyjama ausgezogen hatte. Aber ich war ganz schön nah dran gewesen. Konnte man diese Gedanken in meinen Augen lesen?

Merlin musste geglaubt haben, dass ich ihn einlade, denn er langte unter mein Jackett, zog den dünnen Pulli aus dem Bund der engen Jodhpurs und begann, seine warmen Finger über meine Wirbelsäule zu reiben. Und wollte ich ihm widerstehen? Zur Hölle damit.

Ich musste es über mich ergehen lassen. Wir hatten uns

gerade erst kennen gelernt, aber alles deutete auf das Unvermeidliche. Alles wurde immer unrealistischer. Ich konnte nicht glauben, dass ich mich allein von der Atmosphäre in diesem sinnlichen Schlafzimmer, Teil des großartigen Landhauses, verführen ließ. Oder von Sir Simeons Schatten.

Langsam schritt ich durchs Schlafzimmer, von Merlin weg. Ich wollte auch sehen, ob mich das Herumgehen, besonders wegen der Schmerzen, aufwachen ließ. Aber wem wollte ich was vormachen? Bei mir im Zimmer stand ein laut atmender Gott der Cherokee und zupfte an meinen Kleidern. Ich hatte seinen Hintern gesehen. Und die Linie der schwarzen Haare, die vom Bauch nach unten führt. Und ich hatte die verlockende Beule in seinen engen weißen Breeches gesehen ...

Merlin hinderte mich daran, das Zimmer zu verlassen, aber er hatte keine große Mühe damit. Er blieb nur dicht hinter mir, versteckte seine Hand unter meinen Pulli und presste sie flach auf meinen Bauch. Er zog mich an sich heran, zurück gegen seinen phantastischen Schoß. Ich stieß ein leichtes Stöhnen aus, das meine Kapitulation signalisierte, und übergab ihm kampflos die Kontrolle.

In allen anderen Zimmern standen die Betten in der Mitte, weit weg von Fenstern und Türen. Aber wenn man sich in diesem Zimmer aufs Bett vor dem Fenster setzte, fiel man fast in die frische Luft. Im nächsten Moment saßen wir auf dem Bett, und wir starrten hinaus auf die Felder und lauschten, ob die Pferde schon mit den Gästen zurückkämen, aber er streichelte mich die ganze Zeit, deshalb war mir nicht bewusst, wie wir auf dem Bett gelandet waren.

Ich merkte, wie steif und wie kalt ich war, aber nicht aus Angst. Es lag eher an diesem Zimmer. Vielleicht spukte es in diesem Haus, nicht nur im Schlafzimmer des Masters. Aber auch das jagte mir keine Angst ein – wenn überhaupt, schuf der Gedanke eine zusätzliche sexy Atmosphäre: Ein Gespenst, das seinen Spaß beim Zusehen haben konnte!

Plötzlich lagen wir auf dem Bett. Das Haus war leer, die Holzscheite knisterten im Kamin, und Merlin streichelte mich mit beiden Händen und wärmte mich.

»Ich dachte, du könntest frieren«, sagte er, aber das hielt ihn nicht davon ab, mich auszuziehen.

Seine Hände strichen über meine Haut, wie er sonst über die Flanken der Pferde strich. Seine Hände waren sanft, aber kräftig genug, um mich anzuheben und mich neben ihn zu legen.

»Ich friere«, bibberte ich. »Wärme mich.«

Ich lag unterwürfig auf der Tagesdecke und ließ ihn den Pulli höher und höher schieben. Ich fragte mich träge, woher dieser Typ wusste, dass ich ihn haben wollte. Im Stall hatte er ein freches, zähes Mädchen kennen gelernt – woher wusste er also, dass ich ihm nicht meine Faust ins Gesicht schlagen würde, wenn er mich anfasste? Ich hätte auch ›Mord‹ und ›Vergewaltigung‹ schreien können.

»Du magst dir zwar vorstellen, dass du einer der Jungs bist«, sagte er und las meine Gedanken, als hätte ich sie auf eine Leinwand geworfen, »aber ich kann die Frau in dir sehen, selbst unter all diesem Geschirr. Wir sind wie Tiere, wir Männer. Wie Pferde die Angst des Reiters riechen können, riechen wir die Attraktion. Und ich hatte Recht. Du bist nur von meinem Reden sanfter geworden. Wir können euch Frauen durchs Schnüffeln ausmachen, ob es euch gefällt oder nicht.«

»Du bist also ein Frauenflüsterer«, scherzte ich.

»Vielleicht.« Er streckte den Hals des Pullis und zog ihn grob über meinen Kopf. Zum Glück trug ich einen meiner kostbaren BHs. Einen saumlosen, glatten Satin in Creme, den man unter dem engen Pulli nicht sehen konnte und der ihm trotzdem meine Brüste wie zwei Snacks anbot. »Wir Kerle, die in der Natur arbeiten, haben mehr Instinkte als die Stadttypen, denen du in London begegnest. Wir sind mit dem Erdboden verwachsen. Wir hören auf das, was unsere Lenden sagen, wir lassen kein Argument zu und keine Diskussion. Wir sehen die Frau, ob sie nun PR-Beraterin oder Küchenmagd ist, und nehmen sie.«

»Ich weiß nichts über Stadttypen«, stöhnte ich, während er unter mich griff und den BH öffnete. Beinahe hätte ich meine Brüste vor Erleichterung seufzen hören. »Aber du bist so zivilisiert wie jeder andere Mann auch, ob dir das gefällt oder nicht. Nur weil du verschlissene Jeans trägst und einen verbeulten alten Truck fährst ...«

»Klar bin ich zivilisiert. Und du bist wohl nur ein einfaches Landmädchen?«

Ich beschloss, ihm nicht zu viel zu erzählen. Soll er doch glauben, dass er ein verwöhntes Stadtmädchen im Sturm erobert hatte. Ich wollte ihn nicht wissen lassen, wie ähnlich wir uns in Wirklichkeit waren. Er sah gut aus und war mir schon vertraut, und das genügte mir.

Mein Fuß schmerzte, ich war müde, und das Bett war weich. Das Feuer im Kamin sang vor sich hin, und ich wollte nicht, dass Merlin aufhörte. Es wäre schicklich gewesen, mich zu wehren, aber ich tat es nicht. Ich war heiß auf ihn, seit er seine Hände auf mich gelegt hatte. Er fühlte sich nicht wie ein Fremder an. Sir Simeon konnte für ihn bürgen, deshalb war alles so natürlich für mich. Nein, es war mehr als natürlich – für mich war alles noch so neu. Mein ganzer Körper knisterte und sang, wie die Scheite im Feuer, und dann befanden wir uns auch noch in diesem eigenartigen Bett.

Plötzlich war er ein schöner neuer Mann, der mir auf einem Tablett geliefert wurde, oder wenigstens auf einem Pferd. Er hatte Mund, Hände und Schwanz und bot mir seine ganze Lust an, die er mir schon mit den Fingerspitzen bereitete. Ich setzte mich auf, drückte meinen Mund auf seinen und küsste ihn. Es war vielleicht das erste Mal in meinem Leben, dass ich die Initiative ergriff. Aber ich wollte ihn jetzt. Ich wollte *es* jetzt.

»Ich wollte dir die Jeans vom Körper reißen, als ich dich das erste Mal gesehen habe«, murmelte er. »Ich wusste, dass sich darunter eine richtige Frau versteckt und nicht ein flachbrüstiger Junge, und ...«

»Hör auf zu reden, Merlin. Die Gespenster könnten uns hören.«

Ich konnte nicht genug kriegen von seinen Lippen. Sie waren gerade und fest, wie die Lippen eines Mannes sein sollten, und doch hatten sie eine Weichheit in sich. Ich benetzte sie mit meinen Küssen. Ich konnte Portwein, Kaffee und die freie Natur schmecken.

Ich hätte ihn den ganzen Tag lang küssen können, aber als ich seine Zungenspitze fühlte, warm und glitschig, spürte ich Glöckchen und Pfeifen, die sich auf und ab in meinem Körper bewegten. Ich öffnete mich weiter, und ein tiefes Gefühl begann direkt zwischen meinen Beinen.

Es war warm und glitschig wie seine Zunge. Ich wollte ihn in mir haben. Ich lechzte nach ihm. Ich hatte vergessen, dass man allein durch das Lecken eines anderen Mundes wahnsinnig werden konnte von den wellenartigen Bewegungen in dir drin. Ob ich das schon einmal gespürt hatte, ob mit dem Prinz oder irgendeinem anderen, konnte ich im Moment nicht sagen. Ich hatte Angst, dass die Sensation mich ertränken würde, deshalb küsste ich ihn fester und saugte an seiner Zunge.

Er legte mich wieder hin und zog sich dann zurück. Er lächelte, und sein Mund war nass. Er zupfte meine Haare aus dem Netz, das ich wegen der Jagd angezogen hatte. Ich versuchte die Haare zurück unters Netz zu schieben; sie sahen ohnehin schon zerzaust genug aus. Aber er holte sie wieder hervor und breitete die Haare auf dem Kissen aus. Sie waren lang geworden, als ich in der Sonne gelebt hatte. Wenn ich sie kräftig bürstete, fielen sie mir bis in die Taille. Ich nahm mir vor, sie schneiden zu lassen.

Es war das erste Mal seit langer, langer Zeit, dass ich mich als Frau fühlte. Er schaute auf meine Haare und ließ sie durch seine Finger laufen, als wären sie irgendein kostbarer Schatz und nicht ein ständiges Ärgernis, von dem ich nur Kenntnis nahm, wenn sie mir ins Gesicht fielen oder zu lang wurden. Während er mit ihnen spielte und das Zupfen an den Wurzeln mich noch mehr antörnte, fragte ich mich, warum ich mich von klein auf immer versteckt und verspannt hatte, warum ich später mein Frausein leugnete. Chrissie hatte mir das immer vorgehalten.

Der Prinz hatte in mir was Ursprüngliches, Wildes aufgeschlossen, aber nach einer Weile hatte ich erkannt, dass ich nicht die einzige besondere Frau für ihn war. Ich war nur Teil seines Stalls von Frauen. Es hatte mich nicht sonderlich gestört, und außerdem war er längst Geschichte.

Aber Merlin machte mir klar, nachdem wir uns seit gut einer Stunde kannten, dass ich eine Aufgabe auf dieser Erde hatte, und für den Moment war ich die einzige Frau in seinem Universum. Deshalb ließ ich mich von ihm auf den Rücken legen. Er zog mich aus, und die ganze Zeit blieben wir still im Zimmer mit dem Kaminfeuer. Er zog meine Breeches aus und schob meinen feuchten Slip hinunter. Dann setzte er sich neben mich und betrachtete, was er freigelegt hatte.

Sein Blick kehrte immer wieder zu meinen Brüsten zurück. Sein Gesicht strahlte, und in den Augen brannte Lust. Ich begann überall zu glühen. Mir wurde klar, was er alles sah, und ich war stolz darauf. Er sorgte dafür, dass ich stolz auf meinen Körper war. Ich wusste, ich war fit und schön gebräunt, aber zum ersten Mal seit Monaten betrachtete ich mich als sexy und schön, und ich wollte, dass er mich auch so sah.

Dann öffnete er seine Breeches, und ich sah wieder die engen schwarzen Boxer, hinter denen sich die Konturen seines Penis abzeichneten. Er sah wie ein Gott aus, und nackt noch viel mehr. Er schälte sich langsam aus seinen Kleidern, und mit jedem Zentimeter, den ich von Schultern, Brustkorb und Bauch sah, glatt und gebräunt, mit jeder weiteren Stelle, die er mir zeigte, schnatterte ich vor Lüsternheit.

Ich konnte nicht glauben, was ich sah, er war so schön, und wir waren ganz allein. Mir war schwindlig vor Verlangen, lange bevor er die Boxer über die Beule zog. Er hakte die Finger unter den Bund und schob sie langsam nach unten. Mein Herz klopfte mir in der Kehle. Ich schlug die Beine übereinander, um das unkontrollierbare Zittern abzustellen.

Und da sah ich ihn, heiß, hart und pulsierend mit seinem eigenen Beat. Ich hatte schon Hengste gesehen, die nicht so gut bestückt waren. Ich sehnte mich danach, ihn anzufassen. Er ragte hinaus, zeigte auf mich, bebend und stolz und dunkel gebräunt wie der Rest von ihm. Ich wollte in die Hände klatschen, als er aus der Hose sprang, als wollte er mich begrüßen. Ich fühlte nichts als Gier und Lust.

Sein feiner Mund lächelte wieder, als Merlin sich über mich beugte und die Haare aus meinen Augen schob. Gleichzeitig fuhr er mit einer Hand glättend über mein Gesicht, den Hals hinunter, über die Brüste. Dort hielt er inne. Er nahm eine Brust in die Hand, leckte sich genussvoll über die Lippen und raunte: »Später, später«, während er meine Brüste streichelte, bis die Nippel hart wurden.

Meine Erregung schwoll an bei dem Gedanken, dass er

mir mehr davon versprochen hatte. Vielleicht einen ganzen Tag? Ich würde neben ihm im Bett liegen, mit ihm in diesem riesigen Bett herumtollen, wobei wir Gefahr liefen, dass Sir Simeon – wo war er eigentlich? – uns erwischte. Mein verletzter Fuß war längst vergessen angesichts der Sehnsuchtsschmerzen an anderen Stellen meines Körpers.

Er spielte eine kleine Ewigkeit mit meinen Brüsten, bis ich mich unter ihm wand und krümmte, weil ich mich aufrichten und meine Brüste gegen sein Gesicht drücken wollte. Ich wollte, dass er seine festen Lippen ansetzte und das zarte Fleisch in seinen Mund saugte.

Ich hatte nicht gewusst, dass meine Nippel so intensiv brennen können. Sie lechzten danach, dass er sie in den Mund nahm, sie leckte und biss. Aber er behielt seine großen Hände auf ihnen, und er lachte leise, als wollte er sich über mich lustig machen.

Doch er neckte auch sich selbst, denn ich sah, wie sein Penis hin und her schwang. Ich fühlte, wie er gegen meinen Schenkel stieß. Ich öffnete die Beine, weil ich sie um ihn schlingen wollte, denn ich fühlte die Nässe meiner geschwollenen Geschlechtslippen. Seine Hoden schwangen dagegen, und das leise klatschende Geräusch wurde plötzlich lauter im stillen Zimmer, und dann konnte er nicht länger widerstehen.

Er ließ meine Brüste los und hob sich auf seine kräftigen Arme. Er lag hoch über mir wie ein großer Hund, der mit dir spielen will. Da war zu viel Luft und Raum zwischen unseren Körpern. Durch den Raum konnte ich auf das Kaminfeuer sehen. Ein schwacher winterlicher Sonnenstrahl schoss wie ein Pfeil durch das Fenster. Merlin verringerte die Lücke.

Ich konnte die Wärme seines Torsos spüren, kurz bevor er sich auf mich legte. Seine Ellenbogen zitterten bei der Anstrengung, mich zu schonen. Ich sank unter ihm in das weiche Bett, dann hob ich meine Hüften, um auf seine zu stoßen. Ich spürte die Spitze seines wunderbaren Schwanzes, die in mich hineindrängte. Er war behutsam und ging langsam mit den ersten Zentimetern um; er verharrte kurz, ehe er tiefer drang, dann schob er vorsichtig nach. Ich fragte mich, wie weit es mit seinen Erfahrungen her war. Aber mein Körper umfasste seine gespannte Länge, weil meine Säfte als Schmiermittel wirkten und jetzt schon auf den Gobelinstoff der Tagesdecke tropften.

Mein Körper schmolz mühelos in seinen; es war tatsächlich ein Verschmelzen, sodass ich nicht wusste, wo mein Bauch, die Pussy und die Beine endeten und wo sein Bauch, der Schaft und seine Beine begannen. Er stützte sich auf den Unterarmen auf, beugte sich hinunter und begann mich wieder zu küssen. Er stieß meinen Mund weit auf, und seine Zunge konnte das nachahmen, was sein langer harter Schaft tat. Er erreichte das Ziel tief in mir; er füllte mich völlig aus und dämpfte meine Schreie.

Wieso hatte ich an seiner Erfahrung gezweifelt? Dieser Mann war gewaltig. Einen glühenden Moment lang wünschte ich, ich wäre bei seinem ersten Mal dabei gewesen.

Als sein Mund zur Seite glitt, wurden meine Lustschreie wieder hörbar, sie waren noch lauter und schriller. Er stieß in mich hinein, und alle winzigen Muskeln von mir klammerten sich an ihn, sie rieben sich gegen ihn und lösten eine Welle aus, die mich erfasste und erschütterte. Ich öffnete die Augen und sah ihn an. Meine Knie schwankten, und mein Kopf freute sich, und dann sah ich eine Explosion von Farben und die Sensation von Millionen von großen Blumen, die in mir aufplatzten.

Ich rief seinen Namen, als sein Schwanz ein- und ausfuhr, und wir wurden geschüttelt wie unsere Pferde nach einem langen harten Galopp. Gerade, als ich es hätte erwarten sollen, es aber nicht tat, kam ich in einem wilden saftigen Orgasmus auf Sir Simeons Tagesdecke.

Ich ließ den wunderbaren Merlin schlafend auf dem Bett zurück; das war zwar fast wie eine chinesische Folter, aber die Sonne hatte sich gesenkt, und ich musste zurück zu meinem Auto und nach London fahren. Ich sah ihn einen Moment oder zwei an, während das Nachglühen der Lust durch mich schoss. Mir fiel auf, dass der silberne Ohrring nicht die Form eines Dolchs hatte, wie ich zuerst gedacht hatte.

»Wie Cinderella«, sagte ich, als er mich am Arm zog, um mich aufzuhalten, die Augen noch geschlossen. »Ich muss wirklich gehen.«

»Dann gehe«, murmelte er und rollte sich verärgert auf den Rücken. »Das war doch nur ein bisschen Spaß zwischen Magd und Knecht.«

Er war noch halb erigiert, und sein Penis erhob sich aus dem Nest der pechschwarzen Haare. Für einen Penny hätte ich mich auf ihn gesetzt, aber jetzt war seine anmaßende, arrogante Art zurückgekehrt, und ich wollte mir ersparen, von ihm zu hören, wie er mich nach unserer überraschenden Begegnung einschätzte. Außerdem – Sir Simeon.

Mimi und der Club riefen mich zurück, aber es wäre wohl falsch, ihm das zu sagen. Besser, ich setzte mein Londoner Gesicht auf und verschwand.

Als hätte es mich beobachtet, klingelte mein Handy in dem Moment, in dem ich in den Ledersitz meines MG glitt. Ich war zurück durchs Haus geschlichen und vorsichtig zu meinem Pferd gegangen, aber Merlins sanfte Behandlung hatte gewirkt – die tiefgekühlten Erbsen hatten die Blutergüsse im Fuß verhindert und die Schwellung gemildert.

Ich hatte an seine eigene Schwellung gedacht, als ich oben auf Sir Simeons Bett lag und sehen konnte, wie sich sein stämmiger Penis gehoben hatte. Ich musste die Augen schließen, als das Treiben meiner Lüste wieder durch meine Venen schoss. Und dann musste ich daran denken, dass Sir Simeon wütend sein würde, wenn er herausfand, was wir auf seinem Bett getrieben hatten.

Ich hatte mit den Zähnen geknirscht und war auf mein Pferd gestiegen. Ein rascher Galopp zurück zu den Ställen. Ein paar Mädchen nahmen mir die Stute ab, wobei sie mich argwöhnisch von oben bis unten betrachteten, als hätte ich das Tier gestohlen. Erst als ich mich setzte und den Ruf des Handys hörte, fiel mir auf, dass mein BH aus der Tasche meines Jacketts hing. Ich hatte es zu eilig gehabt.

»Sie hören sich ziemlich atemlos an, Summers.«

Es war Mimi.

»Ja, ich bin geritten.«

»Da wird sich Sir Simeon aber freuen.«

»Das hoffe ich.«

Es entstand eine Pause.

»Ich möchte Sie morgen früh in meinem Haus sehen. Ist das okay für Sie?«, fragte Mimi. »Für heute Abend sind Sie entschuldigt. Sie haben sich Ihre Streifen verdient, wenn Sie es mit den Greys zu tun hatten. Sie ist berüchtigt für ihr schwieriges Verhalten.«

»Dazu kann ich leider nichts sagen. Sie waren ohne mich auf der Jagd. Ich habe mir den Fuß verletzt, aber man hat mich gut behandelt.«

Ich konnte mir das Grinsen nicht aus dem Gesicht wischen. Aber ich war ein wenig irritiert, dass ich mich nicht im Club melden sollte. Dann hätte ich den glatten schönen Körper ja nicht so überhastet verlassen müssen.

»Oh, wer hat Sie denn so gut behandelt?«

Ich fand, ich sollte das Erlebnis auf Sir Simeons Bett ein wenig herunterspielen.

»Ach, irgend so ein arroganter kleiner Kläffer, der den Namen eines Zauberers trägt und der mehr über meinen neuen Job zu wissen schien als ich.«

Ich hörte ein Stöhnen, dann ein kehliges Lachen. »Miss Summers«, sagte Mimi schließlich, »waschen Sie Ihren Mund mit Sattelseife aus.«

»Ich bin wütend auf ihn, wenn Sie's genau wissen wollen. Der Tag ist nicht so gut gelaufen, wie ich mir das vorgestellt hatte, und ich glaube, dass ich Sir Simeon enttäuscht habe. Dieser Bursche hat mich nichts tun lassen. Er wollte die Kontrolle über alles nicht aus der Hand geben, auch nicht über die Klienten. Entschuldigung – Mitglieder. Warum soll ich mir den Mund auswaschen?«

»Weil, liebes Mädchen, dieser arrogante kleine Kläffer Merlin Symes ist. Sir Simeons Sohn.«

Fünftes Kapitel

Chrissie hätte ungläubig gegackert, wenn sie gesehen hätte, wie ich mich verändert hatte und meine Pflichten im Club erfüllte. Aber ich war entschlossen, ihr vorläufig nicht zu sagen, was mein neuer Job alles von mir verlangte.

Miss Breeze hatte mir die Adresse ihres weißen Hauses in Kensington gegeben. Als ich auf die Türklingel drückte und in die Videokamera schaute, ertönte ein Summer, dann schwang die schwere Tür auf, elektronisch gesteuert.

Das Innere des Hauses war in Weiß, Creme und Blutrot gehalten; unwahrscheinlich elegant. Selbst die Lilien in den hohen Vasen und die brennenden flackernden Kerzen auf jeder Oberfläche, die sich anbot, waren entweder weiß oder rot.

»Hier oben, Summers«, hörte ich eine kehlige Stimme über meinem Kopf. Ich folgte der Richtungsbeschreibung und dem schweren Duft. Es gab eine Wendeltreppe aus Stein, und durch die erste weiße Tür waberten Duftwolken. Ich hätte beinahe geglaubt, dass man die Wolken sehen könnte.

Ich drückte die Tür auf und trat ein. Es gab ein Geräusch von fließendem Wasser; das musste das Bad hinter ihrem Schlafzimmer sein. Aber ich kam mir vor, als hätte ich Aladins Höhle betreten. Über dem Bett, über den Stühlen und in Regalen gab es sensationelle Unterwäsche. Cremefarbene Satinslips, mitternachtsblaue Hemdchen, burgundfarbene BHs mit süßen Strapsen, schwarze Mieder, ein Hauch von pinkfarbenen Strümpfen, durchsichtige Negligees, alles, was man sich vorstellen konnte, war im ganzen Zimmer verteilt oder gestapelt. Im Fenster posierte ein hoch aufgeschossenes Model in einem scharlachroten Korsett mit Strapsen und farblich abgestimmten Strümpfen; eine Plastikhand verwegen zwischen den Schenkeln und ihr Kinn stolz gehoben.

»Nun, Wäsche ist Ihre Schwäche, nicht wahr? Oder Ihre Stärke.«

Miss Breeze stand neben mir, locker in einen weißen Seidenmantel gehüllt, in den winzige rote Blumen gestickt waren. Ich sah sie an und war mehr als verdutzt. Im trüben Licht des Büros hatte ich ihr Gesicht für weiß gehalten, aber jetzt konnte ich erkennen, dass sie dickes Make-up aufgetragen hatte. Der Augenstift war nicht mehr da, und sie sah um Jahre jünger aus, obwohl ich immer noch glaubte, dass sie älter war als ich. Ihre Haut hatte die Farbe von hellem Toffee, und am Hals hatten sich ein paar Sommersprossen niedergelassen; sie führten in den dunklen Schatten zwischen den Brüsten.

»Wollen Sie mich nicht Suki nennen?«, fragte ich, als sie mir den Mantel abnahm und zur Seite warf.

»Vielleicht, wenn die Zeit reif ist. Aber vergessen Sie nicht, dass Sie für mich arbeiten. Sie können mich Mimi nennen.«

»Laden Sie Mitglieder schon mal zu sich ein? Es ist so ein zauberhaftes Haus«, sagte ich, während sie mir einen niedrigen Fensterplatz und eine Tasse Kaffee anbot. »Sie haben es so schön wie im Club.«

»Das kommt daher, weil ich beide entworfen habe, Darling«, sagte sie und verschwand in einem kleinen Anziehzimmer. »Und um auf Ihre Frage zu antworten – nein. Allgemein bin ich dafür, Geschäft und Vergnügen zu teilen. Aber ich kann meine eigenen Gesetze brechen, was ich oft genug tue.«

Mimi Breeze kam mit einem Armvoll Kleidern aus dem Zimmer, legte sie auf den Boden und setzte sich neben mich auf den Fensterplatz. Sie fing wieder an, mit meinen Haaren zu spielen, und mein Schädel prickelte vor Erwartung, als ich ihre Finger und Nägel spürte, die mich zu einer Leichtigkeit im Kopf massierten. Zum Glück hatte ich die Haare am Morgen gründlich gebürstet, bevor ich zum Frühstück in die Earls Court Road hetzte und hoffte, dass ich Chrissie auf dem Weg zu ihrer Arbeit nicht begegnen würde.

»Erzählen Sie mir mehr darüber, was ich zu tun habe«, sagte ich zögernd. Meine Augen fielen zu, als sie mich ablenkte. »Dieser Merlin hat mich mit Verachtung gestraft, als er hörte, dass ich etwas mit dem Club zu tun habe.«

»Sie können ihn ignorieren. Er spielt gern den Bauern. Er und sein Vater gehen bei jeder Gelegenheit aufeinander los. Sie gleichen sich zu sehr, das ist der wahre Grund für ihren Streit. Haben Sie diese Augen nicht wiedererkannt?«

»Ich habe nicht in seine Augen gesehen«, sagte ich und lachte. Mimi sah, wie mir die Röte in die Wangen stieg, deshalb wusste sie sofort Bescheid.

»Machen Sie einen großen Bogen um ihn, Suki«, riet sie mir. »Sir Simeon dreht durch, wenn er etwas erfährt. Und ich bin auch nicht glücklich darüber.«

»Tut mir leid, Mimi.«

»Ja, gut.« Sie war wieder glücklich und presste ihre Finger fest gegen meinen Schädel. »Was wir an diesem Morgen machen werden? Nun, ich bringe Ihnen alles bei, was Sie wissen müssen. Es beginnt mit einer Dusche, mein Mädchen. Und dann alles, was dazugehört. Ich habe eine Friseurin bestellt und eine Maniküre geordert.« Sie hob meine Hände und hielt sie so dicht vor ihr Gesicht, dass ich ihren Atem spüren konnte. »Was haben Sie in den letzten Jahren mit Ihren Händen angestellt? Sie sind rau wie bei einem Seemann.«

Ich lachte und wollte die Hände zurückziehen, aber sie hielt sie fest.

»Miss Sugar hat Ihnen offenbar nicht meinen berühmten Lebenslauf gezeigt«, sagte ich und sah Mimis Hand an, die meine hielt. »Ich arbeite lieber mit meinen Händen. Kopfarbeit langweilt mich.«

»Bei unserem Spiel brauchen Sie beides«, sagte Mimi und legte meine Hände in meinen Schoß, hielt sie aber weiter fest. »Aber um fair zu sein – die Kopfarbeit wird nur bei Problemen erforderlich. Sie müssen schnell reagieren, wenn ein Mitglied mit Ihnen oder dem Club nicht zufrieden ist. Himmel, das Mädchen, das zur Nagelpflege kommt, hat eine Menge Arbeit vor sich.«

»Sehen Sie den Job als Spiel an?«, fragte ich.

Mimi zeigte eine wegwerfende Handbewegung. »Nein, nicht wirklich. Der Job hat auch seine ernsthafte Seite wie jeder andere auch. Und natürlich werden wir dafür bezahlt. Aber er bringt Spaß und ist wirklich einzigartig.« Durch dicke dunkle Wimpern schaute sie mich an. »Im Grunde müssen Sie in diesem Job oft wie eine Ehefrau handeln. Das ist es, was sie sich alle von Herzen wünschen – eine Ehefrau.«

»Aber ich dachte, sie kommen zu uns, weil sie vor ihnen davonlaufen?«

»Das glauben sie, Darling, aber sie irren sich. Sie wollen nur eine Ehefrau mit einem Schwanz.«

Sie hob in theatralischem Vergnügen ihre Hände und die Augenbrauen, weil sie sich über ihre eigene Formulierung freute, und ich reagierte, wie sie es erwartete. Ich schaute sie ungläubig an und setzte zu einem schmutzigen Lachen an. »Was macht eine Ehefrau mit einem Schwanz?«

»Sie gibt ihnen alles, was sie wollen, und sie stellt keine Forderungen.« Sie legte eine Pause ein und betrachtete mich wie eine Lehrerin. »Und was sind die üblichen Aufgaben einer Ehefrau?«

Mir gefiel der Verlauf unserer Unterhaltung. Mimi hatte den ursprünglichen Ernst fallengelassen Vielleicht lag es auch daran, dass wir nicht im Club waren. In ihrem Haus war sie nur eine großartige Kollegin.

»Ihren Ehemann vögeln und den Haushalt führen?«

Mimi klatschte in die Hände, dann tätschelte sie triumphierend meine Wangen.

»Nun, du hast das nicht von mir gehört, aber diese Definition passt ganz gut. Oh, Suki Summers, ich glaube, Sie sind wie für den Club gemacht.«

»Langsam! Ich kann nicht sagen, dass ich das alles kann. Schauen Sie mich doch an. Ich bin ein bisschen schmuddelig. Viele Männer haben keinen zweiten Blick für mich übrig. Und ich habe keine Ahnung, wo ich beginnen soll, das zu ändern.«

»Sie brauchen nichts zu ändern, es sei denn, die Situation erfordert es. Und wenn das eintritt, werden Sie es merken, und Sie werden genau wissen, was Sie zu tun haben.« Ihre Stimme klang besänftigend, während meine immer schriller geworden war. »Diese Jungs wissen gar nicht, wie glücklich sie sich schätzen können. Begreifen Sie denn nicht, dass die Männer Sie umso heißer finden, wenn Sie Ihr Licht unter den Scheffel stellen? Wir würden keine raffinierte kleine Schlawinerin einstellen, sonst sind wir in kurzer Zeit nicht mehr im Geschäft. Wir brauchen Mädchen, die schön sind und zurückhaltend. Wir haben Sie genau zum richtigen Zeitpunkt gefunden. Ich wusste sofort, dass Sie diese unauslöschliche Qualität besitzen, und Sie werden mich nicht enttäuschen.«

Mimi streichelte wieder über meine Wange und zeigte mit dem Finger. Ich schaute aus dem Fenster auf die Straße unter uns. Ein Mann hastete aufs Haus zu; er trug einen weiten Filzhut und einen langen dunklen Mantel. Von hier oben konnte ich das Gesicht nicht sehen, aber der Mann hinkte.

»Wer ist das?«, fragte ich und wünschte, sie würde mich nicht die ganze Zeit anstarren.

»Wahrscheinlich Sir Simeon, der irgendwas Geschäftliches klären will«, sagte Mimi, ohne aus dem Fenster zu sehen. Leichte Falten bildeten sich auf ihrer Stirn, als wollte sie sich in unserem Gespräch nicht stören lassen. »Ich erkenne den Klang seines Gangs.«

In meiner Kehle spürte ich einen Kloß. Ich wusste immer noch nicht, ob ich unruhig oder erregt wurde, wenn ich Sir Simeons Namen hörte. »Er sieht besser aus als gestern.«

»Wie wir alle ist er ein Meister des Verstellens.«

»Wollen Sie ihm nicht die Tür öffnen?«

»Er hat seinen eigenen Schlüssel. Er lässt sich öfter mal sehen, um zu überprüfen, wie die Dinge laufen. Er stört uns nicht, wenn es um Kassenfragen geht. Das soll auch Ihre Sorge nicht sein, Summers«, sagte sie. Sie seufzte ein wenig ungeduldig und zog mich vom Fenster zum Badezimmer. »Und was Sir Simeon angeht, so halte ich es für besser, wenn Sie die unbedachte Beschreibung seines Sohnes für sich behalten, ja?«

»Ja, Mimi«, sagte ich gehorsam. »Aber nur noch eine Frage: Warum hat Sir Simeon sein Pferd auf diese Weise geritten, dass er sich das Bein gebrochen hat?«

»Es geschah kurz nach dem Tod seiner Frau. Merlins Mutter. Er war untröstlich. Und trotzdem hat der Unfall ihn wieder zu Verstand gebracht. Jetzt steckt mehr Leben in dem alten Knochen als in jedem anderen, den ich kenne.«

Sie schien für einen Moment abzuschalten, und ich hatte Gelegenheit, sie zu betrachten. Mimi sah wie eine Herzogin aus, oder wie eine Königin. Die Bienenkönigin sitzt in ihrem

Bienenkorb und zieht die Drohnen und Arbeiter an. Ich fragte mich, ob die Clubmitglieder sie auch so sahen. Sir Simeon wäre mit dem Bild wahrscheinlich einverstanden gewesen. Vielleicht lag es an der Aufmerksamkeit, mit der sie mich überschüttete. Damit konnte ich den Mangel an ständiger männlicher Begleitung kompensieren. Diesen Gedanken hatte ich schon gestern gehabt, als ich bei Merlin war.

Es war sicherlich sehr angenehm, bei Mimi zu sein, dachte ich versonnen, während sie Wasser laufen ließ und der Dampf aus der Duschkabine aufstieg. Aber es war nicht nur der Mann, den ich brauchte. Ich wollte das ganze Paket, das Flüstern, das Umarmen, das Berühren ...

Sie schüttelte den Kopf und machte einige Male »ts, ts«, als hätte sie meine Gedanken gelesen, aber dann zog mir Mimi die alte Schaffelljacke aus und ließ sie auf den Boden fallen. Gleich darauf zog sie mir den Pullover rau über den Kopf.

»Heute keinen Hosenanzug gefunden, der Ihnen nicht passt?«, fragte sie, lachte leise und wuschelte durch meine Haare. »Sind diese Kombat-Klamotten Ihr persönlicher Stil?«

Ich zögerte, dann zog ich mein T-Shirt aus und warf es auf den Boden. Von Minute zu Minute verlor ich meine Scheu immer mehr. Nachdem ich auf Sir Simeons Bett die Beine für England breit gemacht hatte, gab es keinen Grund mehr für Scheu. Ich trug ein Hemdchen, das meine Brüste in unsichtbaren elastischen Körbchen hielt. Die schweren Mammas wurden zusätzlich von blassgrüner Spitze gehalten, die dann auch noch die Taille umschmiegte. Unter T-Shirts sah diese Kombination besser aus. Im Sommer sah es auch ohne T-Shirt gut aus, dazu dann noch meine tief hängenden Levis.

»So fühle ich mich am wohlsten«, antwortete ich, schnallte den Gürtel meiner Jeans auf und trat sie mir von den Beinen.

Mimis Augen strahlten. Eine Hand fasste an ihren Hals und streichelte die zarte Haut oberhalb des Brustbeins.

»Aber schauen Sie doch nur, wie gut Sie ausgezogen aussehen«, rief sie, trat näher an mich heran und legte ihre Hände um meine Taille. »Diese langen Beine! Ich habe bei dem Bewerbungsgespräch, das ja auch keins war, gar nicht darauf geachtet. Und dann diese Brüste! Aber sie habe ich gesehen. Diese Brüste allein könnten ein ahnungsloses Opfer an die Wand nageln!«

Sie war so elegant und selbst auch halb nackt, denn ihr Morgenmantel glitt gefährlich von einer Schulter. Aber weil sie sich selbst in diesem entblößten Zustand befand, hatte ich kein Problem damit, mich vor ihr auszuziehen. Im Gegenteil, mir gefiel es, weil sie mich mit diesen bewundernden Blicken anschaute, und ich konnte mich unter ihrer Beobachtung entspannen.

»Seit meinen Model-Tagen war ich nicht mehr so völlig nackt vor einer anderen Frau«, sagte ich, »und damals war da immer eine Herde von anderen Models in einem überfüllten und stickigen Studio.«

Mimi antwortete nicht. Ich nahm an, dass sie an meiner Vergangenheit nicht interessiert war. Jetzt war ich sicher, dass sie nicht mal einen Blick in meinen ausführlichen Lebenslauf geworfen hatte.

Ich trat in die Duschkabine und stand eine Ewigkeit da. Ich schäumte mich ein, brachte das Blut in Wallung, sodass mein ganzer Körper zu glühen begann. Ich hielt mein Gesicht unter die Nadeln des scharfen Duschkopfs, bis ich so wach war wie seit langem nicht. Ich stellte das Wasser ab und griff nach einem Badetuch, und dann war Mimi da und rieb mich trocken.

»Es ist unmöglich, das zu ignorieren, Suki«, sagte sie und drückte den breiten Mund gegen mein Gesicht, dicht neben die Lippen. Ich stand still, reglos vor Überraschung. Sie schürzte die Lippen und küsste mich langsam, wobei sie eine nasse Stelle im Mundwinkel hinterließ. »Ich kann einer Herausforderung nicht widerstehen. Wenn du noch nicht von einer Frau berührt worden bist, will ich die erste sein.«

Mimis Hände glitten unter meine Rippen, über die Hüften und hinunter zu meinen Pobacken, ehe sie wieder zu meinem Oberkörper zurückkehrten. Plötzlich legte Mimi das Badetuch weg, und der Atem überschlug sich in meiner Kehle, als meine Brüste in ihre wartenden Hände fielen. Die Nippel schrumpften sofort zu harten Punkten, als die feuchte Luft sie empfing.

Mimi schien mit ihren Händen meine Brüste neu formen zu wollen; sie presste sie zusammen und stieß jeden Nippel mit einem Zeigefinger an. Ich konnte den Ausdruck ihres Gesichts nicht sehen, dafür schaute ich auf die fast nackten Brüste unter ihrem Seidenmantel.

Meine Beine zitterten. Um mein Gleichgewicht zu halten, packte ich Mimis Schulter an, aber aus Versehen fiel meine Hand auf den Kragen des Mantels. Das Kleidungsstück rutschte weg wie ein scheues Tier, fiel von ihr wie eine zweite Haut, und eine braune Brust war entblößt, rund und reif und mit einem unglaublich großen schokoladenbraunen Nippel. Sie belegte mich mit einem Bannfluch, davon war ich überzeugt, denn ich hatte nie das Bedürfnis gehabt, eine andere Frau zu berühren oder von einer anderen Frau gestreichelt zu werden, ganz egal, was Chrissie die ganze Zeit geglaubt hatte.

Nein, so etwas war nie geschehen. Elektrische Stromstöße zischten durch meinen Bauch und packten mich mit geilen verbotenen Lüsten, noch bevor sich Mimis roter Mund auf meinen presste.

Mimi gluckste. Ich war sicher, dass sie meine Gedanken

lesen konnte. Sie musste eine wunderschöne Hexe sein. Sie ließ meine Brüste frei und schaute auf ihre eigenen, dann trat sie hinter mich und schob mich ins Schlafzimmer.

Ein großer Spiegel, der fast eine ganze Wand einnahm, lud zum Betrachten ein, und obwohl ich sonst mein eigenes Spiegelbild mied, streckte ich mich und starrte auf meinen kurvenreichen Körper und musste an all die Abenteuer denken, die ich noch nicht erlebt hatte.

Von Mimi konnte ich nur das Gesicht sehen, das mich über meine Schulter anlachte. Die grünen Augen, die in meinem Gesicht weit auseinanderstanden, wurden immer größer, als ich ihre braunen Finger beobachtete, die über meinen Bauch streichelten. Ich konnte ihren Atem auf meinem immer noch feuchten Nacken spüren.

»Ich dachte, du hättest mich zu dir bestellt, um mich ein bisschen nuttig aufzumotzen«, sagte ich, als ich in der Lage war, die Worte zu formulieren. »Ich habe nicht geahnt, dass du so für mich empfindest.«

»Oh, nimm das nicht zu ernst, Suki. Ich mache das nur, um dich ein wenig aufzuwecken«, murmelte sie, und ihre Finger kitzelten wieder meine Haut. »Nennen wir es eine Neueinführung. Meine Art von Neueinführung, die sich sehr von Sir Simeons Initiation unterscheidet. Bei meiner Neueinführung spielen Pferde keine Rolle, und arrogante kleine Hornochsen auch nicht. Dir ist das egal; ich sehe es dir an. Und ich will dich nicht in die Schlacht schicken, bevor ich dich auf nette Art aufgewärmt habe, nicht wahr?«

»Schlacht?«, fragte ich.

»Du kannst für den Club auf die Barrikaden gehen. Für dich wird es nicht mehr bedeuten, als in den Park zu gehen.«

Ich schüttelte den Kopf und schaute ihren Fingern zu, die auf den Löckchen meines lohfarbenen Buschs spazierten. Noch waren sie dunkel vom Duschwasser.

Meine Schenkel gingen ein wenig auseinander, obwohl meine Beine noch zitterten. Ihre Finger verharrten auf der Stelle, dann strichen sie in die verbotene Kerbe und fuhren ganz hinunter bis zur heimlichen Öffnung.

Ich sah meinen weit aufgerissenen Mund im Spiegel und schnappte nach Luft. Ich versuchte erst gar nicht, cool auszusehen. Ich zog Mimi herum, und dann standen wir uns gegenüber, Brust an Brust. Unsere Gesichter waren sich so nahe, dass sie verschmolzen. Ich schloss meine Augen und drückte meinen noch offen stehenden Mund auf ihren.

Ihre Lippen fühlten sich wie ein Kissen an. Sie gaben weich nach, als ich meinen Druck verstärkte. Verhielt ich mich zu sehr wie ein Mann? Das war absolut nicht meine Absicht, denn ich fühlte mich komplett als Frau, und in dieser Situation sogar doppelt als Frau. Ich stieß meine Zungenspitze zwischen ihre Lippen.

Wir hatten beide begonnen, uns gegenseitig aneinander zu reiben, die Leiber hin und her zu winden, auch wenn es uns gar nicht bewusst war. Zum ersten Mal in meinem Leben fühlte ich mich versucht, in den Schritt einer anderen Frau zu greifen. Ich fühlte mich von ihr so unheimlich erregt, wie sich auch ein Mann fühlen musste.

Jetzt wollte ich ihre Pflaume fühlen, aber Mimi drückte sich fester an mich, küsste mich und stieß ihre Finger in mich hinein, während die andere Hand meine kleine Stelle oben zwischen den Schamlippen umkreiste. Die Funken explodierten in meinem Kopf, als sie meine Klitoris erkundete, die sie mit dem Daumen manipulierte.

Ich gab meine Versuche auf, in ihre Ritze zu gelangen. Ich beugte meine Knie ein wenig, ein fast unbewusstes Tun, um mich noch mehr für sie zu öffnen. Ihre Pobacken konnte ich erreichen; ich packte sie und zog sie ein bisschen auseinander.

Überrascht öffnete ich die Augen, als meine Finger in die warme Öffnung zwischen den Backen glitten. Als ich diese unbekannte Stelle erforschte, blickte ich zur Seite und sah unsere beiden Profile im Spiegel. Unsere Brüste rieben sich, während wir schwankten, und so blieben die Nippel wegen der kontinuierlichen Reibung steinhart. Die Muskeln in Mimis Armen arbeiteten, auch wenn ihre Hände unsichtbar zwischen meinen Schenkeln blieben, während meine Arme sich um sie streckten und meine Hände in ihre Kerbe stießen.

Unser Anblick, der blasse Körper und der braune Körper, von der harschen Wintersonne angestrahlt, damit nur ja nicht entgehen konnte, was wir taten und wie es wirkte, war zu viel für mich. Zungen der Ekstase leckten an meiner Klitoris, während Mimi mit den Fingern immer schneller ein und aus pumpte.

Ihre Finger und der Daumen spielten mit mir, während ich meinen Mund von ihrem lösen musste, um nach Luft zu schnappen. Die Wellen strahlten von Mimis Fingern aus, und ich stöhnte laut, als ich spürte, wie sich meine Säfte zwischen den zitternden Beinen sammelten. Mein Klimax überfiel mich heiß und schnell und schüttelte mich durch.

Ich löste mich von Mimi und sank auf den weißen Teppich. Meine Pussy zuckte noch, und ich fühlte mich belebt und erfrischt. Mit dem gestrigen Erlebnis in Symes Hall und dieser unerwarteten sexy Begegnung gefiel es mir in England schon viel besser. Ich hatte nicht damit gerechnet, in zwei Tagen zwei geile Abenteuer zu erleben. Ich fühlte keine Verlegenheit und keine Scham. Irgendwas hatte mich verändert. Oder London hatte sich verändert, als ich gerade mal nicht hingeschaut hatte. Wie auch immer – von mir aus konnte es in diesem Stil weitergehen.

Immer noch hechelnd, schloss ich die Augen. Ich hörte, wie Mimi hin und her ging und leise vor sich hin summte.

»Du wirst froh sein, dass wir das gemacht haben«, sagte sie gelassen. Ich schaute hoch. Von einem Stapel von Seidenwäsche nahm sie ein paar durchsichtige Stücke. Ihre braunen Füße tappten über den Teppich und blieben vor mir stehen. Ihr großer Zeh hob mein Kinn, sodass ich mich aufrecht setzen musste.

Hinter ihr hatte das Model den Kopf gewandt und schaute uns an.

»Du bist jetzt bereit, Suki«, sagte sie und lächelte. Sie ließ die Unterwäsche in einer Seidendusche auf mich hinabregnen. »Es ist Zeit, dass du dich für die Arbeit anziehst.«

Wie ich schon sagte, Chrissie hätte gegackert, wenn sie mich hätte sehen können. Sie wäre vor mir auf und ab gegangen und hätte ihren Augen nicht trauen wollen. Nicht nur, dass mir das Nadelstreifenjackett aus purer Wolle wie angegossen passte, der eine große Knopf ließ den Stoff über meinem Busen spannen. Das Jackett war mit Seide gefüttert, was bedeutete, dass ich keine Bluse tragen musste. Da war nichts zwischen meinen von Spitze gestreichelten Brüsten und einer ahnungslosen Welt. Oder in diesem Fall – ein ahnungsloses Mitglied, das ich im Club begrüßen sollte.

Statt einer männlichen Hose hatte Mimi mir einen engen Bleistiftrock angezogen, dazu trug ich Strümpfe und Pumps mit Killerabsätzen. Vorher hatte die Friseurin das wilde Rot meiner Haare gezähmt; sie besänftigte die Haare mit einem burgundroten Schein und bügelte alle Locken glatt. Ich hatte mein Haar noch nie hoch getragen, höchstens mal einen Pferdeschwanz. Mein Gesicht war mir fremd; die Wangenknochen und das Kinn waren kantig geworden, meine Augen mit den neuen Mascara-Wimpern waren groß wie nie, und die Stirn leuchtete weiß und nackt.

»Sehe ich da nicht wie eine Geschäftsfrau aus?«, klagte ich und zupfte am Rock, als ich vorm Spiegel stand. Mimi reichte mir Geld für das Taxi, das mich zum Club bringen würde. »Diese Fassade hat nichts mit mir zu tun«, sagte ich.

»Glaube mir, so wollen sie ein Mädchen sehen, wenn sie im Club beginnen. Alle Karrieremädchen in London kleiden sich so. Und da wir dir jetzt eine neue Frisur verpasst und dein Make-up aufgetragen haben, siehst du so aus, als wärst du in den Club hineingeboren.«

Sie gab mir wieder diesen entnervenden Kuss in den Mundwinkel.

»Küsst du alle Mädchen auf diese Weise?«, fragte ich, ermutigt durch meine neue Kleidung.

Zu meiner Erleichterung grinste Mimi. »Welche neuen Mädchen? Der Club hat erst vor einem Monat geöffnet. Miss Sugar hat dich absichtlich in die Irre geführt, als sie so getan hat, als gäbe es ihn schon seit Jahren.«

»Sir Simeons neues Spielzeug«, sagte ich. »So hat Merlin den Club beschrieben.«

»Ach? Aber er hatte nichts dagegen?«

»Doch. Er scheint alles zu hassen, was mit dem Club zu tun hat«, sagte ich, aber dann schüttelte ich den Kopf. »Ich schweife ab. Hast du Miss Sugar so geküsst, als sie neu war?«

Mimi warf den Kopf in den Nacken und lachte tief aus dem Brustkorb. Dann öffnete sie ein silbernes Zigarettenetui und klopfte das Ende einer braunen Zigarette gegen den Deckel. Zu meiner Verabschiedung hatte sie sich den weißen Seidenmantel wieder übergeworfen, ließ ihn aber offen. Ich sah vom Kragen bis zum Saum ein Dreieck blassbrauner Haut sowie die Andeutung von Kurven zwischen den weißen Falten.

»Miss Sugar ist nicht so, wie sie aussieht, Suki«, sagte sie.

»Lass dich von ihrem Schulmeisterin-Äußeren nicht irritieren. Nein, wir mussten sie auf eine völlig andere Art initiieren, als sie für uns zu arbeiten begann. Es lief darauf hinaus, dass wir sie festbinden mussten.« Sie lachte wieder und schob mich durch die Haustür. »Dein Taxi wartet.«

Sechstes Kapitel

Ich drückte die Sicherheitsknöpfe der Haustür und schritt in die schimmernde Halle des Clubs, in der an diesem Abend nur die winzigen weißen Lichter brannten. Der Rest der Halle lag im Dunkeln, aber die weißen Marmorwände schienen mit ihrem eigenen Licht zu leuchten.

Ich fragte mich, warum ich mich so fühlte, als gehörte der Club mir. Nach einigem Nachdenken kam ich darauf – es musste an den Kleidern liegen. Durch sie hatte ich das Gefühl, ganz oben zu sein. Die Herrin der Welt. Wie Mimi mir sagte, als ich aus dem Haus ging, war ich tatsächlich an diesem Abend die Chefin, denn weder sie noch Miss Sugar arbeiteten heute.

Für einen Moment überlief es mich kalt – trotz der feinen Klamotten.

Ich zögerte im stillen Atrium und atmete Miss Sugars duftendes Potpourri ein, um mich zu beruhigen. Man könnte fast glauben, das Gebäude wäre verlassen, so still war es. Aber ich wusste, dass mehrere Mitglieder an diesem Abend im Club sein würden, dazu auch noch ein Gast. Wenn man genau lauschte, konnte man leise Musik durch die Tür auf der rechten Seite der Halle hören, und Licht filterte durch die roten, grünen und goldenen Fragmente der Milchglastür, als wollten sie mich hereinlocken.

»Marschiere da nicht hinein wie die Kavallerie, Suki. Manchmal schüchtert das Personal die Mitglieder allein schon durch seine Anwesenheit ein.« Mimi hatte mir eine

Menge Ratschläge gegeben, und dabei hatte sie mir ihren Duft hinter die Ohren gesprüht. Es war ein schwerer Moschusduft, nicht der leichte, beschwingte, den sie gewöhnlich trug. Der schwere Duft erinnerte mich an verstreut herumliegende Seidenkissen in einem Haremszelt.

»Denk dran, dass sie noch nicht wissen, wer du bist. Du könntest auch ein Gast sein. Halte dich also zunächst zurück und schau dich um. Wichtig ist, dass die Mitglieder ihren Aufenthalt im Club genießen.«

»Und wenn sie ihren Spaß haben wollen? Soll ich sie in Ruhe lassen?«

»Das kannst du nur vor Ort entscheiden, Darling«, hatte Mimi gemurmelt und sich dem Spiegel zugewandt. Später erfuhr ich, dass dies ihre Art war, Besucher wegzuschicken. »Du wirst bald lernen, was sie brauchen.«

Die Bar war wie eine gemütliche Bibliothek eingerichtet, mit flaschengrünen Wänden, die von Buchregalreihen gesäumt wurden; mit Chesterfield Sofas aus Leder, mit Stühlen und mit einem offenen Kamin. Die knisternden Scheite erinnerten mich an Sir Simeons Schlafzimmer. Ich fand einen Sitz am Kamin und schlug ein Bein über das andere. Die Strümpfe raschelten. Ein paar Männer standen oder saßen an der Bar.

Mimi hatte versprochen, dass Mr. Hall, das neue Mitglied, leicht zu erkennen sein würde.

»Er wird unsicher aussehen und vielleicht jünger sein als die anderen Mitglieder am heutigen Abend. Sie werden alle sehr gediegen aussehen, sehr respektabel, wie Juristen oder Politiker. Die meisten werden graue Haare haben. Wenn ich sie als respektabel beschreibe, muss ich ergänzen, dass die meisten Ehefrauen wohl widersprechen würden.«

Ich saß zu nah am Feuer, und meine Haut begann von der Hitze zu pochen. Ich fächerte mir mit dem Kragen Luft zu.

Die schwarze Spitze des Hemdchens kitzelte meine Haut, und als ich nach unten schaute, sah ich, dass mein Rock hochgeglitten war. Der Strumpfsaum war zu sehen, und darüber noch ein oder zwei Zentimeter weiße Haut. Ich wollte den Rock schon nach unten ziehen, als ich meine Absicht änderte. Der Anblick meines eigenen entblößten Schenkels hatte etwas in mir bewegt. Es gefiel mir, meine weiße Haut zu entblößen.

Das zischende Gefühl, das seit Mimis Streicheln und Pressen in meinem Bauch rumorte, war noch nicht ganz verflogen. Es war, als hätte ich irgendwas genommen, denn ich war in einer geilen Stimmung, seit ich Mimis Haus verlassen hatte.

Ich zeigte weiterhin das Strumpfende und die paar Zentimeter nackte Haut. Ein oder zwei Männer hatten mich bemerkt und schauten jetzt auf mein Bein. Mein Lächeln wurde breiter. Sanft wippte ich mit dem Fuß hin und her, was bewirkte, dass der Hautstrich zwischen Rock und Strumpf sich mal dehnte und mal schrumpfte.

Ein paar Männer kamen in die Bar. Einer von ihnen blieb in der Tür stehen und sah sich im Raum um. Mr. Hall, dachte ich sofort. Ich streckte den Oberkörper ein wenig, um mich bemerkbar zu machen. Ich beschloss, wenn er noch in der Tür stand, wenn ich bis zehn gezählt hatte, würde ich zu ihm gehen und mich vorstellen.

Aber ich wurde abgelenkt durch seinen Begleiter, der gleich in die Bar ging und zielsicher einen Hocker ansteuerte. Er war weißblond, sehr schlank und trug einen engen weißen Anzug. Als der Barmann sich vorbeugte, um die Bestellung des Neuankömmlings aufzunehmen, bemerkte ich entsetzt, dass er eine Sie war. War sie der erwartete Gast? Und wessen Gast war sie? Mimi hatte sich nicht klar ausgedrückt, und sie hatte auch nicht gesagt, dass der Gast eine Frau sein könnte. War sie Mr. Halls Ehefrau?

Mr. Hall war jetzt auch hereingekommen und tauschte einen Händedruck mit jemandem, den ich nicht sehen konnte; jemand, der in einem Ohrensessel Platz genommen hatte.

Die Frau ließ ihre Blicke schweifen, und für einen Moment sah sie auch auf mein Bein. Ich dachte, ich könnte sie schocken, aber stattdessen hob sich ihr Blick, und wir sahen uns in die Augen. Sie tippte sich in einer Art Begrüßung an den Kopf. Irgendwie kam sie mir bekannt vor.

Ich konnte jetzt zwischen den Labien eine Feuchtigkeit spüren. Ich war wirklich viel zu heiß. Ich stand auf, um das Jackett loszuwerden, damit ich mich abkühlen konnte. Ich hatte die Hände schon an den Revers, gebannt vom Drang, vor all den Leuten einen Strip hinzulegen. Sie sollten die Münder aufreißen, wenn sie meine nackten Brüste sahen, und ich würde sie einladen, mich zu berühren. Sie konnten auch mehr mit mir anfangen, wenn sie wollten. Warum konnten wir nicht alle ungehemmt sein? Wir waren hier schließlich unter uns. Wir waren alle Mitglieder. Wir waren erwachsen.

Aber es war auch die erste Nacht in meinem neuen Job, und ich wollte nicht gleich gefeuert werden.

Ich ließ die Hände von den Aufschlägen des Jacketts, atmete hart und ignorierte die Nippel, die sich unter dem Jackett versteift hatten und sich gegen das Futter rieben. Sei nicht dumm. Es geht um Diskretion. Das sagte ich mir immer wieder. Sei nicht dumm, sei diskret. Das schienen die zwei Seiten meiner Persönlichkeit zu sein, die ich damit ansprach.

Plötzlich wurde das Licht gedämpft, und durch die Lautsprecher erklang langsame Jazzmusik. Ich hatte vergessen, was Mimi gesagt hatte, wie lange ich mich nicht zu erkennen geben sollte. Der Barmann schien für die Atmosphäre zuständig zu sein, wenn das so war, dann würde er auch das Licht gedämpft haben. Mir wurde bewusst, dass ich mich im

Nachteil befand: Wie konnte ich auf stille Art Autorität ausüben, wenn ich nicht einmal den Namen des Barmanns kannte?

Mr. Hall unterhielt sich angeregt mit dem unsichtbaren Mann im Ohrensessel. Alle waren happy. Nur ich passte nicht ins Bild. Auch weil ich keinen Drink in der Hand hielt, was schon ein bisschen lahm aussah, wenn man sich in einer Bar befand. Mir war heiß, ich hatte Durst, und ich war ein bisschen nervös. Ich würde mir einen Drink holen.

Ich ging zur Bar. Die weißblonde Frau saß noch da, immer noch allein. Sie schaute mich an und ließ ihren Blick über mein Jackett gleiten. Dann wandte sie den Kopf und spielte mit dem Stiel ihres Glases. Ein Fuß schwang träge hin und her und schwenkte einen Schuh mit hohem Absatz. Ich trommelte mit den Fingern auf das Chrom der Theke, weil ich die Aufmerksamkeit des Barmanns auf mich lenken wollte. Ich muss mal mit ihm reden, sobald ich mich ihm vorgestellt habe, dachte ich.

Die Weißblonde schaute mich wieder an. Ihre blassen matten Lippen öffneten sich, als wollte sie etwas sagen.

»Entschuldigung.«

Mr. Hall drängte sich zwischen uns und hob ihr leeres Glas. Ich musterte ihn. Er sah wie ein Rugbyspieler aus, gedrungen, ruhelos und ungemütlich, als wollte er jeden Moment aus seinem gut geschneiderten Anzug springen. Die Weißblonde und ich schauten uns weiter an, während Mr. Hall uns zwei Daiquiris servierte. Er hielt mich wahrscheinlich für einen Gast. Sie und ich waren die einzigen Frauen in der Bar, und ich nehme an, dass ich so aussah, als wollte ich mich nach einem harten Arbeitstag im Büro ein wenig entspannen.

Das war schon lustig; niemand kannte meine Identität, aber ich nahm an, dass der Barmann wissen musste, wer ich war, auch wenn ich seinen Namen nicht kannte. Mimi hätte ihm meinen Namen sagen können, aber er zog es vor, mich zu ignorieren. Ich hatte dasselbe Gefühl wie damals an dem schweißtreibenden Tag in Kairo, als mich der Prinz das erste Mal mit aufs Hotelzimmer genommen hatte.

Für den Moment war ich anonym. Eigentlich konnte ich tun, was ich wollte. Im Rahmen, natürlich. Schließlich war ich zur Arbeit hier, und wenn etwas schieflief, würde Mimi das sofort erfahren, und wahrscheinlich auch Sir Simeon. Aber mein Auftrag für diesen Abend hatte einfach geklungen: Ich sollte zuschauen und dafür sorgen, dass sich die Mitglieder amüsierten.

Der Alkohol begann in mir zu wirken und heizte meine Venen auf. Ich beschloss, mich zu lockern und den Abend zu genießen.

»Danke für den Drink«, murmelte ich Mr. Hall zu. Ich beugte den Ellenbogen und stützte mich damit auf der Theke ab. Das Jackett rutschte mir von der Schulter. Ich schob die Hand unter das Jackett und berührte meine Nippel mit den Fingerspitzen. Zu meiner Verwunderung lösten die leichten Berührungen erregende Blitze durch mich. Ich hatte nicht bemerkt, wie geil mich die intime Atmosphäre gemacht hatte.

Ich sah wieder die weißblonde Frau an, nahm meine Brust in die Hand und begann die kecke Warze zu reiben. Die blonde Frau sah sofort, was meine Hand unternahm, und ahmte mich nach, aber sie ließ die Hand über dem weißen Jackett und fuhr der kleinen Schwellung ihrer Brust nach.

»Ich nehme an, das ist die Tradition hier. Ein neues Mitglied gibt allen einen Drink aus. Obwohl die Anzahl der Gäste heute Abend eher gering ist. Wohin sind denn alle gegangen?« Mr. Hall räusperte sich und rief den Barmann.

Ich sah mich um. Die paar älteren Gents, die sich rund um

die Bar aufgehalten hatten, zogen sich zurück, nickten dem Barmann zu und gingen auf eine Tür zu.

»Das Essen wird im Esszimmer mit den Eichenpaneelen serviert, Sir, und unsere älteren Mitglieder legen Wert darauf, pünktlich am Tisch zu sitzen«, erklärte der Barmann und sah von Mr. Hall zu seiner Begleiterin. Mich ignorierte er immer noch. »Heute Abend gibt es ein italienisches Menu. Möchten Sie auch durch die Tür gehen?«

»Ich glaube nicht«, antwortete die blonde Frau für ihn. »Wir sind ganz glücklich hier, nicht wahr, Jez?«

Die Blonde und ich stießen mit unseren Gläsern an, sie klirrten, und unsere Hände berührten sich, nur ein paar Zentimeter von Mr. Halls Händen entfernt.

»Eh, ja«, sagte Mr. Hall und sah mich zum ersten Mal an. »Ich bin wunschlos glücklich hier.«

Damit war mein Auftrag für diesen Abend eigentlich erledigt, dachte ich und überlegte, ob ich mich langsam zurückziehen sollte. Alle waren glücklich, und niemand bedurfte meiner Hilfe.

»In dem Fall können wir diesmal Champagner trinken, und dann beginnt der Spaß erst richtig«, sagte die Frau mit den weißblonden Haaren. Sie streckte eine Hand aus und öffnete den Knopf meines Jacketts. »Oh. Ich schätze, das ist auch eine Tradition. Ich meine, Spaß zu haben. Und Gäste erfahren doch eine ganz besondere Behandlung. Stimmt das nicht, mein Bruderherz?«

»So stand es auf meiner Mitgliedskarte, Schwester«, antwortete Mr. Hall grinsend. Er schaute immer noch auf mich. »Aber meine Mitgliedskarte sagt mir nicht, wer unsere anderen Gäste sind.«

Bruder und Schwester? Ich hatte meine Zweifel. Sie waren so unterschiedlich wie Tag und Nacht.

Aber bevor ich herausfinden konnte, ob es Ähnlichkeiten

zwischen ihnen gab, die scharfe Nase zum Beispiel, erwiderte ich schon sein Grinsen. Er war netter als seine Schwester, ganz egal, welche Beziehung sie hatten. Mein Jackett klaffte auseinander, seit sie den Knopf geöffnet hatte. Es war schon bis zur Mitte der Schultern gerutscht. Meine Hitze verstärkte sich noch. Mir wurde bewusst, dass sie meine Hand sehen konnten, die noch meine Brust koste.

Ich setzte mich aufrechter hin und strich mit der Zunge über meinen trockenen Mund. »Vielleicht sollte ich mich vorstellen. Ich bin nicht wirklich ein Gast«, begann ich meine Erklärung.

»Spielt es eine Rolle, da wir nun mal hier sind?«, fragte die Blonde, erhob sich von ihrem Hocker und schob sich an Mr. Hall vorbei. Sie zog meine Ärmel hinunter, sodass meine Ellenbogen an den Seiten fest saßen. Meine Brüste stießen vor und ließen die kostbare Spitze zurück. »Du gibst dir keine Mühe, mich davon abzuhalten, dich zu entblößen, was? Man kann sich denken, womit sich deine Gedanken beschäftigen.«

Sie setzte sich wieder, nippte gelassen an ihrem Champagner und musterte mich wieder von oben bis unten. Genau in diesem Moment endete das Musikband, und es entstand eine kurze Stille, die sie und Mr. Hall nutzten, auf meine Brüste zu starren. Die Aufmerksamkeit ließ sie kribbeln.

»Ich glaube, man kann sagen, dass die Mitgliedschaft verschiedene Auslegungsmöglichkeiten hat«, sagte ich ins Blaue hinein. »Und natürlich ist es das Ziel des Clubs, dass sich jeder wohl fühlt, sobald er durch diese Türen kommt.«

Mr. Hall stand jetzt hinter seiner blonden ›Schwester‹, eine Hand in der Tasche, und ich konnte die dicke Beule der Erektion sehen, die sich gegen den Reißverschluss streckte. Wir waren nur zu dritt, dazu noch der Barmann, der irgendwo in die Luft starrte und ein Weinglas polierte, immer und immer wieder, als wäre er hypnotisiert.

»Besser und besser«, raunte die Frau. Sie drehte sich zu ihrem Bruder um. »Die Leute hier sind von großer Qualität, findest du nicht auch? Ich werde scharf. Darf man hier so etwas sagen, Jezzie? Du musst das doch wissen, schließlich bist du das neue Mitglied.«

Mr. Halls Blick ging knapp an mir vorbei, als wollte er das Ergebnis mit einem unsichtbaren Schiedsrichter überprüfen. Ein Gefühl von Unsicherheit beschlich mich, und ich fingerte an den Aufschlägen herum, um das Jackett wieder zu schließen. Ich überlegte, ob ich mit dem Barmann reden sollte, oder ob ich die Clubregeln lesen sollte – falls es welche gab. Aber dann dachte ich wieder an den Spaß, von dem die Schwester gesprochen hatte, auch wenn ich ahnte, dass sie Böses im Ärmel stecken hatte.

Aber ich gehörte nicht zu denen, die den Schwanz einziehen, wenn es spannend wird, und diese beiden hatten einen Plan. Als wollte er zu meinen Gedanken beitragen, zeigte Mr. Hall ein breites Grinsen, dann nickte er wieder.

»Alles bestens, Schwester. Ich habe das Okay von ganz oben. Wir können machen, was wir wollen. Das ist der Grund, warum ich in diesem Club Mitglied werden wollte.«

Die Zunge der Frau stieß zwischen die weißen Zähne, als sie wieder aufstand und mit den sehr langen weißen Fingern über die Hügel meiner Brüste strich. Ihre Zunge strich hin und her über die Lippen, und ihre harten blauen Augen funkelten vor Erregung.

»Dann sollten die ganz oben den Namen des Clubs in Liberty Hall umtaufen«, sagte sie leise und fuhr jetzt mit der ganzen Hand über meine Brüste. »Denn ich will alle Freiheiten auskosten.«

»Aber Liberty Hall könnte zu aufdringlich wirken, und es

verrät natürlich schon eine Menge«, bemerkte der Barmann am anderen Ende der Bar, und wir alle zuckten, denn wir hatten vergessen, dass er da war. Die blonde Frau zog hastig die Hand zurück, obwohl sie gerade meinen linken Nippel kosen wollte.

Aber sie fing jetzt was Neues an. In mir huschte ein kleines Teufelchen herum. Das Verrückte war, dass der sture Barmann und seine einzige Bemerkung mich noch zusätzlich erregten, und ich sah grünes Licht, da weiterzumachen, wo die Blonde aufgehört hatte. Ich würde erst aufhören, wenn jemand hereinkäme, um mich zu verhaften.

»Oh, lass dich von ihm nicht stören. Er hat nur unsere Drinks zu servieren«, sagte ich, zog mein Hemdchen zur Seite und weigerte mich, zum Barmann zu schauen. Mir war bewusst, dass ich den überlegenen Ton der Weißblonden angenommen hatte. »Du kannst weitermachen, wenn du willst.«

Ein Nippel lugte hervor. Immer noch bewegte sich niemand, aber jetzt waren alle Augen auf mich gerichtet. Ich erhöhte das Risiko. Der andere Nippel erhob sich über den Rand der Spitze. Die Weißblonde und Mr. Hall lehnten sich unauffällig ein bisschen näher. Ich quetschte die Nippel zu roten Punkten und genoss die unverhohlene Lust in ihren Augen. Die Warzen waren noch wund vom Morgen, als sie sich gegen Mimis gerieben hatten, aber das Wundsein erhöhte noch das berauschende Erlebnis. Der Barmann fuhr fort, sein Glas zu polieren.

»Du hast mir nie gesagt, dass der Club *sooo* gut ist«, murmelte die Frau zu ihrem Bruder. Sie hielt sich an seinem Ärmel fest, aber sie benahm sich so, als wäre sie kaum noch zu halten. Sie wandte sich an mich. »Wer bist du?«

Ich rutschte mit meinem Barhocker näher an ihren heran, und dabei rieb mein Schoß gegen den Sitz. Es war, als schösse

Elektrizität durch mich hindurch. Ich rieb mich noch ein bisschen mehr gegen den Sitz und hoffte, dass niemand sah, was ich hier trieb. Dabei überlegte ich, was ich ihr erzählen sollte. Ah, da war der Schock der Elektrizität wieder und zwang mich, weiterzureiben. Mein enger Rock rutschte die Schenkel hinauf, bis die Strapse zu sehen waren und dann das Höschen. Die andere Frau stolperte ein wenig auf ihren hohen Absätzen, fand aber ihre Balance wieder.

»Ich bin hier, um mich um den reibungslosen Ablauf zu kümmern«, sagte ich ihr. Meine Stimme klang dick vor Erregung. »Und um Gästen und Mitgliedern einen angenehmen Abend zu garantieren.«

Ich forderte sie weiter heraus und war mehr über mich verblüfft als über sie. Ich rieb mich weiter sehr langsam am Ledersitz und hakte die Absätze meiner Schuhe an den Fußrasten ein. Auf diese Weise konnte ich mich leicht vom Hocker erheben, sodass meine Pussy kaum noch Kontakt mit dem Leder hatte. Dies war ein ganz privates Vergnügen, das ich mir in den verschiedensten Situationen gönnte; im Flugzeug, im Bus, im Taxi, im Restaurant, in der Bibliothek, wo immer Menschen nahe genug standen oder saßen, um etwas sehen zu können.

Gewöhnlich konnte niemand sagen, was ich da trieb, und das war natürlich der zusätzliche Spaß bei der Sache, aber jetzt schaute die Frau genau zu und sah, wie meine Muschi ganz leicht über das Leder glitt.

»Ah, du gehörst also hierhin. Du gehörst zum Personal. Eine Angestellte. Man könnte sogar sagen eine Dienstmagd. Du wirst bezahlt, damit wir tun können, was uns gerade einfällt«, sagte sie. Ihre Stimme verlor sich in kleinen gekeuchten Lauten, während sie auf ihren Hocker rutschte und mich kopierte. Sie rieb mit dem Po über den Ledersitz, kam dann nach vorn und wiederholte die Prozedur. Die winzigen Muskeln in meiner Pussy zuckten immer kräftiger. Ich fragte mich, ob sie mal aufgehört hatten zu zittern, seit ich Mimis Schlafzimmer verlassen hatte.

»Eine Dienstmagd? Ich kann eine Dienstmagd sein, wenn du das willst«, sagte ich und senkte die Stimme. Mein Gehirn hatte kein Interesse daran, dass ich es jetzt einschaltete. Alles fokussierte sich viel weiter unten. »Aber es ist zutreffender, wenn ich sage, dass ich zu Diensten stehe. Nacht und Tag.«

Feuchtigkeit sickerte in mein Höschen. Die Seide bohrte sich in meine Pussy. Der Blonden gefiel meine Antwort. Sie nickte und biss sich hart auf die Lippe, als sie schneller über das weiche Leder wetzte.

Ich fühlte, wie das kühle Leder auf meine Labien traf, und beinahe hätte ich laut gekreischt, als sie sich öffneten und die kleine Klitoris auch noch hervorlugte und ebenfalls Kontakt mit dem Sitz aufnahm. Ich wusste, dass die blonde Frau genau wusste, was geschah. Ich wollte, dass sie mein Höschen im Schatten meines Rocks sah, während sie selbst ihre Hüften auf dem Sitz wand und mich grinsend anschaute, beide im privaten Kreis der Erregung.

Plötzlich ruckte sie hoch. »Oh, ich bin ja so geil, Jez. Siehst du, was sie mit mir anstellt? Reagierst du genauso auf sie wie ich?«

Mr. Hall, der hinter ihr stand und mich beobachtete, grinste nicht mehr. Er atmete schwer, und ich hätte gern meinen Atem angepasst, ebenso den pulsierenden Rhythmus, der meine Muschi quälte.

»Ja«, brachte er nur heraus, und nach ein paar Atemzügen fügte er hinzu: »Ich bin bereit.«

»Jez? Jetzt ist die Zeit da. Sage es ihm. Ich hab's nötig.«

Ich dachte, sie redete mit mir. »Jez, die Lady hat es nötig«, gab ich gehorsam weiter. »Aber Jez? Ich auch.«

Ihr feiner Jez hatte sich an mir aufgegeilt und nicht an ihr.

Aber er wandte den Blick, begann ihr weißes Jackett zu öffnen und auszuziehen. Sie trug nichts darunter, nicht einmal einen BH, und ihre kleinen Brüste sahen wie weiße Äpfel aus. Er hob sie vom Hocker hoch, sodass sie nun stand, und schälte ihre enge Hose über die Hüften. Mit zwei dicken Fingern teilte er ihre rasierte Scham, und ihre Spalte war rot geworden. Einer seiner Finger verschwand in ihr, und ich hielt geräuschvoll die Luft an und rieb mich immer kräftiger. Tropfen meines Verlangens befeuchteten den Hocker.

»Was machst du, Jez?«, kreischte seine angebliche Schwester, als Mr. Hall die weißblonde Frau vom Hocker zog und sie darüberlegte. »Ich meinte *ihn,* nicht dich!«

»Von wem redest du? Wir sind nur zu dritt, deshalb würde ich nicht jammern, wenn ich an deiner Stelle wäre«, murmelte ich, während sie ihren Finger in meine Richtung stieß. »Du bist die Glückliche, und ich muss es mir selbst besorgen.«

»Okay, okay.« Die Stimme der Blonden zitterte, während Mr. Hall mit den Fingern in sie eindrang. »Ja, schon gut, Jez. Du kannst machen, was du willst. Aber dann musst du dir anschließend auch sie vornehmen.«

Meine Finger, die um meinen Lustknopf kreisten, stellten ein Echo seines Wirkens bei ihr dar. Ich wedelte direkt vor ihnen, und dann traf auch das ein, was ich mir vorher zurechtgelegt hatte: Sich vor ihnen zum Orgasmus zu bringen musste so erregend sein wie eine anständige Nummer.

Aber da war noch jemand mit uns in der Bar. Ich dachte, die blonde Frau hätte halluziniert, aber jetzt wusste ich, dass jemand hinter mir war; er nahm mich und zog mich an der Taille zurück über den Hocker. Ich konnte nicht sehen, wer mich so grob behandelte.

Ich griff hinter mich und wollte herausfinden, wer der Unbekannte war, dann sah ich mich in der Bar um. Der Barmann war der einzige Mensch, der außer uns noch in der Bar gewesen war. Ein strahlendes Glas und ein Tuch lagen am hinteren Ende der Theke, aber der Barmann schien verschwunden.

»Wer ist das?«, fragte ich und versuchte mich zu drehen. Mir fiel wieder ein, dass ich den Namen des Barmanns nicht kannte. »Du musst das sein, Barmann.«

Ich erhielt keine Antwort. Die Blonde hörte mich nicht. Mr. Hall konnte nicht helfen. Ich wurde rau nach vorn gedrückt. Meine wunden Nippel rutschten über den Ledersitz, dann wurden meine Brüste gequetscht, als jemand mich noch stärker beugte und meinen Po in die Luft streckte. Mein Rock rutschte bis zur Taille hoch. Mein Seidenhöschen klebte an mir, dunkel von meinen eigenen Säften.

»Ich würde sagen, dass du die Glückliche bist«, wisperte meine neue Freundin, als Mr. Hall sie ebenfalls in die Position hievte, in der ich mich befand.

Mein Gesicht war ihrem sehr nah; wir hätten uns küssen können. Warum sollte ich die Glückliche sein?, fragte ich mich. Ich schaute auf ihren Mund und auf ihre wild starrenden Augen. Ich wollte sie nicht küssen. Dass ich Mimi geküsst hatte, die erste Frau überhaupt, war ein zu großes Erlebnis gewesen, um es so rasch zu wiederholen.

Aber ich wollte trotzdem sehen, wie es der Blonden in den nächsten Minuten erging. Die Musik schien lauter zu werden. Ich konnte nur meine beiden neuen Freunde sehen, die Theke und meinen Hocker. Mr. Hall rieb mit einer Hand immer noch über ihre Pussy, und jetzt zog er mit der anderen Hand seinen Reißverschluss nach unten. Ich brannte darauf, ihn nackt zu sehen, oder wenigstens in Shorts, aber ich glaubte nicht, dass er sich von seinem Anzug trennte.

»Weil du den Jackpot gewonnen hast«, sagte sie, und im nächsten Moment sprang ein gewaltiges Gerät aus Mr. Halls

Hosenstall. Er pumpte es kräftig über dem Po der weißblonden Frau. Er packte den Schaft, als wollte er ihn ersticken, dann hielt er ihn liebevoll umschlungen und rieb die purpurne runde Eichel über den Po der Frau. Sie stöhnte, biss sich auf die Lippen und streckte den Hals, um etwas zu sehen.

Als ich auf den unglaublichen Penis starrte, der dabei war, in sie hineinzustoßen, wurden meine warmen, pochenden Sexlippen geteilt. Ich fühlte einen glatten langen Schaft, der sich durch die Kerbe einen Weg suchte.

Mit jedem Schub näherte er sich meiner Pussy etwas mehr. Ich hielt mich am Hocker fest, während der unsichtbare Schaft blindlings gegen die Öffnungen stieß. Ich spürte, wie er gegen die Klitoris drückte. Ich zuckte zusammen. Niemals würde ich ihn aufhalten. Ich brauchte es. Ich hatte es nötig. Ich würde jeden akzeptieren, den Milchmann, den Verkehrspolizisten, wirklich jeden.

»Versprechen Sie mir, nichts zu sagen«, raunte ich ihm über die Schulter zu, während mich der Unsichtbare wieder anstieß. »Es tut mir leid, wenn ich Sie beleidigt haben sollte, aber schließlich ist es ja auch Ihre Aufgabe, die Drinks zu servieren. Weiß der Himmel, was Mimi sagt, wenn sie hört, dass ich mich vom Barmann habe vögeln lassen.«

Er antwortete nicht, er stieß nur fester zu.

»Oh, Barmann! Das ist gut! Das ist sehr gut«, rief die andere Frau und begann zu kichern, aber dann stieg eine hektische Röte in ihre weißen Wangen, als sie nach vorn gestoßen wurde. Ihr Gesicht berührte meins. Mr. Hall pflügte mit Wucht in sie hinein.

»Das ist aber auch sehr gut«, sagte ich atemlos. Ich ließ meine Hüften kreisen. Der heimliche Pfahl folgte meinen Bewegungen und lotete meine Spalte aus. »Ich möchte euch ins Gesicht sehen«, sagte ich. »Bruder und Schwester, habt ihr behauptet? Und hier treibt ihr es zusammen in unserem Club? Vielleicht sollte ich diese Farce beenden. Was sagen Sie dazu, Barmann? Ich finde, alles wird ein bisschen zu verrückt, was?«

»Und wer hat damit angefangen, eh?«, flüsterte sie in mein Ohr. »Vor einer Minute hätte Butter in deinem Mund nicht schmelzen können, und jetzt? Schau dich doch mal an! Wer bist du denn, dass du glaubst, irgendwas beenden zu können?«

Im nächsten Moment wurde sie zurückgezogen, als wäre sie von einer Strömung verschluckt worden. Ich sah, wie sie sich auf dem Hocker hin und her warf. Ihre kleinen Brüste rieben über das Leder oder schwangen über den Rand des Hockers. Ihr Mund stand offen, und ihre Augen waren blau und schauten unerschrocken. Sie starrte mich an. Mr. Hall spannte seine Backen und hatte einen neuen Rhythmus begonnen. Ihr Gesicht blieb ruhig, aber von Zeit zu Zeit stieß sie spitze Schreie aus, während er unablässig pumpte.

Während er den Rhythmus noch einmal beschleunigte, schaute seine ›Schwester‹ plötzlich auf den Mann, der unsichtbar hinter mir stand, und sagte zu ihm: »Worauf wartest du noch? Wenn ich dich dieses Mal nicht haben kann, soll sie dich wenigstens genießen können.«

Ich war so erregt vom Zusehen, dass ich nur vage den Schaft des männlichen Muskels spürte, der sich vorsichtig in mich hineinbohrte und immer tiefer stieg. Plötzlich packte der Mann hinter mir meine Hüften und zog mich dichter an seinen Unterleib heran. Die Wucht seiner Aktion ließ mich spüren, dass meine Beine schwankten wie Wackelpudding. Ich hätte mich nicht gegen ihn wehren und auch nicht weglaufen können – wobei ich beides gar nicht im Sinn hatte.

Mein Höschen klebte an verschiedenen Stellen, es war klatschnass; und dann schoss ein langer harter Schwanz wie eine Rakete in mich hinein, und auf der Einfahrt streifte er meine Klitoris. Es war ein grausames Gefühl, als er zurückglitt und meine Sehnsucht ignorierte. Er kreiste mit der Eichel, neckte mich und trieb dann wieder in mich hinein. Der Stoß war so heftig, dass ich auf dem Hocker nach vorn geworfen wurde.

»Du musst mit uns mithalten«, keuchte die Weißblonde, als wir uns beide vorn begegneten.

»Kein Problem«, gab ich zurück. »Schau uns doch einfach zu.«

Der Metallfuß meines Hockers schrammte über den Boden, als meine Beine weiter gespreizt wurden. Meine Stirn klatschte gegen ihre nackte Schulter. Ich konnte hören, wie sie zu stöhnen begann, und ich musste mich anstrengen, um sie einzuholen. Wilde Lüsternheit machte sich in mir breit. Ich hörte mich schreien, wie sie es getan hatte. Ich musste über den Boden scharren, um den wie verrückt ruckenden Hocker vor dem Umkippen zu bewahren. Ihre Wange rieb gegen meine Wange, dann baute sich langsam ihr Orgasmus auf, den sie mir direkt ins Gesicht stampfte.

Ihr Anblick musste mir den letzten Schub gegeben haben – und nicht nur mir, sondern auch meinem unsichtbaren Liebhaber. Es dauerte nur noch ein paar Sekunden, bevor er seinen Höhepunkt erreichte.

Die zwei Männer zogen sich wie auf ein geheimes Signal zurück und packten ihre abgeschlafften Organe wieder in ihre Hosen ein. Die weißblonde Frau und ich blieben auf unseren Hockern liegen, auf den Ellenbogen aufgestützt, immer noch nahe genug, um uns küssen zu können. Es dauerte noch eine Zeit, bevor die Energie zurückkehren würde. Ich schloss die Augen und ließ mich für einen Moment fallen, die Beine gespreizt, die Arme vom Jackett gefangen.

»Bravo, Lady.«

Ich stand auf. Die andere Frau hatte sich auf ihren Hocker gesetzt, ihre nackten Beine übereinandergeschlagen, ein Champagnerglas in der Hand. Sie hatte das weiße Jackett an, aber nicht die Hose. Mr. Hall lehnte sich mit den Armen über den Tresen. Seine Schultern gingen rauf und runter, als hätte er einen Marathon gelaufen.

»Das geht aufs Haus«, antwortete ich und war stolz auf meine Replik. Ich sah mich um. Der Barmann stand wieder an seinem Platz und formte eine Pyramide aus Cocktailgläsern, als wäre nichts passiert.

»Dein Liebhaber des Abends«, stellte die Frau ihn in einer spröden Stimme vor. Sie schaute an mir vorbei. Mr. Hall hob den Kopf und legte eine Hand auf ihre Schulter, um sie zum Schweigen zu bringen. Ich fuhr herum. Der Mann, der mich von hinten genommen hatte, war nicht mit Cocktailgläsern beschäftigt. Er hatte genug mit dem Knoten in einer roten Seidenkrawatte zu tun und langte nach einem Champagnerglas. Er nickte mir träge zu: seine Augen sprühten wie Laser. Sein Gesicht zeigte keinen Ausdruck, weder Zustimmung noch Ablehnung.

Den Job kannst du dir abschminken, dachte ich. Und das am ersten Abend. Meine Knie schwankten. Ich hielt mich am Hocker fest.

»Eh, guten Abend, Sir Simeon«, murmelte ich, stolperte rückwärts auf den Sitz und zerrte den Rock über meine Beine. Wie albern. Er hatte mir gerade seine Ladung verpasst. Ich überlegte, welche Anweisungen Mimi mir für einen solchen Fall gegeben hatte, aber über Bumsen hatten wir nicht gesprochen. Erst recht nicht über Bumsen mit dem Boss ...

Ich suchte meine Schuhe. Es war wohl besser, wenn ich den Abgang machte, bevor ich rausgeworfen wurde. Sir Simeon lehnte sich zu mir. Ich dachte, er würde mich anschreien.

»Bitte, trink aus«, sagte er mir ins Ohr. Ich hätte vor Dankbarkeit sterben können.

Die weißblonde Frau lächelte mich nicht mehr an. Sie kippte den Rest des Champagners in ihren Hals und stellte ihr Glas für eine neue Füllung auf die Theke. Man hätte die Atmosphäre mit einem Messer schneiden können. Der Barmann schaute von einem zum anderen und hoffte offenbar auf ein geheimes Signal, das ihm sagte, alles wäre in Ordnung.

»Ich hätte nie gedacht, dass sie dein Typ ist, Simeon«, bemerkte die Frau scharf, während Sir Simeon die Champagnerflasche vom Barmann an sich nahm und unsere Gläser füllte. »Ich wusste nicht, dass du sie rothaarig und vollbusig magst. Exhibitionistische Tussis, die sich nicht einmal umdrehen, um zu sehen, wer es ihnen besorgt.«

Ich errötete, und meine Wangen brannten.

»So bin ich nicht«, begann ich zu sagen und knöpfte mein Jackett zu. »So etwas wie gerade eben habe ich noch nie getan.«

»Uns kannst du das nicht erzählen. Du hast uns ermuntert, du hast uns gezeigt, was du zu bieten hast, und du hast wie eine Professionelle ausgesehen«, fauchte sie.

»Du wolltest doch, dass ich weitermachte«, gab ich zurück, denn das stimmte. »Du kannst doch die Lust nicht leugnen, die ich in deinen Augen gesehen habe. Ich dachte, du und ich, wir wären gemeinsam ... du hast ihm gesagt, er soll es mir besorgen.«

Es entstand ein gehässiges Schweigen. Das wollte sie doch nicht abstreiten, oder?

»Außerdem«, fuhr ich fort, »was hat das zu bedeuten, welche Rolle ich spielte? Du hast deinen Bruder. Ich denke, das muss doch genügen. Wir haben also alle unseren Spaß gehabt.«

Sie warf ihren Kopf in den Nacken und biss sich für einen Moment auf die Lippe, während sie mich anstarrte. »Ich glaube nicht, dass du deinen Kunden auf diese Weise widersprechen solltest ... den Mitgliedern, meine ich.«

»Avril, du kannst jetzt einen Gang zurückschalten«, sagte Sir Simeon. Seine Stimme klang leise, aber tödlich, und sie hatte die Wirkung eines Pistolenschusses. »Alles, was Miss Summers in meiner Gegenwart getan hat, findet meine Zustimmung. Ich habe deinem ... Mr. Hall auch zugenickt. Wie Miss Summers sagt, haben wir alle unseren Spaß gehabt.«

Mein Herz hüpfte, als der Penny fiel. Avril ... die Frau auf der Jagd. Sie war Mitglied, oder wenigstens die Frau eines Mitglieds. Mrs. Grey. Der besondere Gast. Aber was machte sie hier ohne ihren Mann? Mimi hatte mir davon nichts erzählt.

»Es tut mir leid, Simeon; ich habe mich zu sehr gehen lassen. Das liegt an der Atmosphäre deines wunderbaren Clubs. Er ist zauberhaft.« So redete man wohl, wenn man zu Kreuze kroch, dachte ich. Sie nahm eine silberne Puderdose heraus und machte dem Spiegel große Augen. Sie hob den Blick und schaute mich an. »Und du hast dich auch gehen lassen, Simeon. Du hättest meinen Befehl doch ignorieren können. Ich dachte, besondere Gäste hätten besondere Privilegien? Eigentlich warst du mein besonderes Privileg an diesem Abend.«

»Ich fürchte, ich hatte andere Pläne«, antwortete Sir Simeon und strich sanft über meine Wange. »Sie hier war reif für die Initiation, verstehst du? Gestern hat irgendwas sie abgehalten, ihre Pflichten zu erfüllen. Was macht eigentlich Ihr Fuß, Miss Summers?«

»Ich habe keine Probleme mehr damit, danke für die Nachfrage«, sagte ich ihm. »Die gefrorenen Erbsen haben die Heilung bewirkt. Ich kann ihn wieder voll belasten.«

»Du solltest der Versuchung widerstehen, sofort über sie herzufallen, und solltest mich zuerst vögeln.« Avril kreischte wie die böse Fee im Märchen. Sie war wütend, dass wir sie ignorierten. Ich schlenkerte mit dem Fuß in Sir Simeons Richtung, und er beugte sich höflich hinunter, um nachzusehen.

»Es steht dir nicht, Avril«, sagte er, die Stimme harsch und warnend. Er streckte sich langsam. »Und es passt auch nicht zu den Umgangsformen meines Clubs.«

»Was steht mir nicht?«

»Deine ordinären Reden.«

Avril streckte eine Hand aus und stieß mich vor die Brust. »Ich habe nur die Sprache benutzt, die unsere Hostess hier am besten versteht.«

Ich ging einen Schritt auf sie zu und musste mit mir ringen, um die Fäuste unten zu lassen.

Sir Simeon war neben mir. Er sah mich einen Moment lang an, bis ich fühlte, dass sich mein Ärger verzog. Ich konnte die Vene an seinem Hals pulsieren sehen, dann fiel sein Blick auf meinen Hals. Am liebsten hätte ich mich vor ihn gelegt und mit den Beinen gestrampelt. Ich erinnerte mich, was ich zu Merlin, seinem Sohn, über Sir Simeons Wirkung auf Frauen gesagt hatte. Sir Simeon und Merlin waren beide Frauenversteher.

»Ich glaube, du gehst jetzt besser, Avril«, sagte Sir Simeon. Je leiser seine Stimme wurde, desto intensiver lauschte man ihr. »Wenn du meine neue Mitarbeiterin, die meine rechte Hand ist, beleidigst, beleidigst du mich. Ich finde, sie hat ihren ersten Abend ausgezeichnet gemeistert. Ihr Job ist es, dafür zu sorgen, dass alle zufrieden sind, Mitglieder und Gäste. Nicht nur dafür hat sie gesorgt, sie hat sich auch aktiv eingebracht.«

Ich konnte das Lächeln nicht zurückdrängen, das sich auf meinem Gesicht ausbreitete. Er hätte mich nicht so stark verteidigen müssen, aber jetzt fühlte ich mich zwei Meter größer.

»Vielleicht können wir alle noch etwas retten«, sagte Avril, erhob sich und zog langsam ihre enge weiße Hose an.

»Eine Entschuldigung würde helfen«, sagte Mr. Hall.

»Es tut mir leid, Simeon.«

»Nicht nur bei Simeon, du Dummkopf«, rief ihr ›Bruder‹ scharf. »Vergiss Miss Summers nicht.«

Ich fühlte mich so großartig, dass ich ihn mit einem Lächeln belohnte. Es amüsierte mich, dass er nervös an seiner Krawatte zupfte. Himmel, es wurde Zeit, dass Mimi oder Sir Simeon mir die Clubregeln näherbrachten. Und ich musste herausfinden, ob die beiden wirklich Geschwister waren.

»Es tut mir leid, Miss Summers«, sagte Avril gespreizt. »Ich möchte mich Ihnen gegenüber erkenntlich zeigen, wenn Sir Simeon es gestattet?«

Alle warteten darauf, was sie als Nächstes sagen würde.

»Das kommt darauf an, was du dir für Miss Summers ausgedacht hast, Avril«, sagte Sir Simeon. »Und es darf ihre Stellung im Club nicht gefährden.«

»Ganz im Gegenteil. Ich möchte sie aus dem Club holen. Wenigstens vorübergehend. Sie hatten Recht, Miss Summers«, sagte sie, an mich gewandt. »Wir waren beide involviert. Wir haben gegenseitig unsere Gedanken lesen können. Ich hatte Ihnen gegenüber einen Vorteil, weil ich die Mitspieler kannte, und Sie waren völlig neu. Neu im Club und neu, was solche Exemplare wie mich angeht. Ich komme nur gelegentlich vorbei, aber dann will ich auch was erleben. Haben Sie das bemerkt?«

»Ich glaube ja, aber erklären Sie es mir trotzdem, bitte«, sagte ich süß und schaute zu Sir Simeon. In einem Mundwinkel hatte sich eine Falte gebildet, die vielleicht heimliches Vergnügen signalisierte – oder auch nicht.

»Nun, es ist ziemlich offenkundig nach dem, was heute Abend hier gelaufen ist«, sagte Avril und richtete den Finger auf uns vier. »Jeder ist unwahrscheinlich geil geworden.«

»Aus diesem Grund lassen wir normalerweise die unersättlichen Frauen draußen, Avril«, warf Sir Simeon ein, fasste sie am Ellenbogen und wollte sie wohl zur Tür führen. »Obwohl ich mir gerade überlegt habe, ob ich dich nicht engagieren soll, eine Werbe-Broschüre für uns zu schreiben, die uns lobt und preist.«

»Ich möchte, dass Miss Summers mit mir nach Hause kommt«, sagte Avril. »Der heutige Abend war zu schön, um ihn ungenutzt verstreichen zu lassen. Wir drei können weitermachen. Sie könnten unser *playmate* sein. Na, was sagen Sie dazu?«

Ich wartete darauf, dass Sir Simeon für mich antwortete, aber diesmal wollte er mir nicht helfen. Nicht, dass ich Hilfe benötigt hätte. Es war eine leichte Entscheidung.

Ich trank mein Champagnerglas leer, um Zeit für eine Antwort zu gewinnen, dann knöpfte ich mein Jackett zu. »Es tut mir leid, Mrs. Grey. Meine Arbeit hier hat gerade erst angefangen. Ich glaube nicht, dass ich ein Mitglied einem anderen vorziehen darf. Und ich muss mich auch um andere Clubmitglieder kümmern.« Ich warf einen Seitenblick auf Sir Simeon. Aus der steilen Falte hatte sich ein Lächeln entwickelt, das den Mundwinkel nach oben zog. Die Augen starrten mich immer noch an. Er hatte das Jackett geschlossen und den Reißverschluss der Hose nach oben gezogen. Man hätte nie auf den Gedanken kommen können, dass er noch vor zehn Minuten über mich gebeugt vor dem Hocker stand und seine Länge tief in mir …

Vielleicht kam daher der Ausdruck des ›Pfeilers der Gesellschaft‹.

»Kümmern? Was ist damit gemeint?«, wollte Avril wissen.

Ich räusperte mich. »Auf jede Art, die gewünscht wird und die mir sinnvoll scheint. Aber ich werde nur nach den präzisen Anweisungen aktiv, die der Boss mir gegeben hat. Wenn Sie mich also entschuldigen wollen ...«

»Du hast sie gut im Griff, Simeon«, sagte Avril pikiert. Sie öffnete die Glastür. Das weiße Licht strömte von der Halle herein und weckte uns aus der verschlafenen Atmosphäre der Bar. »Aber ich werde Sie wiedersehen, Miss Summers. Hier oder sonst wo.«

Als sie gegangen waren, wartete ich darauf, dass Sir Simeon mich davon abhielt, den Raum zu verlassen. Vielleicht würde er mich bitten, mich um ihn zu ›kümmern‹. Aber er nickte mir nur kurz zu.

»Rick, der Barmann, beendet jetzt seinen Dienst«, sagte er. »Können Sie ihm beim Aufräumen helfen? Er hilft uns auch als Türsteher, deshalb wird er auch abschließen, wenn Sie gehen.«

Der Barmann/Türsteher hatte also einen Namen. Er hatte auch schwarze Augen und schwarze Mitternachtsstoppeln. Ich nahm mich eines Tabletts mit über dreißig Gläsern an und kam mir jetzt wirklich wie eine Dienstmagd vor. Er fixierte mich mit seinen Augen, aber er sagte kein Wort, was mir nur recht war. Ich konnte ihm nicht in die Augen sehen. Ich blieb bis etwa ein Uhr, dann löschte Rick die Lichter und verschwand.

Nun, immer brauchte ich das nicht zu tun, sagte ich mir, als ich über den Abend in der Bar nachdachte. Ich dachte an all die Reisen, die ich noch machen wollte. Sobald ich genug Geld hatte, war ich weg.

Siebtes Kapitel

Über Nacht war aus dem späten Herbst der frühe Winter geworden. Ich ging die Werbungen für Fernreisen durch: Australien, Ägypten, Indien. Je heißer das Klima, desto besser. Ein kalter Zug pfiff durch den Metallrahmen des schlecht sitzenden Fensters. Ich hatte nicht gut geschlafen. Es würde eine Erleichterung sein, die Bude an diesem Morgen hinter mir zu lassen, auch wenn das bedeutete, Mimi von den zweifelhaften Früchten meiner ersten Arbeitsnacht zu berichten.

Diesmal öffnete sie die Haustür selbst. Sie trug eine schwarze Lederhose, einen schwarzen engen Rollkragen-Pulli, der jeden Zentimeter ihrer Kurven abbildete, und goldene Reifen-Ohrringe. Die schwarzen Haare hatte sie zu einem dicken Zopf geflochten, der auf ihre Schulter fiel.

»Du solltest zu mir ins Büro kommen, nicht hierhin«, schnauzte Mimi mich an. »Jetzt muss ich weg.« Sie wandte mir den Rücken zu und griff nach dem silbernen Pelzmantel. »Irgendwas hat sich neu ergeben.«

»Hoffentlich nichts, was mit der gestrigen Nacht zu tun hat, hoffe ich.« Sie schien mich nicht zu hören, öffnete stattdessen eine Schublade in der Eingangshalle und nahm ein Schlüsselbund heraus. Sie zählte, bevor sie mir die Schlüssel reichte.

»Die Schlüssel zu jeder Tür im Club«, sagte sie, schaute auf die große Uhr und schob mich rückwärts zur Tür. »Wir haben die Pläne ändern müssen. Du bist die amtierende Herrin des Clubs für Gentlemen.«

»Wegen gestern Abend …«

Mimi seufzte, und ich fing den Moschusduft ihres Parfums auf.

»Summers, ich hab's eilig. In den nächsten Wochen werde ich viel unterwegs sein und immer wieder mal in die Stadt kommen. Also – jetzt bist du dran.«

Ich nahm die Schlüssel. »Danke, dass du dieses Vertrauen zu mir hast, Mimi«, sagte ich.

»Du brauchst mir nicht zu danken, Summers. Du hast die Verantwortung für den Club. In ein paar Tagen komme ich mal kurz vorbei. Ich schicke noch ein paar neue Kleider in deine Bruchbude. Es geht nicht, dass meine Mädchen aussehen wie …« Ihre Augenbrauen waren dünne Bogen der Verachtung, als sie mich von oben bis unten betrachtete. »Mit diesem Kapuzending siehst du wie eine Drogendealerin aus.«

»Habe ich gestern Abend einen Fehler gemacht? Ich war in Sorge, weil ich vielleicht etwas falsch verstanden habe. Es lief nicht wie geplant. Ich habe nicht viel mit Mr. Hall reden können, dabei war er das Mitglied, um das ich mich kümmern sollte.«

»Jeder hat das bekommen, was er gesucht hat. Dafür gehen sie in den Club. Deshalb halten wir die Mitgliedschaft exklusiv. Nicht jeder x-beliebige Kerl passt zu uns, und die Mitglieder wollen auch nicht, dass bekannt wird, was sie in ihrer Freizeit treiben. Was auch immer geschieht, ist nur für ihre Augen bestimmt.«

Wir standen jetzt vor der Türschwelle. Vorbei war die sinnliche Wärme unserer gestrigen Begegnung. Kein Anzeichen für das große scharlachrote Lächeln. Aus irgendeinem Grund war sie unzufrieden mit mir. Mimi verschloss die Tür und sicherte jedes Schloss zweimal. Sie schaute die Straße hinauf und hinab, als hätte sie Sorge, dass jemand sie sehen könnte.

»Aber Mimi ...«, versuchte ich es noch einmal. Sie fuhr herum.

»Heute Miss Breeze«, sagte sie knurrend. Sie sprang die Stufen hinunter auf ein silbernes Mercedes Coupé zu. »Und ich habe keine Zeit, jede Minute deines Jobs zu erörtern. Was richtig und falsch ist, kannst du selbst herausfinden.«

»Ich dachte, ich soll dir berichten.«

Ich fror auf dem Gehweg. Die Schlüssel zitterten in meiner Hand. Sie stieg in ihr schickes Auto, schaltete die Zündung ein und schloss für einen Moment ungeduldig die Augen. Das elektrische Fenster sirrte nach unten.

»Ich habe schon einen umfassenden Bericht erhalten. Für heute lasse ich dich in Ruhe. Genieße ein wenig freie Zeit, Suki«, sagte sie versöhnlich. Ich sah ihr in die Augen und fühlte mich ein bisschen besser.

»Freie Zeit?«, fragte ich, trat näher an das Auto heran, bückte mich und sah ihr ins Gesicht. »Aber ich habe gerade erst zu arbeiten begonnen. Und nun habe ich die Schlüssel ...«

»Jeder Tag ist anders. Heute habe ich viel zu tun, und du nicht. Wir sehen uns in ein paar Tagen.«

Das Fenster sirrte hoch, und ich hätte beinahe keine Nase mehr gehabt. Sie hatte schon das Ende der Straße erreicht, bevor ich blinzeln konnte.

Ich stand da in der kalten Luft und sah der Benzinwolke ihres Autos nach. Okay, jetzt hatte ich also Freizeit, aber es behagte mir nicht, dass ich nicht wenigstens noch eine Schicht im Club machen sollte. Außerdem, und das war noch schlimmer, hatte sie mich für den gestrigen Abend nicht bezahlt. Es war dumm von mir, nicht nach Geld gefragt zu haben. Ich wusste immer noch nicht, ob ich gefeuert war, weil ich ausgerechnet Sir Simeon das hatte tun lassen, was er gestern Abend mit mir angestellt hatte. Aber vielleicht kannte Mimi dieses Detail noch nicht.

Jetzt hatte ich die Schlüssel zum exklusivsten Club Londons, und keinen Penny in der Tasche. Eine bizarre Situation, um es vornehm auszudrücken. Ich ging zurück in die Earls Court Road zu der Pension und ging in meinem Zimmer auf und ab. Ich fand keine Ruhe. Ich sollte mich mehr bewegen. Im Keller des Clubs gab es eine Fitness Suite. Ja, warum nicht?

Auf dem Weg zur U-Bahn blieb ich im Eingang zu Chrissies Gebäude stehen, aber ich erhielt keine Antwort, als ich auf die Klingel drückte. Natürlich nicht. Es war ein Morgen mitten in der Woche. Jeremy würde irgendwo in der City das Geld eines Kunden zählen, und Chrissie würde gerade dabei sein, Parfüm auf das Handgelenk einer älteren Dame mit dick aufgetragenem Rouge zu sprühen. Dabei war die Luft sowieso schon stickig. Nein, nur ich hatte alle Zeit der Welt.

Die Fitness Suite erreichte man durch einen völlig anderen Eingang, denn sie war für einen weiteren Interessentenkreis von Tageskunden geöffnet, aber auch die Clubmitglieder konnten sich hier trimmen. Der Empfang war modern gestaltet, voller grüner Pflanzen und mit minimalistischen Bildern an den Wänden.

Ich fürchtete, der muskulöse blonde Mann, der in einem winzigen Unterhemd und kurzen Shorts hinter der Empfangstheke saß, würde mir nicht glauben, wer ich war, aber dann sah ich ein paar Leute, die direkt von der Straße durch eine große rote Tür auf der rechten Seite liefen. Sie trugen ›Kapuzendinger‹ wie ich, Trainers und Radfahrershorts, und sie hatten keine Flaschen mit Wasser bei sich. So anders als sie sah ich auch nicht aus.

»Entschuldigung«, sagte ich, als ich vor der Theke stehen blieb und mit meinen Schlüsseln klimperte. »Ich heiße Suki Summers. Ich arbeite oben.«

Er nickte, als ob er wüsste, wer ich war, dann langte er hinter sich und gab mir eine Eintrittskarte.

»Schwimmbad, Sauna, Jacuzzi, Health Spa – alles steht zur Verfügung«, sagte er und grinste mich breit an.

Ich drückte die rote Tür auf und wurde sofort von der heißen, dunstigen Atmosphäre der Fitness Suite empfangen. Es war eine andere Welt. Unter den gewaltigen Palmen und den farbenprächtigen Mosaiken flanierten halb nackte Menschen, die im tropischen Nebel wie Gespenster aussahen. Sie kamen aus den Saunaschränken und warfen sich in das eisige Becken. Andere zogen Bahn um Bahn und achteten darauf, dass der Kopf steif über Wasser blieb. Am Ende des Schwimmbeckens führte eine Wendeltreppe hinauf zu einem Café. Man sah, dass eine Wand von einem Gemälde eines langen Sandstrands und einer saphirblauen See eingenommen wurde.

»Willst du eine Massage vor dem Schwimmen oder nachher?«

Der muskulöse Mann war direkt vor mir, er stieg jetzt aus dem Becken und schüttelte mit einer lässigen Kopfbewegung das Wasser aus den Haaren. Das hatte ich schon mal bei Meistersurfern gesehen. Schräg stehende blaue Augen lugten hinter dem Badetuch hervor. Er erwartete eine Antwort.

Ich schüttelte den Kopf. »Ich muss schwimmen«, murmelte ich und sah sehnsüchtig aufs Wasser. »Danach muss ich …«

»Also nach dem Schwimmen«, legte er fest. »Das gehört alles zum persönlichen Service bei uns.«

Im gemeinsamen Umkleideraum kramte ich in meinem Rucksack herum. Zum Schwimmen hatte ich nur ein dunkelgrünes Trikot dabei, eine ausgeblichene Erinnerung an meine Tage als Model. Es musste genügen. Ich sprang Sekunden später in den Pool, schaute weder rechts noch links und behielt das bei, bis ich dreißig Längen geschafft hatte.

Das Blut raste durch mich, und mein Körper fühlte sich vom Londoner Dreck gereinigt, und endlich fühlte sich auch mein Kopf wieder klar an. Ich hatte vergessen, wie gut es sich anfühlte, meine nervöse Energie zu vertreiben. Ich streckte den Körper bis an seine Grenzen, testete meine Lungen, während die Augen vom Chlor tränten und die Winterkälte von einer Glasscheibe draußen gehalten wurde.

Ich streckte mich auf einer Liege aus, schnappte nach Luft und spürte den hämmernden Puls in den Ohren. Zwei wunderschöne blonde Mädchen in identischen weißen Badeanzügen kamen auf mich zu.

»Eine Massage, Madam?«, fragte eine von ihnen in einem dicken nordischen Akzent. »Sie sind neu hier, nicht wahr? Es ist alles ...«

»... Teil des Service, ja, ich weiß. Aber ich habe schon eine Verabredung, Mädchen. Danke.«

Der blonde Mann war wieder da, noch in der Badehose, aber trocken. Ich hielt meine Augen geschlossen, aber die Gänsehaut auf Armen und Beinen verriet mir, dass er noch da war. Ich spürte, wie mir die Energie entzogen wurde. Soll er doch versuchen, mich zu überreden. Schließlich hatte ich den ganzen Tag Zeit, um verwöhnt zu werden, oder?

»Ich passe nicht ins Schema«, sagte ich trocken. »Muss man nicht blond sein, um hier Mitglied werden zu können?«

Ich hob mich schwerfällig in eine sitzende Position. Er setzte sich lässig auf das Ende meiner Liege. Er sah wie jemand aus, der am liebsten den ganzen Tag lang rannte oder schwamm, genau wie ich, um zu funktionieren. Er legte Wert auf seine Fitness, das sah man ihm an. Aber wenn man einen solchen Job hatte, konnte das nicht verwundern; umgeben von verhätschelten, gebräunten Körpern voller Spannkraft.

Für mein Gefühl war er ein bisschen zu draufgängerisch, auch wenn ich seine unnachgiebigen Augen und die aufgeblähten slawischen Nüstern bewundern musste, auch den schön geformten Körper, als wäre er aus Stein gehauen. Die dicken Muskelstränge lagen wie Seile unter der gespannten Haut. Es war fast unmöglich, nicht nach unten zu schauen, um sich davon zu überzeugen, was er in seine farbigen Speedos gepackt hatte. Aber mein Blick blieb auf seine Muskeln gerichtet.

»Du bist unsere erste Rote«, sagte er und lachte. »Und was für ein Unterschied! Die meisten Blondinen, die du hier siehst, kommen alle aus der Flasche. Mein Blond natürlich nicht.«

Er kämmte besagte blonde Haare nach hinten und zwinkerte mir zu. Mein Fleisch begann sich wieder aufzuheizen; der kühlende Effekt der Schwimmrunden schwächte sich ab, weil warmer Dampf uns umgab.

»Aber du wirst nicht die volle Mitgliedschaft der Fitness Suite zu schätzen wissen, ehe du Michails Massage erlebt hast«, sagte er.

»Wessen Massage?«

»Meine. Du bist ganz verzweifelt danach. Ich habe dich beobachtet. Dein Gesicht ist zu blass, deine Schultern sind zu verspannt«, sagte er. Er strich mit seinen dicken Fingern über mich, als wollte er meinen Körper zeichnen. »Du hast einen phantastischen Körper. Offenbar läufst du gern. Aber du siehst auch so aus, als wärst du unter einem Stein hervorgekommen.«

»Wie charmant«, blaffte ich ihn an. Ich faltete die Arme um meine Knie. »Ich bin gerade aus Ägypten zurück.«

»Und warum hast du so ein aufregendes Land verlassen?«

Ich umarmte meine Knie etwas fester und drückte sie

mehr in seine Richtung. Er zog ein blütenweißes T-Shirt über seinen prallen Oberkörper und fing an, das Badetuch unter mir wegzuzerren.

»Mein Mann, so stellte sich heraus, war verheiratet«, sagte ich. »Mit sechs Frauen.«

»War er Heinrich der Achte?«, gluckste er.

Durch mein Lachen schaffte er es, mein Badetuch an sich zu bringen.

»Ach, das war die beste Therapie der Welt«, sagte ich. Wir lachten wieder. Dann versuchte ich, ernst zu werden. Ich starrte aus dem Fenster und hinauf zum grauen Himmel. »Er hatte all diese Ehefrauen tatsächlich. Einige von ihnen waren Mädchen, die ich zu meinen Freundinnen zählte. Aus vielen verschiedenen Nationen. Und keine wusste von den anderen.«

»Ein richtiger Harem. Wie schön.« Michail schmatzte die Lippen.

»Ja, es hört sich sexy und aufregend an, was? Aber wenn man dir sagt, dass du was ganz Besonderes bist, und du dich dann am Ende der Schlange wiederfindest, ist es gar nicht mehr komisch. Außerdem war es Zeit, weiterzuziehen. Ich muss immer weiterziehen. Und dann habe ich gedacht, ich wäre glücklich, wieder zu Hause zu sein.«

»Und du bist es nicht?«, fragte er und faltete das Badetuch längsseits.

»Ich bleibe nicht hier. Es ist zu kalt. Ich habe kein Geld. Englische Männer sind alle so fad, so langweilig. Du bist kein Engländer, nicht wahr?«

»Nun, sage es niemandem, aber ich habe mir diesen osteuropäischen Namen gegeben, weil er zu meinem Aussehen passt, und den Ladys gefällt beides. Ja, ich bin Engländer. Ich komme aus Bristol. Und ich kann dir versichern, dass nicht alle Engländer fad und langweilig sind.«

»Nun, die Jury hat darüber noch zu befinden. Kann sein, dass du eine bemerkenswerte Ausnahme bist«, sagte ich. Ich hatte in jüngster Zeit ein oder zwei andere Ausnahmen kennen gelernt, erinnerte ich mich. Man konnte kaum englischer sein als Sir Simeon. Aber von Merlin konnte man das nicht sagen.

»Weiter«, sagte Michail und beschäftigte sich mit Körperölen und verschiedenen Cremes. Es hatte was Altmodisches an sich, wenn er mit seinen großen Händen fuchtelte. »Zu unserer Therapie gehört das Zuhören.«

Ich begann einige Streckübungen mit den Beinen. »Es liegt nicht nur am Wetter und den Männern«, fuhr ich langsam fort. Es war gut, meine Gedanken bei ihm zu testen. »Ich glaube, ich habe meinen neuen Job schon in den Sand gesetzt. Und ich weiß nicht, woran ich mit meinem neuen Boss bin. Oder mit seiner Freundin, die auch mein Boss ist. Oder seinem Sohn.«

»Vielleicht wissen sie auch nicht, woran sie bei dir sind. Und jetzt brauchst du eine Massage.« Michail grinste. »Das Leben muss nicht kompliziert sein. Du solltest wie ich sein. Lass die Dinge auf dich zukommen.«

Ich lachte wieder, und dann nutzte er aus, dass ich kurz abgelenkt war, und erhob sich. Er hielt das Badetuch hoch. Im nächsten Moment drehte er mich wie einen Pfannkuchen, und ich lag auf dem Badetuch. Er pumpte die Liege mit einem versteckten Pedal höher, etwa auf Hüfthöhe.

»Niemand verlässt dieses Gebäude, bevor er oder sie nicht völlig entspannt ist. Wir wollen unsere Gäste verwöhnen und verhätscheln. Ich fahre das Massagebett hinter diese Palme, da sind wir mehr unter uns.«

»Warum müssen wir unter uns sein?«, fragte ich schläfrig, das Gesicht im Badetuch.

»Weil« – und damit rollte er mein Trikot hinunter in die Taille, als würde er eine Banane schälen.

Ich wollte ihn davon abhalten, aber seine Hände lagen auf meinen Schulterblättern und pressten mich hart auf Brust und Bauch. Es fühlte sich so an, als wollte er mich durch die Matratze pressen, und mein Widerstand verflog. Er spritzte Öl auf meinen Rücken und begann, die Knöchel, die Handflächen und die Handkanten kreisen zu lassen. Meine Wangenknochen wurden ins Badetuch getrieben, und mein Körper ruckte hin und her. Ich biss mir auf die Lippe, als meine Haut an Stellen zu prickeln anfing, die er noch gar nicht berührt hatte. Das Öl glitschte an meinen Armen entlang, fand sich an der ganzen Wirbelsäule wieder, und das Blut trommelte in meinen Ohren. Es hörte sich an wie Hufe die auf die frostharten Felder von Symes Hall trommelten.

»So verspannt«, sagte Michail. »Viel zu verspannt.« Wieder drückte er mich kräftig in die Auflage der Massageliege. »Du bist schwer zu knacken, das weiß ich jetzt schon.«

»Nicht verspannt«, sagte ich. »Ich musste mich nur gerade an etwas erinnern.«

»Wenn du dich an was erinnerst, vergiss es gleich. Konzentriere dich auf das Angenehme, das ich dir gebe.«

Seine Hände setzten ihre Arbeit auf dem Rücken fort, glitten über Hüften und hinunter zu den Beinen. Ich tat, was er mir auftrug, aber meine Sexualität ließ mich die Erinnerung nicht vergessen. Immer wieder mal zuckten meine unteren Teile, als hätte ich Merlins Penis noch in mir.

Mein ganzer Körper war unglaublich empfindlich geworden. Als Michail über meine Kniekehle strich, schoss mein Fuß hoch. Ich dachte, ich würde in die Luft schießen, aber ich traf auf den soliden Muskel von Michails Rücken oder Hintern. Er war auf mich gestiegen, gewandt wie eine Katze, und kniete gespreizt über mir. Absichtlich kitzelte er die Kniekehle, und wieder schoss mein Fuß hoch, und diesmal spürte ich, dass ich seine Pobacke erwischt hatte.

»Hast wohl kaum Kontrolle über deinen Körper, was?«, sagte er. »Ungeduldig wie ein Reitpferd vorm Start.«

Er beugte sich über mich, sodass er fast über mir lag, aber noch berührte er mich kaum. Mir gefiel das Gefühl, dass ich so leicht gehalten wurde wie ein Schmetterling. Er hätte mich auch mit seinem Körper quetschen können.

Seine Hände arbeiteten immer noch. Er hatte sie unter mich geschoben, wo sie auf meinen Hüften lagen.

Um uns herum waren überall die Geräusche von Leuten zu hören, die ins Wasser sprangen oder im Pool ihre Runden drehten. Nur ein paar Palmzweige trennten uns von den anderen, und ich musste sagen, dass dieser Typ mich scharfmachte. Er hatte mich fast in eine Trance versetzt, und ich hatte nicht die Kraft, mich von ihm wegzubewegen. Genauer noch: Ich wollte es auch gar nicht. Ich wusste nicht, was für eine Art Massage er mir angedeihen ließ, aber ich fühlte mich jetzt schon wie ein Wackelpudding. Wie ein Wackelpudding ohne Arme und Beine, der aber immer schärfer wurde, da er Rückgrat und Schoß zugleich massierte und schließlich auch in die Kerbe zwischen den Backen eindrang.

Automatisch krümmte ich meinen Rücken und hob meinen Po, weil ich hoffte, auf seinen Schaft zu treffen, und tatsächlich presste er ihn hart gegen die Öffnung. Er blies scharf in meinen Nacken, und meine Haare richteten sich auf wie kleine Stacheln des wachsenden Verlangens. Dann spürte ich plötzlich nichts mehr, Hände, Schaft, Schenkel – alles weg.

Ich unterdrückte ein Stöhnen der Frustration und schlug die Augen auf.

»Danke«, krächzte ich. »Das war gut.«

»Jetzt die Vorderseite. Schließlich müssen wir dich überall entspannen.«

Wieder wendete er mich wie einen Pfannkuchen. Jetzt lag ich auf dem öligen Rücken. Er saß gespreizt auf mir, und diesmal schaute ich genau hin. Ich überprüfte seinen Schoß. Sein Schwanz streckte sich, um in eine vertikalen Position zu gelangen, aber die enge Badehose versteckte ihn. Ich wusste nicht, ob ich lachen oder ihn packen sollte. Mein ganzer Körper zischte in einer Mixtur aus Erregung und Vorfreude auf das, was er als Nächstes mit mir anstellen würde.

Langsam beruhigte er sich und fand oberhalb meines Bauches sein Gleichgewicht. Ich konnte sehen, wie kräftig seine Beine waren, die ihn ein paar Zentimeter über mir stützten. Zu spät erkannte ich, dass mein Trikot die Beine hinuntergerutscht war, sodass ich völlig nackt hier lag, aber statt alarmiert zu sein, fühlte ich nur einen Rausch der Erregung.

Dieser Typ war so kühl wie ein Arzt. Sein freundliches Gesicht sah jetzt verschlossen aus, weil er sich auf seine Arbeit konzentrierte. Ich konnte nicht sagen, ob ich mir den Moment des Reibens seines Schwanzes über meiner Muschi nur eingebildet hatte. Meine nackten Brüste schienen ihn nicht mehr als ein Paar Schwimmflügel zu interessieren. Das hätte die Lust in mir abtöten sollen, aber sein leidenschaftsloses Gesicht feuerte mich nur noch mehr an. Meine Nippel versteiften sich, als er die Gegend über ihnen zu massieren begann.

»Wie ich mir dachte«, murmelte er und sprühte eine andere Creme auf meinen Brustkorb. Er rieb sie langsam in kleinen Kreisen in die Haut, mied aber meine Nippel, die aufrecht standen wie Mini-Maiskolben. »Sie waren sorgsam versteckt. Die meisten Leute hätten gedacht, wenn du wie eine Skaterin gekleidet bist und zu uns kommst ...«

»Was hätten die Leute gedacht?«

»Sie hätten gedacht, dass du unter diesen weiten Klamotten den Körper einer Göttin hast. Aber es waren deine Augen, die dich verraten haben.«

»Dann mach weiter«, drängte ich ihn und rutschte unter

ihm hin und her. »Mach, dass ich mich wie eine Göttin fühle.«

Meine Pussy strich an der dicken Beule in seiner Badehose vorbei, und der kurze Kontakt ließ mich erkennen, wie feucht mein Schoß war. Ich konnte es kaum glauben. Ein ganz gewöhnlicher Masseur mit uralten Anmachsprüchen kann mich derart aufgeilen? Solchen Typen war ich in Ägypten zuhauf begegnet, wenn der Prinz verreist war, aber ich war nie interessiert gewesen. Trotzdem konnte ich es nicht leugnen – Michail war gut in seinem Job. Vielleicht wollte ich, dass er weiter ging, weil er ein anonymer Masseur war, kein ›Klient‹ und kein heimliches Mitglied des Clubs. Ich streckte mich wieder nach oben, und statt mir Platz zu machen, presste er seinen Körper nach unten, wodurch ich die dicke Beule in seiner Badehose wieder fühlen konnte. Sie lag genau auf meiner Spalte und schob die Lippen auseinander. Er begann die Hüften vor und zurück zu bewegen, und das gelang ihm so sanft, dass ein zufälliger Zuschauer nichts merken würde.

Er starrte auf seine Hände, als sie meine Brüste umfassten.

»Deine Augen. Sie sind grün, und sie funkeln wie die Augen einer Hexe«, sagte er leise und ließ die Hände weiter rotieren. »Du könntest wie Huckleberry Finn aussehen, aber es wären immer deine Augen, die dich verraten.«

Er spazierte seine Finger über meine Brüste und war plötzlich wieder ganz geschäftsmäßig. Er schien meine Rippen zu zählen. Ich spürte sofort, wie sich mein Kopf und der Nacken lösten. Dabei hatte ich nicht einmal gewusst, dass sie verspannt waren. Ich war für weitere Behandlungen dieser Art zu haben. Doch dann sprang er hoch, schüttelte seine Beine und Arme aus und zog die Badehose höher. Jetzt sah ich warum. Die beiden blonden Mädchen waren gekommen und standen neben der Palme. Sie klopften mit den nackten Füßen auf den Boden und schauten auffällig auf die Uhr. Weiß der Himmel, wie lange ich auf dieser Massagebank gelegen hatte.

»Jetzt solltest du dich wieder wie eine neue Frau fühlen. Wenn du mich bitte entschuldigen würdest, ich habe oben noch einen anderen Termin.« Michail zog mein Trikot hoch und trat mit dem Fuß auf das Pedal, damit die Liege sich senkte.

»Ich danke dir. Ich fühle mich schon viel besser«, sagte ich und erhob mich. Es entsprach der Wahrheit, auch wenn meine Beine zitterten. »Ich werde noch ein paar Runden schwimmen.«

Als ich an meinem kleinen Fenster stand und auf die Stadt sah, in der jetzt die Lichter angingen, klopfte es an meine Tür. Miss Sugar stand da, trug einen bodenlangen grauen Regenmantel und hielt ein paar Tragetaschen in den Händen.

»Ihre Kleider«, sagte sie und rümpfte die Nase, als sie mir die Taschen gegen den Körper drückte. »Das sind verschiedene Outfits, die Sie über die nächsten Tage bringen werden. Ihre alten Sachen nehme ich zum Verbrennen mit.«

»Keine Chance«, sagte ich und kreuzte die Arme über mein T-Shirt. »Möchten Sie nicht reinkommen, Sugar? Es wird schon dunkel.« Ich hatte die Lampe noch nicht eingeschaltet. »Hier oben in meinem Elfenbeinturm fühle ich mich ein bisschen einsam«, fügte ich noch hinzu.

Für einen Moment schien sie versucht zu sein, mein Angebot anzunehmen, dann schüttelte sie den Kopf, und ihre blassen grauen Augen mochten mich nicht ansehen.

»Nein, man hat mich nicht angewiesen zu bleiben.«

»Aber wer kümmert sich um diese Uhrzeit noch darum?«

Miss Sugar steckte den Kopf durch die Tür und konnte ihre Verachtung für das ärmlich eingerichtete Zimmer nicht verbergen.

»Als ich für den Club zu arbeiten begann, hatte ich auch so eine kleine Wohnung«, sagte sie. »Jetzt habe ich ein Zimmer mit einem faszinierenden Blick über Shepherd Market. Das Zimmer liegt so hoch wie dieses hier, aber statt auf die U-Bahn-Station kann ich über die Dächer schauen und in die Fenster der gegenüberliegenden Wohnung.«

»Aber ist das nicht so, als wäre man eine Gefangene, wenn man an seinem Arbeitsplatz auch noch wohnt?«

»Nun, so arbeiten Sir Simeon und Mimi eben. Aber versteh mich nicht falsch. Ich liebe es, über dem Club zu wohnen, und ich arbeite auch gern für sie. Man muss sich nur an ihre Marotten gewöhnen. Die Vorteile sind nicht zu verachten, wenn man seine Trümpfe ausspielt.« Sie erlaubte sich ein seltenes Lächeln, das aber schnell wieder verflog. »Also gut, wenn Sie mir Ihre alten Kleider nicht mitgeben wollen, müssen Sie sie in den Club bringen. Das war kein Witz, dass sie verbrannt werden sollen. Sie sehen es gern, dass wir alles wegwerfen, was uns mit unserem früheren Leben verbindet.«

»Sie können pfeifen«, grunzte ich und warf das neue glänzende Haar zurück, »aber wir brauchen nicht nach ihrer Pfeife zu tanzen, denn sie besitzen uns nicht.«

»Nun, solange wir für sie arbeiten, besitzen sie uns schon. Was mich zum zweiten Grund für meinen Besuch bringt. Solange Sie für den Club arbeiten, müssen Sie damit rechnen, dass Ihre Freizeit beschnitten wird. Ich sage das, weil ich weiß, dass Sie auch heute Abend arbeiten wollen. Eines unserer Mitglieder lädt zu einer privaten Party ein, und er will Sie natürlich auch sehen. Er ist ein schillernder Typ, und Sir

Simeon und Mimi wollen, dass Sie ein Auge auf die Party werfen. Mimi hat sogar einen Zettel hinterlassen, auf dem steht, was Sie zur Party anziehen sollen. Und sagen Sie nicht, dass Sie nicht nach der Pfeife tanzen können«, fügte sie rasch an, als ich den Mund öffnete, um zu protestieren. »Das ist nicht verhandelbar.«

»Ich habe also noch einen Job?«, fragte ich zögernd und nahm endlich die Designerklamotten in Empfang.

»Natürlich. Warum sollten sie Ihnen sonst diese feinen Kleider besorgt haben?«

Trotz ihrer tapferen Worte glaubte ich zu sehen, wie sie voller Neid durch mein Fenster schaute. Sie wandte sich zum Treppenhaus um. Miss Sugar war zwar kein Typ, den man sich als beste Freundin aussuchte, aber ich hätte mich gern noch ein wenig länger mit ihr unterhalten. Ich rief ihr etwas nach, als sie schon die ersten Schritte zum Treppenhaus getan hatte.

»Fühlen Sie sich auf Ihrem Zimmer wirklich nicht wie im Gefängnis, Sugar?« Sie blieb wie angewurzelt stehen, und ich setzte nach: »Ist das nicht wie eine Bestrafung?«

»Eher umgekehrt, Miss Summers, glauben Sie mir. Als ich in den Club zog, war das wie eine Beförderung für mich.« Wieder sah ich sie lächeln. »Sie wissen, dass ich dem Club gegenüber immer loyal sein würde. Einen schönen Abend noch.«

Ich verriegelte die Tür und ging hinüber zum trüben Spiegel im Bad. Ich betrachtete mich im Spiegel. Meine Klamotten waren schrecklich, damit hatten alle Recht. Einer der Gründe, warum die Kleider so schlimm waren, lag an meinem Gesicht, das nicht mehr zu den Klamotten passte. Ich zog das T-Shirt aus und schaute wieder in den Spiegel. Mein Gesicht schwitzte über blassen Schultern und Brüsten. Ich konnte mir vorstellen, dass Mimi vor mir stand, mich angrinste und mit den Händen meine Brüste umfasste.

Obwohl ich im Pool einige Runden gedreht hatte, schienen meine Haare die neue Form zu kennen, die Mimis Friseurin ihnen gegeben hatte, denn statt sich entsetzt aufzurichten, hatten sie sich in zwei elegante Wellen gelegt, eine auf jeder Seite des Gesichts. Meine Augen sahen groß aus im sterbenden Licht.

Ich schaltete eine Lampe an, und die Pupillen schrumpften zu kleinen bösen Punkten. Die grüne Iris leuchtete im Spiegel. Meine sonst blassen Wangen hatten einen Schuss Farbe mitbekommen, und meine Lippen waren leicht geöffnet, als wäre ich gelaufen.

Ich erkannte diesen Blick. Ich sah ihn in den frühen Tagen, als der Prinz mir die Wohnung in der Nähe seines Palastes eingerichtet hatte. Wenn er dann zu mir kam, um mich zu besuchen, hatte ich diesen Blick drauf. Meine Oberschenkel waren danach blau und grün von seinen Griffen und klebrig von unseren Säften. Ich sammelte meine ganze Energie, um genau das zu tun, was man auch im Club von mir erwartete – Leben in die Lust zu blasen, die Mimi in mir hervorgelockt hatte. Ich musste an die Kühnheit meines ersten Abends denken und an die Rastlosigkeit, die ich beim Betreten der Fitness Suite gespürt hatte, die ich dann aber neben dem Pool abgelegt hatte wie mein Trikot. Ja, es gab eine neue scharfe Suki.

Ich ging die Taschen durch, die Miss Sugar gebracht hatte, und ich las Mimis Chef-Anweisungen. Sie wollte, dass ich ein Kleid trug, das ich mir bis vor zwei Tagen nie gekauft hätte. Es war eine durchsichtige schwarze Hülle mit winzigen Spaghettiträgern, die mir bis an die Knöchel reichte, aber bis zum Nabel geschlitzt war. Und hinten bis zur Pokerbe.

Kurz entschlossen streifte ich meine Kombatkluft ab und ließ sie auf einem Haufen auf dem Boden liegen, während ich in das Kleid schlüpfte. Ich hielt meine gehorsamen Haare vom Gesicht weg und wünschte, dass irgendjemand – Mimi, Chrissie, sogar Sir Simeon – mich bewunderte. Vielleicht würde ich Miss Sugar in ihrem bescheidenen kleinen Zimmer aufsuchen, um ihr mein neues Image zu zeigen.

Achtes Kapitel

Bisher hatte ich das obere Stockwerk des Clubs noch nicht erkundet. Von der Halle ging es eine verlockend geschwungene Treppe hinauf. Vor alten gewölbten Spiegeln brannten Gasfackeln. An verschiedenen Punkten hörten die Stufen auf, und der Besucher wurde durch einen Bogen auf einen Absatz geleitet, von dem mehrere Türen abgingen. Ich stellte mir vor, je höher man kam, desto stiller würde es sein, aber an diesem Abend, als ich den Absatz vor dem Penthouse erreicht hatte, konnte ich laute Musik hören.

Plötzlich kicherte jemand. Mein erster Gedanke galt Miss Sugar, aber sie würde nicht auf diese Weise kichern. Zu meinem Erstaunen sah ich die beiden blonden Mädchen, die ich in der Fitness Suite gesehen hatte, aus einer Tür treten, die eine Lifttür sein mochte. Die Fitness-Leute hatten offenbar ihren eigenen Zugang zu den oberen Etagen des Clubs.

Mich sahen die Mädchen nicht, aber sie stießen sich aufgeregt an und klopften an eine der geschlossenen Türen. Sie trugen ärmellose schwarze Kleider, so eng und so kurz, dass sie eigentlich kaum Luft bekommen konnten, und dann hatten sie noch spitz zulaufende Hexenhüte auf dem Kopf. Zudem trugen sie dunkle Brillen. Die Tür öffnete sich, Rockmusik dröhnte durchs Treppenhaus, dann wurden sie hineingezogen.

Ich zögerte und stand noch mit einem Fuß auf der letzten Treppenstufe. Ich konnte mir nicht vorstellen, dass dies die Party sein sollte, von der Miss Sugar gesprochen hatte. Ich hatte eine ruhige Sherry Party im Sinn gehabt, vielleicht auch die gute alte Tanzmusik. Ich sah mein Bild in einem der gewölbten Spiegel. Meine Reflektion flackerte gespenstisch im Licht der Gasfackel. Ich streckte mir die Zunge heraus und gab mir einen Tritt in den Arsch. Verdammt, ich hatte einen Job zu erledigen. Ich folgte den Blondinen und klopfte an die Tür.

Ein Mann, der sich als Dracula verkleidet hatte, öffnete die Tür. Er trug eine weiße Krawatte und einen schwarzen Frack. Auch er hatte eine Sonnenbrille an, und ein paar Bluttropfen waren an seinem Kinn hängen geblieben. Er lächelte, und zwischen seinen Vampirzähnen hielt er eine dicke Zigarre im Mund.

»Ich hatte gehofft, dass du kommst. Willkommen in der Höhle des Löwen!«, rief er, um den Lärm zu übertönen. Gleißende Lichter erhellten das Zimmer. »Aber du musst die erst anziehen.« Er reichte mir eine Jackie-Onassis-Sonnenbrille, aber bevor ich sie aufsetzte, erkannte ich ihn: Er war Michail, der Masseur.

»Woher hast du gewusst, dass ich hier sein würde?«, rief ich zurück. Ich lief ihm hinterher, als er mich durch die Menge schleuste. »Und warum sind alle verkleidet?«

»Es ist Halloween, oder weißt du das nicht?« Er reichte mir ein hohes Glas mit einem schrecklich schmeckenden Punsch. »Das sind die Regeln. Wir müssen uns alle verkleiden. Es wird eine strenge Bestrafung geben, wenn jemand seine Sonnenbrille abnimmt. Ich sehe, dass du dich als elegante Frau ohne Namen verkleidet hast, ganz anders als deine Rapper-Kluft, die du am Tage angehabt hast.«

Gegen den Kommentar war nichts einzuwenden, denn als ich eben in den Spiegel schaute, hatte ich mich ja selbst kaum erkannt, aufgebrezelt vom Feinsten. Wieso konnte ich da erwarten, dass mich ein anderer erkannte? Und das letzte

Mal, als er mich gesehen hatte, war er beschäftigt gewesen, Öl auf meine Brüste zu träufeln.

Er wandte sich um und redete mit einem Mann, der an einem großen Dachfenster des Penthouse lehnte und über die Dächer schaute. Der Mann hatte sich als Matador verkleidet, komplett mit Cape, Sombrero und einer hoch sitzenden Hose mit einem scharlachroten Streifen an den Seiten. Seine Augen waren hinter dunklen Gläsern verborgen. Ich hätte gern gewusst, ob er der Gastgeber der Party war.

Ich setzte meine Sonnenbrille auf und begriff, warum die Lichter so grell waren. Es dauerte eine Weile, bis man sich an die Verrücktheit gewöhnt hatte, drinnen dunkle Gläser zu tragen.

»Noch mal hallo.« Die beiden Blondinen nahmen mich in die Mitte. »Was machen Sie hier?«

»Oh«, sagte ich und schaute mich um, ob mir irgendwas einfiel, denn ich wollte ihnen nicht sagen, dass ich hier arbeitete. »Ach, mal dies, mal jenes.«

Das schien die richtige Antwort zu sein, denn die blonden Mädchen zogen mich in ein Wohnzimmer. Ich streifte das Cape des Matadors, und ein scharfer Pinienduft stieg mir in die Nase.

»Wer ist das?«, fragte ich das Mädchen links von mir und zeigte auf den Matador.

»Keine Ahnung«, kam die Antwort. »Aber Michail weiß, wie man Partys feiert, was?«

Die Mädchen kicherten wieder und drückten mich in einen Ledersessel, der so aussah, als gehörte er an Deck der Titanic. Sie knieten sich links und rechts von mir auf den Boden, befingerten mein Kleid und berührten dabei meine Beine.

»Michail gibt die Party?«, fragte ich verwundert. »Er scheint eine Menge Talente zu besitzen.«

»Haben Sie ein Auge auf ihn geworfen?«, zwitscherten sie. »Er ist eine starke Partie.«

»Nicht doch«, sagte ich, lachte und nippte am Punsch. Der Alkohol schoss mir direkt in den Kopf. »Aber er ist doch nur ein Bademeister.«

Die Mädchen lachten wieder, und ein paar Leute, darunter auch der Matador, drehten sich um, weil sie neugierig waren, wer so ausgelassen lachte.

»Er ist kein Bademeister«, kreischte eines der Mädchen, und ihr skandinavischer Akzent war plötzlich deutlicher auszumachen. »Er ist Gründungsmitglied dieses Clubs. Und ihm gehört das ganze Gebäude! Er ist der reichste Mann, den wir kennen. Mit Michail will man befreundet sein, verstehen Sie?«

Ich sah Michail mit neuen Augen an und schämte mich ein wenig, weil ich mich wie ein Snob angehört hatte.

»Ich nehme alles zurück«, sagte ich. »Er ist ein schöner Mann, fast wie ein Mister Universum.«

Die Mädchen stießen sich an, dann erhob sich eines von ihnen und ging hinüber zu Michail und dem Matador. Sie flüsterte in Michails Ohr, während der Matador den Kopf in meine Richtung drehte. Ich konnte nicht genau erkennen, ob er mich anschaute oder nicht, aber ich beschloss, ihn dazu zu bringen, mich nicht einfach zu übersehen. Mein Auftrag lautete, alles im Auge zu behalten, ohne mich gleich als Mitarbeiterin des Clubs zu outen. Es war also nur logisch, dass ich einen der Gäste anquatschte. Ich hatte noch kein Lächeln von ihm gesehen. Ich würde ein Lächeln auf seine Gesichtszüge bringen, vielleicht auch eine Erektion in seine Hose.

Ich streckte den Rücken durch und genoss das kühle Leder, gegen das ich mich drückte. Ich stellte mich auf meine hohen silbernen Absätze, fuhr mit der Zungenspitze über meine Zähne, nahm noch einen Schluck Punsch und hielt dem anderen blonden Mädchen meine Hand hin. Meine Absicht war, dass sie mir aus dem niedrigen Sessel half, damit ich langsam hinüber zum Matador scharwenzeln konnte, aber bevor ich sie zurückhalten konnte, führte sie mich zum Tanzboden, und das andere Mädchen gesellte sich zu uns.

Die Musik war schwer und sexy, und wir drei begannen unsere Lenden rotieren zu lassen. Die Mädchen tanzten gut; sie bewegten sich, als hätten sie Erfahrungen mit dem Lapdance. Wir erhöhten Tempo und Rhythmus und grinsten uns an, wir wussten, wie gut wir aussahen, wenn wir unsere Hüften vor- und zurückruckten und die anderen Gäste anlockten. Viele Männer waren näher gekommen, um uns zuzuschauen. Der Matador hatte sich in meinen Sessel gesetzt. Er hielt mein Glas, und sein Gesicht schien aus Stein.

Plötzlich sprang Michail zwischen uns. Sein Cape flatterte. Er fing mit einem russischen Kosakentanz an, die Arme vor sich verschränkt, der Körper in der Hocke, und dann flogen abwechselnd die Beine. Ein paar Übungen dieser Art, und er sprang wieder hoch. Wir klatschten alle, und jeder grinste unter den blinden Sonnenbrillen.

Ich fühlte mich sehr lebendig, und ich wusste, dass ich im Fokus stand. Früher habe ich das gemieden, aber das neue Ich genoss das. Als Mitglied des Personals war es sogar meine Pflicht, dabei zu sein und mitzumachen.

»Er ist völlig anders, wenn er nicht seine Geschäfte verfolgt. Dann bringt er auch eine Menge Spaß«, sagte eines der blonden Mädchen. Ich schätzte, dass sie Michail für sich haben wollte. Ich beschloss, sie dabei nicht zu stören, denn ich wollte mich um den Matador kümmern und herausfinden, ob ich ihn zu einem Lächeln bringen konnte. Aber dann verlor die Musik an Tempo. Es begann ein Tango, und verschiedene Paare schritten auf die Tanzfläche und stellten sich in Positur. Ich wich von der Tanzfläche zurück, aber Michail drückte mich in seine Arme.

»Weißt du, dass dieser Tanz als Paarungstanz erfunden wurde?«, rief er mir zu. Er spreizte seine Hand direkt über meinen Pobacken und drückte meinen Schoß gegen seinen. »Er wurde in den Bordellen Südamerikas erfunden. Ich glaube, die Freier tanzten untereinander, wenn sie darauf warteten, dass eine Hure frei wurde.«

»Deshalb ist es auch so ein rigider Tanz«, warf ich ein. »Und warum die Körper diesen Abstand halten. Aber ich schätze, es hat sie trotzdem angemacht.«

Er grinste. »Männer mit Männern? Ist nicht mein Ding. Aber Rotschopf auf Rotschopf, das wäre eher mein Ding.«

Die andere Hand nahm meine und hielt sie steif zur Seite. Er wusste, was er tat, und es war zauberhaft. Ich hatte den Tango vor langer Zeit gelernt, als ich in Brasilien war. Ich trippelte ihm ein paar Schritte hinterher, dann folgte ich seiner Führung, schwebte über den Boden, die Köpfe seitlich auf dem Hals. Wenn wir die Richtung änderten, ruckten die Köpfe wieder herum. Ich bemerkte, dass viele Gäste sich an die Wände zurückgezogen hatten, um uns viel Fläche zu überlassen.

Ein untersetzter Mann in einem silbernen Raumanzug hatte sich zu den beiden blonden Mädchen gesellt und begann, mit ihnen zu tanzen; seine Arme und Beine pendelten, manchmal blieben sie gerade und steif wie bei einem Roboter.

Bevor ich einen Blick auf den Mann werfen konnte, der mit den blonden Mädchen tanzte, wurde die Musik langsamer, und die Lichter wurden gedämpft. Es war unmöglich, mit der Sonnenbrille irgendwas zu erkennen. Michail hielt mich noch in der entsprechenden Pose, aber jetzt ließ er meinen Arm fallen, sodass auch seine zweite Hand meine Pobacke drücken konnte. Er zog mich fest an sich heran. Die Musik war unglaublich verführerisch. Ich hielt mich locker an seinen Schultern fest, aber in meinem Kopf ging alles durcheinander.

Er bog mich rückwärts über sein Bein und griff mit einer Hand in den hohen Schlitz meines Kleids. Zuerst gehörte es zum Tanz, aber dann langten seine Finger zu meinen empfindsamen Teilen, bevor ich sie zurückweisen konnte. Und ausgerechnet an diesem Abend trug ich keine Unterwäsche – ich besaß nichts, was unter dieses enge Kleid gepasst hätte. Er hielt inne, dann brachte er seine andere Hand hinzu, und so war mein Schambereich seinen Fingern ausgesetzt.

»Was für ein Bonus!«, rief er. »Kein Höschen!«

Ich musste seine Schultern fester packen, um nicht nach hinten zu kippen, deshalb konnte ich auch seine Hände nicht wegschieben – wenn ich es denn gewollt hätte. Seinen Atem spürte ich heiß an meinem Ohr.

»Das wäre höchst unprofessionell gewesen, wenn ich das schon unten versucht hätte, was?«, fragte er grinsend. »Aber hier im Club kann ich tun, was ich will.«

»Man hat mir gesagt, dass du extravagant bist«, gab ich zurück. »Was willst du also?«

Meine Beine zitterten vom Bemühen, mich in der Beuge halten zu können. Mir war nicht so richtig bewusst, was ich tat, als ich meine Füße spreizte, damit sich die Beine öffneten und einige seiner Finger automatisch zu den zarten Stellen rutschten. Wir bewegten uns langsam in einem Kreis, dann schob er mich von der Tanzfläche. Ich konnte nicht sehen, wohin ich ging. Unauffällig schob ich die Sonnenbrille die Nase hinunter; dadurch sah ich, dass der Matador noch da war. Wenn ich schon nicht mit ihm reden konnte, wollte ich wenigstens, dass er mich beobachtete. Ich konnte gerade noch sehen, dass die Mädchen sich umschlungen hielten und zu ihm gingen. Er wandte ihnen sein Gesicht zu, aber dann wurde mir die Hand von der Brille geschlagen, und meine Augen sahen wieder nur Dunkelheit.

»Ich habe dich gewarnt, die Sonnenbrille abzusetzen«, knurrte Michail. »Jetzt wirst du büßen müssen.«

Ich fing an zu lachen, aber Michail scherzte nicht. Er wirbelte mich einige Male herum, bis mir schwindlig wurde und ich auf meinen hohen Absätzen fast umkippte, aber dann fing etwas Weiches mich auf, entweder ein Sofa oder ein paar Kissen. In dem Zimmer, in dem wir uns befanden, war es noch dunkler. Ich hatte gar nicht erst die Hoffnung, irgendwas zu erkennen oder jemanden zu sehen.

Sehen konnte ich nicht, aber fühlen konnte ich. Ich dachte, ich tastete Michail ab, und irgendwie musste er vor mir auf dem Sofa gelandet sein. Beim Landen streckte ich die Hände aus. Er lag da, und er war halb nackt. Ich wollte es genauer wissen. In jedem Fall hatte er seine Hose ausgezogen. Aber sein Top trug er noch, wenn auch ein anderes; nicht mehr das steife Frackhemd, sondern eins aus Plastik. Eher eine Rüstung. Meine Hand tastete sich zum Hals, aber da war nur der Kragen; keine Krawatte, keine Fliege.

Jemand veränderte die Musik. Sie wurde wieder schneller, *heavy rock,* aber als ich mich vom Sofa erheben wollte, um zu sehen, ob die Lichter wieder voll schienen, wurde ich von hinten zur Seite geworfen. Jetzt war ich doch verdutzt. Ich konnte nicht sagen, wie viele Leute auf dem Sofa lagen. Der Mann unter mir hätte mich nicht von hinten angreifen können. Ich spürte zwei Händepaare. Ein Paar hievte mich in eine Position, sodass ich auf den Hüften des Mannes unter mir saß, und es musste der Mann unter mir sein, der mein Kleid zusammenrollte, bis es um meine Taille lag. Seine Finger krabbelten über meine nackte Haut. Die anderen Hände befanden sich noch auf meinem Rücken, um mich dort festzuhalten, wo ich war.

»Siehst du, was ich meine?« Michails Stimme kitzelte mein Ohr, weil sie gegen die laute Musik ankommen musste. »Mein Freund und ich werden dich jetzt in deine Schranken verweisen.«

Ich dachte, ich könnte flitzende Schatten um uns herum sehen, einige gebückte Gestalten, die vielleicht wissen wollten, was hier vor sich ging. Die Dunkelheit und die laute, schwere Musik dröhnten in meinem Kopf, und als die Finger wieder über meine nackte Haut spazierten, wollte ich sie wegschlagen, aber das gelang mir nicht, denn eine zweite Hand drangsalierte mich von hinten.

»Tu alles, was Michail sagt«, schrie eine Mädchenstimme in mein Ohr. Ich schätzte, dass es eine der Blondinen war. »Jeder hält das so.«

Ich beschloss, meine Gegenwehr einzustellen und mich auf das zu freuen, was ich wirklich wollte. Mit den Augen konnte ich nicht viel anfangen. Und meine Ohren waren praktisch taub. Ich befand mich in einer surrealen Welt, und alle meine Sinne hatten Alarm ausgelöst.

Der Sinn des Berührens war noch am stärksten ausgeprägt, aber ich brauchte gar nichts zu tun. Ich war es, die berührt wurde, und ich war begeistert. Aber auf wem saß ich, wenn es nicht Michail war? Sie hatten mein Kleid nicht ganz ausgezogen, und es fühlte sich wie eine zweite Haut an, als ich auf den Hüften des Mannes unter mir hin und her rutschte. Offenbar nahm er mein Rutschen als Signal dafür, dass ich bereit war für mehr, denn seine Hände hoben meine Hüften an.

»Wer ist es diesmal?«, schrie ich und beugte mich hinunter zu ihm, direkt zu seinem Gesicht. »Vielleicht bist du das, Ricky, der Barmann?«

Er musste unglaublich stark sein, denn ich wurde von seinen Händen steil nach oben gehievt. Ich befand mich in der schwarzen Luft, und ich fand nichts, um mich festzuhalten. Dann stieß mich jemand an. Ich verlor den Überblick über die Finger, die mich erforschten, die in meine Öffnungen eindrangen oder mich kräftig massierten. Etwas teilte meine Pussylippen, aber das war kein Finger. Ein leiser Schrei drang aus meiner Kehle, aber es war eher ein Schrei der Erregung und hatte nichts mit Furcht oder Überraschung zu tun.

Warum also schrie ich? Nun, ich wurde in der Dunkelheit von zwei entschlossenen Männern gepackt, den einen kannte ich, den anderen nicht, und bisher hatte ich nicht den geringsten Widerstand gezeigt.

Nein, es war kein Finger. Es war ein unglaublich dicker, steinharter Penis. Ich musste auf ihm gesessen haben, oder sein Besitzer hatte ihn selbst zum Leben erweckt. Dieser Gedanke brachte mich zum Lachen, dadurch wurde mein ganzer Körper geschüttelt. Die Hände zogen mich nach unten, dann teilten sie die Labien, damit sie den wartenden Penis umschließen konnten. Ich beugte mich vor, und in diesem Moment glitt der Peniskopf rasch in mich hinein. Ich konnte die winzigen Muskeln meiner Höhle fühlen, die sich alle um die Eichel schlossen.

»Das nennst du Bestrafung?«, kreischte ich triumphierend, als ich langsam gepfählt wurde. »Dann würde ich gern mal erleben, was du als Belohnung ansiehst.«

Es war unmöglich, bei der dröhnenden Musik eine Antwort zu hören. Ich beschloss, mich zu entspannen. Sollten Michail und sein Kumpan doch die Arbeit verrichten. Er begann, den Penis tiefer hineinzustoßen, und seine Bewegungen wurden rauer. Dadurch kippte ich noch weiter nach vorn, sodass ich mich mit den Händen an seinen Schultern festhalten musste. Jetzt reckte mein Po hoch in die Luft.

Mein Körper fand automatisch seinen eigenen sinnlichen

Rhythmus und wollte auf dem Phallus auf und ab reiten, aber er bewegte sich nicht, und ich hörte dann auch auf, mich zu bewegen. Ich fühlte, dass der Schaft tief und fast reglos in mir stak. Diese Art von Kontrolle auszuüben war sicherlich aufregend, aber ich konnte nicht aufhören, ihn mit den Muskeln zu quetschen, und er schien nicht in der Lage zu sein, mit dem Zucken seines Schwanzes aufzuhören, wann immer meine kleinen Muskeln ihn umschlangen.

Michail steckte tief in mir. Dass ich vermutet hatte, während er mich massierte, dass er noch nicht sehr erfahren war, konnte ich jetzt nicht mehr begreifen. Er stieß von unten zu, eine Hand auf meinem Bauch rotierend, die andere nach meinen Brüsten greifend.

Der Sturm des Orgasmus setzte ein. Ich hatte den Mund geöffnet, und ich musste laut gestöhnt haben, aber wegen der Musik würde niemand etwas hören. Wir rockten wie die Verrückten; Michail rammelte, und ich spürte, dass er es nicht mehr halten konnte. Ich hörte ihn aufschreien und spürte dann seinen finalen Stoß, genau in dem Augenblick, in dem jemand die Musik abstellte.

»Bravo! Bravo!«, rief jemand, und überall im großen Zimmer wurde geklatscht.

Ich fiel auf die Seite, behielt Michail aber in mir. Der Beifall hielt immer noch an. Diesmal war es mir egal, ob ich die Regeln brach – ich zog die Sonnenbrille aus und blinzelte in gleißendes Licht.

Die anderen Partygäste hatten sich versammelt, um besser sehen zu können. Nicht einer von ihnen trug eine Sonnenbrille. Was für eine Spießerin war ich, dass ich mich penibel an die Regeln hielt? Ich sah mich empört um. Zuerst erkannte ich niemanden, aber nur ein paar Zentimeter vom Sofa entfernt, auf dem sich alles abgespielt hatte, starrten mich eisige Augen an. Sie trug wieder den weißen Hosenanzug – Avril.

Und neben mir auf dem Sofa saß Mr. Hall, dem wahrscheinlich die Hände gehörten, die mich gestreichelt, massiert und erforscht hatten.

»Du hast das wirklich großartig gemacht«, gluckste Avril und streichelte mir mit einer Hand übers Gesicht. Ich fiel vom Sofa und krachte auf den Boden. Rasch zog ich mein Kleid über meinen nassen Busch.

Ich sagte, dass ich nicht wusste, dass sie und ihr Bruder auf der Party wären, aber ihre Antwort hörte ich nicht, weil ich mich nach dem Matador umsah. Ich hatte gewollt, dass er mir zusah. Wie hatte es ihm gefallen? War er angetörnt oder entsetzt? Aber ich sah ihn nicht. Avril hockte sich neben mich auf den Boden und drehte mein Gesicht, damit ich sie ansah. Sie grinste.

»Ich habe ihn selbst auf das Sofa gesetzt«, sagte Avril. »Du hast wirklich eine Menge bei mir bewirkt. Es ist ein Wunder. Deshalb muss ich dich aus dem Club zu mir nach Hause locken.«

»Ich hatte nicht den Eindruck, dass Sie und Mr. Hall ein Wunder brauchten«, antwortete ich sarkastisch. »Aber ich weiß natürlich nicht, was Ihr Ehemann dazu sagen würde. Ich meine, er ist auch ein Clubmitglied, und irgendwie wird er davon erfahren.«

Avril legte eine Hand hinter ihr Ohr. »Bei diesem Krach kann ich dich nicht verstehen«, rief sie. Dann wandte sie sich an die anderen. »Dieses Mädchen ist ein Naturtalent. Sex auf Beinen. Jedem Mann, der in ihre Nähe kommt, springt die Hose auf, ganz egal, wie gut erzogen er sonst ist. Ihr hättet sehen sollen, wie sie gestern Abend ihren aristokratischen Chef becirct und verführt hat.«

»Nun lass die Kirche im Dorf«, rief ich dazwischen. »Er war es, der mich verführt hat.« Aber niemand hörte mir zu.

»Und sie hat in mir eine ganze neue Seite bloßgelegt. Ich habe entdeckt, dass ich eine Voyeurin bin. Ich hätte nichts dagegen, sie selbst mal zu genießen. Dieses Mädchen ist unwiderstehlich, nicht wahr, Jez?«

Sie stand auf und setzte sich neben ihren Bruder. In seinem rigiden Kunststoff-Top konnte er sich kaum bewegen. Avril spielte mit seinem halb steifen Penis.

»Aber was ist mit uns?«, flötete eines der blonden Mädchen, kniete sich und legte einen Arm um mich. Sie hatte Michail angesprochen, der hinter mir mit seinem Cape herumfummelte. »Wie sollen wir uns denn fühlen, wenn du auf deiner Party das attraktivste Mädchen vögelst?«

»Ich wusste gar nicht, dass euch das stört«, neckte Michail.

»Es geht uns nicht um dich, sondern um sie«, riefen die blonden Mädchen und zeigten auf mich.

Sie quasselten jetzt alle durcheinander, und ich schaltete ab. Der Matador saß auf dem Fenstersims. Er war der einzige Gast, der noch seine Sonnenbrille trug. Als sich meine Augen an das Licht gewöhnt hatten, fiel mir auf, dass er einen silbernen Ohrring trug. Ich wollte aus dem Durcheinander heraus und mit ihm reden. Aber als er mich sah, sprang er auf.

»He, du kannst noch nicht gehen«, rief Michail, als er sah, dass der Matador gehen wollte. »Du hast uns noch nicht gesagt, was du von der Showeinlage hältst. Oder was du zu der neuen Gastgeberin des Clubs sagst.«

»Wunderbar. Der Club hat gut gewählt. Sie sieht so gut aus, dass man sie essen könnte. Vielleicht das nächste Mal.«

Alle lachten und klatschten wieder. Michail und ich waren eingekreist. Wie Gladiatoren im Ring. Ich erhob mich. Ich wollte an den Gästen vorbei, um mir den Matador genauer anzusehen, aber ich war richtig eingekesselt. Sie strichen über meine Haare und befingerten mein Kleid. Die beiden

Blondinen fühlten sich als Leibwächter, jede hielt einen meiner Arme.

Der Matador hatte jetzt die Tür erreicht und schob den Sombrero ungeduldig in den Nacken. Ich sah seine Haare; glatt, dunkel, glänzend wie Öl. Der Ohrring glitzerte gegen die dunklen Stoppeln. Er sah mich wieder an. Ich konnte meine aufgerissenen Augen in seiner Sonnenbrille sehen. Ich sah, wie sich mein Mund öffnete, weil ich erklären wollte.

Aber dann war Merlin schon weg. Ich trat auf den Platz, den er fast den ganzen Abend eingenommen hatte. Ich sah aus dem Fenster. Die Landschaft der Hausdächer schuf da draußen eine andere Welt. Ich wollte wissen, worauf Merlin so intensiv gestarrt hatte.

Direkt gegenüber, von diesem Gebäude nur durch eine schmale Schlucht getrennt, lagen die Fenster einer fast identischen Penthouse Wohnung. Und durch eines der Fenster konnte ich Sir Simeon sehen. Er war nackt, abgesehen von einem Badetuch um seine Körpermitte. Er sah fit wie ein Turnschuh aus und führte eine Serie von Liegestützen aus. Seine Haut hatte die olive Farbe, die ich schon bei Merlin gesehen hatte. Ich war beeindruckt, obwohl ich ja schon wusste, dass ein bestimmtes Teil von ihm besonders gut funktionierte. Ich hatte es in mir gespürt, aber ich hatte es noch nicht gesehen.

Michail legte einen Arm um meine Taille und hob mich in die Luft. Er wies mit dem Kopf auf Sir Simeon.

»Mein Geschäftspartner hält sich fit«, sagte er glucksend und schob wieder einen Finger unter mein Kleid. »Schau mal, wer ihm dabei hilft.«

Michail wirbelte mich herum, aber ich konnte gerade noch sehen, wie Mimi auf Sir Simeon zuging, ihn mit einem Fuß anstieß, bis er auf dem Rücken lag, und wie sie sich langsam auf sein Gesicht setzte.

Neuntes Kapitel

»Ich habe meine Meinung geändert. Sie können sie haben. Zum Verbrennen. Es ist Zeit für einen Wechsel.« Ich stellte die Tasche, prall gefüllt mit meinen alten Kleidern, auf Miss Sugars Schreibtisch und warf meinen neuen Kamelhaarmantel über den Rücken des Besucherstuhls. Miss Sugar tippte weiter auf ihren Laptop ein.

»Ich sagte ...«

»Ich habe gehört, was Sie gesagt haben«, fauchte sie, und endlich fuhr ihr Kopf hoch. Sie riss die Brille von der Nase, und ihre Augen wurden größer. Mir fiel auf, wie lang ihre Wimpern waren. Sie steckte ein Haarbüschel hinter ihr Ohr, und ihr kleiner Mund öffnete sich einen Moment, als sie mein neues Image registrierte.

»Was halten Sie davon? Ich trage eine Lederhose, wie Mimi sie auch trägt.« Ich drehte vor ihr eine Pirouette. »Sie passt wie ein Handschuh.«

»Sehr gut«, stimmte sie zu und nickte bedächtig. Sie griff nach einem silbernen Stift und rieb ihn über ihre Lippen. Ich sah, wie die Zungenspitze über das Ende des Stifts leckte. »Und dieses weiße Hemd passt großartig dazu. Ein bisschen eng, aber es passt. Sie sehen ... völlig anders aus. Ich bezweifle, dass Ihre beste Freundin Sie erkennen würde.«

»So soll es sein«, sagte ich lachend, ging im Büro auf und ab und tat so, als suchte ich bestimmte Papiere. Dann fragte ich: »Ist Miss Breeze da?«

»Nein, sie befindet sich auf einer Geschäftsreise im Ausland. Das hat sie Ihnen doch gesagt.«

»Aber ich dachte, ich hätte sie gestern Abend in Sir Simeons Wohnung gesehen.«

Miss Sugar seufzte und schüttelte den Kopf, als hätte sie es mit einem besonders schwerfälligen Mädchen zu tun. »Ich war es, die Sie herbestellt hat, nicht Miss Breeze.«

»Sie wollen mich doch nicht feuern?«, fragte ich und drehte ein paar Haare um einen Finger. »Ich hatte schon befürchtet, dass ich Mimi – Miss Breeze – mit irgendwas verärgert hätte.«

Miss Sugar öffnete eine blassblaue Akte, die sie von einem kleinen Stapel auf ihrem Schreibtisch nahm. Sie flog über ein paar Notizen, die innen zusammengeheftet waren. Der Silberstift fuhr zwischen ihren Zahnreihen hin und her, dann saugte sie wieder an der Spitze.

»Zu meiner Überraschung gibt es einen glühenden Bericht über Sie«, bemerkte Miss Sugar und ließ den Stift auf die Berichte fallen. Ihr Speichel verschmierte die Papiere. »Dies ist die Bewertung von Mrs. Grey. Es scheint, dass Sie auf Michails Party bei Mrs. Grey den Jackpot geknackt haben. Und auch er hat sich sehr lobend über Sie ausgelassen.«

»Und wie lautet das Urteil?«, fragte ich, griff den Stuhlrücken vor ihrem Schreibtisch und trat ungeduldig mit den neuen, glänzenden Stiefeln mit den hohen Absätzen von einem Fuß auf den anderen.

Miss Sugar nahm eine knallrote Akte in die Hand und las ein paar Zeilen. Wieder steckte sie eine eingebildete Strähne hinter ihr Ohr. »Werden Sie nicht übermütig, aber Michail und Mrs. Grey schwärmen beide von Ihnen. Er hat sehr gute Beziehungen, deshalb sind wir froh, ihn bei uns zu haben.«

Sie schloss beide Akten und brachte sie hinüber zum

Aktenschrank. Miss Sugar trug heute ein streng geschnittenes schwarzes Kostüm. Das lange Jackett war so geschnitten, dass es jede Andeutung von Busen und Hüften mied. Der Rock umspielte ihre Knöchel, und ihre Füße steckten in hohen Schuhen.

»Ich mag ihn«, sagte ich begeistert, »und ich bin auch froh über ihn.«

»Bei Avril Grey bin ich mir nicht so sicher«, fuhr Miss Sugar fort. »Ich hoffe, Sie sind nicht zu intim mit ihr geworden. Es behagt mir nicht, dass sie zweimal in einer Woche bei uns war. Ich meine, sie ist nur ein Gast.«

»Wussten Sie, dass auch Merlin auf der Party war?«

»Merlin? Woher kennen Sie Merlin?«, fragte sie, die Stimme in höchster Alarmbereitschaft.

»Ich habe ihn in Symes Hall kennen gelernt.«

»Völlig unmöglich, dass er auf der Party war. Sir Simeon würde es nie erlauben.« Damit schlug sie die Tür des Aktenschranks zu.

»Ich sage Ihnen, er war da.«

»Und ich sage Ihnen, dass er persona non grata ist«, wandte Miss Sugar schneidend ein. »Aber viele andere Leute waren da. Haben Sie gewusst, dass Ricky, der Barmann, auch da war? Er war als kleiner Teufel verkleidet. Ich muss zugeben, Summers, dass ich eines Besseren belehrt worden bin. Ich hätte nie gedacht, dass Sie in so kurzer Zeit zu einem solchen Erfolg werden.«

»Habe ich denn keinen Bericht vom Matador erhalten? Das war nämlich Merlin.« Ich schwang ausgelassen meine Beine über den Stuhl, als wollte ich auf ein Pferd steigen. »Sie sind eine hoffnungslose Lügnerin, Sugar. Sie wissen genau, dass er da war.«

»Sir Simeon würde mich töten, Sie und alle, die es zugelassen haben, dass sein Sohn an der Party teilnimmt.« Sie legte den Schlüssel des Aktenschranks in die obere Schublade ihres Schreibtischs, dann setzte sie sich wieder auf ihren Platz. »Ich bin nicht befugt, Ihnen Einzelheiten aus diesen Berichten mitzuteilen. Es ist nicht gut für unsere Beschäftigten, dass sie zu viele Details über sich kennen, seien es schlechte oder gute.«

Sie biss sich auf die Lippe und hinterließ eine kleine Delle.

»Kommen Sie schon, Miss Sugar. Mir können Sie doch die Wahrheit sagen.« Ich lehnte mich vor. Ich hatte mir etwas von Mimis Moschusparfüm gesprüht. Ich hatte es in einer der Taschen mit meinen neuen Sachen gefunden, und es waberte von meiner Haut hoch, sobald ich mich bewegte. »Ich bin doch jetzt Teil der Familie.«

Sie war so blutleer, dass es eine Zeit dauerte, bis die Delle in ihrer Lippe verschwunden war. Ich starrte auf ihren Mund und bemerkte dann, dass ihre Augen auf mich fixiert waren. Ich hörte auf, mein Bein zu schwingen, und legte die eine Hand auf die andere, genau wie sie ihre Hände gefaltet hatte.

Miss Sugar beugte sich vor zu mir, als ob ich sie hypnotisierte. Ihre Augen flackerten über mein Gesicht, das strahlend aussehen musste im Vergleich zu ihrem gespenstischen Teint, und dann weiter hinunter zum weißen Männerhemd mit Rüschchen an der Knopfleiste. Ich hatte nicht alle Knöpfe geschlossen, sodass man die weiße Spitze über den Brüsten sehen konnte.

»Dies ist streng vertraulich«, wisperte sie, und wir schauten uns beide im kleinen Büro um. Ich konnte Pfefferminz in ihrem Atem riechen. Sie starrte immer noch auf den Ansatz meiner Brüste, und ihre Nasenflügel bebten, als sie meinen Duft aufnahm. »Sir Simeon und sein Sohn Merlin sind Erzfeinde. Sie streiten sich über alles. Ob sie Symes Hall verkaufen sollen oder nicht, um damit den Club zu finanzieren, und dann hat Merlin auch behauptet, dass der Club auf eine Idee von ihm zurückgeht.«

»Sie haben mir gesagt, dass es Sir Simeons Geschäftsidee war.«

»Sie glauben beide, dass die Idee ihnen gehört«, sagte Miss Sugar und blickte auf ihre nervösen Finger. »Merlin wollte den Club mit seinen draufgängerischen Freunden, aber ich bevorzuge die gediegenen Mitglieder, auf die es Sir Simeon abgesehen hat, seit wir eröffnet haben.«

»Hm, ich habe Merlin eher als Landkürbis gesehen und nicht als Mann von Welt, der sich in der Stadt auskennt. Aber dann sah ich ihn auf der Party als Matador verkleidet.«

Sie teilte mein Vergnügen nicht. »Wie gut kennen Sie ihn denn?«

Ich hob die Schultern und schoss eine Büroklammer quer über den Schreibtisch. »Gut genug, um ihn zu mögen, auch wenn er sich wie ein mit Schlamm bespritzter Lord Fauntleroy gibt.«

»Nun, wenn Sie zwischen die beiden geraten, spielen Sie mit dem Feuer, Miss Summers.« Sie hob die Büroklammer auf und nahm sie auseinander. »Um alles noch schlimmer zu machen, kämpfen die beiden schon seit Jahren um Miss Breeze.«

Jetzt war ich ganz Ohr.

»Und wenn Sie meine Meinung hören wollen«, fuhr Miss Sugar fort, »sie sollten beide damit aufhören. Es fordert seinen Tribut von Sir Simeon, dabei handelt es sich um einen uralten Streit. Ich wette, eines nicht mehr fernen Tages wird Miss Breeze sie beide verlassen. Im Herzen ist sie eine Zigeunerin.«

Miss Sugar drückte rasch eine Hand auf den Mund und starrte mich mit großen Augen an, als sähe sie mich das erste Mal.

»Das hoffen Sie wohl«, bemerkte ich frech. »Verehren Sie in Wirklichkeit nicht Sir Simeon?«

Miss Sugar lachte. Dieser Laut verdutzte mich so sehr, dass ich dachte, sie hätte mich falsch verstanden. Ihr Gegacker klang nach einem Fischweib, tief und schmutzig.

»Sir Simeon?«, keuchte sie und schluckte ein weiters Gackern, damit Stille eintrat. »Es ist eine lange Geschichte, Summers, aber die kurze Antwort lautet: Nein. Ich bewundere und respektiere ihn, aber ich will ihn nicht. Nicht auf die Art, die Sie meinen.« Jetzt folgte wieder ein tiefes Gackern. »Aber genug über mich. Sir Simeon und dieser Bengel Merlin brauchen ein neues Spielzeug, um das sie sich streiten können. Frisches Blut. Das könnte auf Sie zutreffen. Deshalb müssen Sie bei uns erfolgreich sein.«

Aus irgendeinem Grund errötete ich. Zwei rote Flecken malten sich auf ihren Wangenknochen ab.

»Sie brauchen sich um nichts zu sorgen. Dieser Job ... und was die beiden angeht ... das hört sich nach einem leckeren Stück Kuchen an.« Dann senkte ich die Stimme. »Mir gefiele mein Job noch besser, wenn mich jemand bezahlte.«

Statt mich wegen meiner Unverschämtheit zu tadeln, nickte Miss Sugar und öffnete eine andere Schublade ihres Schreibtischs. Sie nahm einen Scheck heraus. Er war auf fünftausend Pfund ausgestellt, und er trug meinen Namen.

»Zwei Nächte für jeweils zweieinhalb Mille«, sagte sie und schob den Scheck über den Schreibtisch. »Allein daran sehen Sie schon, wie gut Sie sind.«

»Sydney, ich bin bald da«, flüsterte ich, nahm den Scheck und hielt ihn mir vor die Augen.

»Was?«

»Nichts«, sagte ich hastig, faltete den Scheck und steckte ihn in meine Tasche, wobei ich mich bemühte, so auszusehen, als steckte ich täglich solche Schecks ein.

»Wer ist Sydney?«

Ich musste lachen. Es war ein echtes, fröhliches Lachen, das auch ihr ein gepresstes Lachen abverlangte. Sie hatte keine Ahnung, was ich gemeint hatte. Sie hatte auch keine Ahnung, wie wichtig dieses Geld für mich war. Für den Fall, dass alle hier in London ihre Birne liften lassen sollten – der Scheck hatte was mit einem Retour-Ticket nach Australien zu tun und nichts mit einem Mann namens Sydney. Die Hälfte meines Traums hatte sich schon erfüllt.

Ich versuchte, mich zu beruhigen. »Ehrlich, noch ein paar Gruppenerlebnisse wie die letzten Tage, und ich kann meinen Job ausführen, wenn ich einen Kopfstand mache.«

»Es hat nicht nur was mit Sex zu tun, Summers. Sie haben bisher Glück gehabt, wenn Sie solche Sachen mögen. Aber jedes Szenario verläuft anders. Heute Abend spielen Sie vielleicht Domino.«

Ich täuschte ein Gähnen vor, aber sie meinte es ernst.

»Sie haben gerade erst angefangen. Werden Sie bloß nicht selbstgefällig«, sagte Miss Summers scharf. Ihr Versuch eines Lächelns verschwand, und sie setzte ihre Brille wieder auf. Ich erkannte das Zeichen, dass ich entlassen war. »Okay, Sie können jetzt gehen.«

Sie stand auf und trat um den Schreibtisch herum. Sie kickte gegen die Reisetasche mit meinen alten Klamotten. Sie starrte sie an, als wäre sie von irgendwelchem Getier gebissen worden.

»Sehnen Sie sich nicht manchmal auch nach einem Job im Club, Sugar, statt in diesem engen Büro herumzuhängen?«, fragte ich und warf mir den teuren Mantel über. Ich konnte nicht widerstehen, über die weiche Wolle zu streicheln, während ich den Mantel knöpfte, aber Miss Sugar konnte das auch nicht. Sie ging um mich herum und befühlte auch den Stoff.

»Machen Sie sich meinetwegen keine Gedanken. Ein oder zwei Mitglieder kommen immer mal wieder vorbei, damit ich ihnen Gesellschaft leiste«, antwortete sie und zog meine Haare über den Mantelkragen. Dann ging sie in die Sicherheit hinter ihrem Schreibtisch zurück. »Meine Zeit wird wieder kommen. Gehen Sie jetzt. Ich schließe ab.«

Ich ging hinaus in die Halle. Miss Sugar stand noch neben dem Schreibtisch und stieß mit einem Schuh verächtlich gegen die Tasche mit meinen alten Sachen. Sie sah aus wie eine Kreuzung zwischen Nonne und Bestatter.

»Haben Sie je daran gedacht, mal scharlachrot zu tragen, Miss Sugar?« Ich erwartete keine Antwort und ging in die Küche, um meine Vorstellungen für ein Schulessen mit den Köchen zu besprechen.

Zehntes Kapitel

Miss Sugar hatte Recht. Die nächsten Abende verbrachte ich damit, eine besonders giftige Version von Heiße Räder zu spielen. Das fand in einem blassgelb gestrichenen Gesellschaftszimmer statt, und drei Gentlemen, allesamt Bauern, waren dabei, dann ein schwuler Innenarchitekt und zwei ernsthafte Fliegenfischer. Keiner von ihnen schlug vor, den Rennen einen besonderen Kick zu geben, indem man den Verlierer etwas ausziehen ließ.

Jeden Abend brachte Rick, der Barmann, ein Tablett mit den verschiedensten Drinks mit, bevor sein Dienst aufhörte. Er sah mich kurz an und nickte unauffällig. Ich hatte statt des bisher üblichen Irish Coffee Tequila angeregt, und schon nach den ersten Gläsern stieg die Farbe in die meisten Wangen.

Rick hatte nie ein Wort über die beiden Abende in der Clubbar verloren. Die anschließenden Tage mit den Kartenspielern waren so zahm, dass ich schon befürchtete, die ersten zwei Abende mussten die großen Ausnahmen gewesen sein. Oder ich hatte ein paar feuchte Träume gehabt.

Entweder das, oder jemand hielt mich absichtlich aus dem Spiel.

An meinem nächsten freien Tag verließ ich meine schäbige Bude, um ein paar Runden zu laufen. Wenn ich schon keine Kicks mehr im Club erleben konnte, wollte ich mich wenigstens fit halten. Später würde ich mir eine Massage bei Michail gönnen. Vielleicht ergab sich bei Michail ja auch sonst noch was.

Aber zuerst wollte ich mein Blut in Wallung bringen. Ich lief in nördliche Richtung bis Kensington Gardens, wo ich mich zu einem Mini-Picknick entschied. Ich setzte mich neben dem Round Pool auf eine Bank und biss in eine Brezel, zu der ich Frischkäse mampfte. Es war zu kalt für ein Picknick oder für andere Aktivitäten im Freien, aber ich brauchte gesunde Nahrung, bevor ich zurück nach Hause lief und mich auf meinen Dienst vorbereitete.

Ich besah mir die Leute, die vorbeigingen und sich gegen den eisigen Wind stemmten. Sie mussten auch auf die glitschigen Exkremente achten, die hungrige Vögel rund um den Teich zurückgelassen hatten. Plötzlich joggte eine schlanke, drahtige Frau mit weißblonden, kurzen Haaren an mir vorbei. Sie war schon einmal an mir vorbeigelaufen, aber erst jetzt wurde mir klar, wer sie war.

Sie hatte rosa Wangen und einen tragbaren CD-Spieler, eingehängt in den Hosenbund. Sie trug ein lila Sweatshirt, kurze lila Shorts und Halbfingerhandschuhe – aber sie war ohne jeden Zweifel Avril Grey.

Ich zog schnell meine Kapuze hoch, deshalb erkannte sie mich nicht. Aber sie hatte einen Blick auf meine Joggingschuhe und auf die alte Jogginghose geworfen, bevor sie den Pfad durchs Gras in Richtung des Musikpavillons nahm. Ich gab den Enten die letzten Krümel meines Essens und erhob mich. Es war unmöglich, länger stillzusitzen. Ich schüttelte meine Beine, hielt die Knöchel locker und schaute mich noch einmal rund um den Teich um.

Kaum einer war dumm genug, an so einem kalten Tag draußen herumzuhängen. Ein paar schwarze Jungs hielten sich an den Händen fest und fuhren auf ihren Inlineskatern den breiten Spazierweg entlang, rauf und runter. Eine junge Familie wollte im Teich eine Flotte von Motoryachten ins eisige Wasser lassen, und ein Typ in einem Lycra-Anzug mit allen Farben des Regenbogens und einem Helm hockte auf dem Boden und versuchte, die Kette wieder auf sein Fahrrad zu bringen.

Ich lief Avril hinterher. Vielleicht konnten wir Freundinnen werden. Sie war schlagfertig und intelligent, nicht zu vergessen ihre bizarre Neigung, aber sie konnte eine hilfreiche Verbündete sein, wenn ich etwas Spaß haben wollte. Die letzten beiden Nächte waren langweilig gewesen. Aber ich hatte Blut geleckt. Vielleicht könnte ich sie heute Abend in den Club einladen. Mochte sein, dass wir beide es sogar verstanden, Sir Simeons Interesse zu wecken. Avril begehrte Sir Simeon – aber ich auch. Selbst ohne Miss Sugars Ermutigung wollte ich sein kühles Äußeres durchbrechen und an dem kratzen, was ihn offenbar wie einen Wall beschützte.

Avril hatte inzwischen den Musikpavillon erreicht und mit Dehnübungen begonnen. Sie hatte den Reißverschluss des lila Tops geöffnet und trug ein weißes Unterhemd. Als sie sich zurücklehnte, konnte ich ihren Bauch sehen, starr vor Muskeln. Dann beugte sie sich vor, dass ihr fast ein Spagat gelang. Die winzigen Shorts glitten in die Kerbe zwischen den engen Backen, und ich konnte genau die dunkle Kurve sehen, die zur Pussy führte. Die Kerbe öffnete und schloss sich bei ihren Übungen. Die Shorts hatten Mühe, die Stellen bedeckt zu halten. Man konnte ab und zu einen Blick auf die Schamhaare werfen. Die Lippen folgten ihren Bewegungen genau wie die Kerbe.

Ich joggte ein bisschen näher, denn ich wollte mir einen Blick aus unmittelbarer Nähe nicht entgehen lassen. Es musste Absicht sein, dachte ich, dass sie so winzige Shorts selbst an so einem kalten Tag wie heute trägt. Im Moment stand nur ich so nahe, um die lüsternen Bilder sehen zu können.

Ich bog auf einen anderen Pfad, erhöhte mein Tempo und

atmete so tief ein, wie es ging, während ich den Verkehrslärm Londons in der Ferne hörte und mich der wachsenden Kraft meiner Glieder erfreute.

Ich hörte einen gedämpften Schrei hinter mir. Ich fuhr herum und sah gerade noch, wie die lila Joggerin auf Vogelkot ausgerutscht und zu Boden gestürzt war, direkt vor meiner verlassenen Bank. Ich trat ein paar Minuten lang auf der Stelle und fragte mich, ob ich zu ihr gehen und helfen sollte, aber ein Radfahrer war schon bei ihr. Er hatte das Rad gegen meine Bank gestellt und half ihr auf die Füße. Ich konnte sehen, dass sie fluchte; sie streckte ein Bein und hoppelte auf dem anderen Fuß herum. Er wollte sie beruhigen und zeigte auf die Bank.

Es gab einige Verwirrung, bis er begriffen hatte, dass sie ihn nicht verstehen konnte. Er hob die Hände und nahm ihr die Ohrstöpsel ab, dann wiederholte er, was er gesagt hatte. Sie blinzelte ihn an, beugte den Kopf und entschuldigte sich für ihr Fluchen. Er schien sie gezähmt zu haben. Sie setzte sich gehorsam auf die Bank, und er setzte sich neben sie.

Dabei glitzerte etwas an seiner Wange. Ich kniff die Augen zusammen, aber so weit konnte ich nicht sehen. Dann erinnerte ich mich, die kleine Kamera mitgebracht zu haben, denn ich wollte ein paar Winterbilder von London schießen. Ich fixierte den Zoom auf das Paar. Der Radfahrer trug einen silbernen Ohrring. Mein Herz begann zu pochen. Ja, klar, ich wollte Sir Simeon haben. Aber seinen Sohn Merlin wollte ich auch.

Ich drückte einige Male auf den Auslöser. Die beiden sprachen miteinander. Er hob ihren Knöchel und betastete ihn, genauso, wie er meinen geschwollenen Fuß betastet hatte, als wir in der Küche von Symes Hall gesessen hatten. Sie ließ den Kopf in den Nacken fallen und verzog übertrieben das Gesicht – so stark konnten die Schmerzen nicht sein.

Dann lehnte sie sich vor, packte die Bank hinter seinem Hals und trat ihren Fuß spielerisch gegen seine Brust.

Die beiden kannten sich. Dies war keine zufällige Begegnung. So viel zu Merlin, der um Miss Breeze kämpfte. Er hatte offenbar eine Vorliebe für Frauen mit kurz geschnittenen Haaren, für Frauen mit großen Brüsten und für ältere Frauen mit olivfarbener Haut. Was für ein Hund.

Ich hielt die Kamera auf Merlin und Avril, die Joggerin, gerichtet und nutzte die Zoomlinse als Fernglas. Ich spürte eine abartige Hitze, die purer Eifersucht entsprang. Ich wollte, dass er mich so anfasste. Seit ich ihn wiedersah, hungerte ich nach ihm. Ich war permanent hungrig nach ihm, seit er es mir auf dem Bett seines Vaters besorgt hatte.

Ihre Gesichter waren dicht beisammen, aber es sah so aus, als redeten sie nur miteinander. Ich rannte hinüber zu einem Baum, der etwas näher zur Bank stand und von wo ich einen besseren Winkel auf die beiden hatte. Sie konnte mich nicht sehen, aber er sehr wohl, wenn er nur den Kopf hob. Ich wollte, dass er mich sah. Aber was würde er sehen, wenn er aufschaute? Ich war nicht so aufgebrezelt wie auf Michails Party; ich trug ein uraltes Bretonenhemd mit langen Ärmeln und eine marineblaue Jogginghose. Meine Haare hatte ich zu einem Pferdeschwanz zusammengequetscht. Seine neue Begleiterin zeigte ihm jetzt das kaum zu sehende Unterhemd (und die Brüste darunter waren auch kaum zu sehen, weil sie so klein waren, dachte ich katzig). Welcher Anblick wäre ihm lieber?

Ich hockte mich ins hohe nasse Gras hinter dem Baum, hob die Kamera und biss auf die Lippe, bis ich Blut schmeckte.

Er hatte ihren Fuß losgelassen, und sie hatte das Bein in Richtung Boden sinken lassen, aber ihr Knie lag noch über seinem, und so schwang sie ihr Bein hin und her, und dann schwangen sie gemeinsam.

Von hier konnte ich seine Radmontur von oben bis unten sehen; sie war hauteng wie ein Taucheranzug, schwarz über dem größten Teil seines Torsos und über den Schenkeln, aber dann ging das Design an Beinen und Armen in Flammen über. Ich sah seine schlanke Gestalt, die von der Radkluft liebevoll umschmiegt wurde. Auch sein Schoß wurde liebevoll umschmiegt. Dieser kräftige Schwanz würde in Lauerstellung liegen und darauf warten, zu neuem Leben gerufen zu werden. Und sie war die Glückliche, die es tun würde, wenn ich sie nicht daran hinderte.

Ein paar Leute spazierten über den breiten Weg oder waren auf Skatern unterwegs, aber die Familie mit den Modellbooten war gegangen. Der Nachmittag legte sich über den Park. Eine kalte Brise kam vom Teich herüber und zerzauste Avrils kurze Haare. Ich fröstelte, aber die beiden hielten sich warm. Seine Haut war von seinem Outfit versiegelt, und sie keuchte noch von ihrer Joggingtour.

Ich ging mit der Kamera noch näher heran. Sie befingerte jetzt seinen Nacken, nachdem sie die Hand vom Rücken der Bank weggenommen hatte. Er wollte seinen Helm abnehmen, aber sie hielt ihn davon ab. Von meinem Platz aus schien er immer noch der gute Samariter zu sein, während sie offenbar mit ihm spielen wollte. Schau zu und lerne, sagte ich mir. Diese Frau wusste, wie man einen Mann dazu bekam, dass er sie kratzte, wo es juckte.

Sie war schon mitten in der Arbeit. Ich wusste, wie ein zügiger Lauf durch die kühle Luft deine Säfte fließen ließ. Ihr Blut würde zu singen beginnen, und sie würde immer noch aus der Puste sein. Ihre Venen und Muskeln würden voller Energie sein. Jetzt kam es nur noch darauf an, dass sie seine Aufmerksamkeit erhielt. Aber ich sah, dass er nichts tun würde, um sie zu ermutigen. Sie musste alles selbst in die Hand nehmen.

Sie rutschte auf der Bank herum, bis sie ihren zweiten Arm nach vorn holen konnte. Es sah so aus, als erzählte sie ihm einiges über sich. Sie verschränkte die Beine und nahm die Lotusposition ein. Merlin schaute auf ihren Schoß, der jetzt offen und einladend vor ihm liegen musste. Mit einem Finger fuhr er ihr übers Schienbein. Bald würde sie sich nicht länger zurückhalten können. Ich drückte auf die Kamera. Ich würde gern sehen, wohin sein Finger als Nächstes gehen würde.

Merlin arbeitete am Verschluss seines Helms; für einen Moment hätte man denken können, dass er schon gehen wollte. Die Frau griff nach seinem Handgelenk und drückte die Hand nach unten, auf ihren Oberschenkel. Sie rieb beide Innenseiten ihrer Schenkel und kam ihren Shorts immer näher, die sich über den Schoß spannten.

Plötzlich presste sie ihren Daumen unter den Saum ihrer Shorts und zerrte den Stoff zur Seite. Sie zwickte ihre Finger zwischen die Labien und öffnete sie. Ihr Venushügel war immer noch komplett rasiert, und ich konnte mein eigenes Keuchen und Stöhnen nicht dämpfen, als ich plötzlich die intime Röte sah, die Avril entblößte. Sie hielt den Stoff vom Körper weg und sah ihn einladend und fordernd an.

Sein Gesicht sah gleichmütig aus. Das würde ihr gefallen. Sie war eine Frau, die ans Kämpfen gewöhnt war. Aber ich wollte da sein, wo sie war. Ich wollte mit geöffneten Beinen vor ihm sitzen und den arroganten Blick seiner blauen Augen sehen. Bei mir würde er nicht gleichmütig schauen. Als ich mich nackt ausgezogen hatte und unter ihm lag, hatte die Lust klar in seinem Gesicht gestanden.

Ich nahm die Kamera und klickte wieder. Mit dem Zoom konnte ich die Figuren noch näher heranholen, und jetzt sah ich auch, dass er eine stattliche Beule in der Hose hatte. Ich empfand eine Mischung aus Entsetzen und Faszination. Er konnte seine männliche Reaktion auf Avrils schamlose Zurschaustellung nicht leugnen, auch wenn er sonst nichts weiter zu erkennen gab.

Sie hatte seine wachsende Erektion bemerkt, denn während sie mit einem Finger ihren entblößten Schlitz auf und ab fuhr, legte sie eine Hand auf seinen Schritt und strich die Umrisse seiner Erektion. Sie redete wieder mit ihm. Er hielt seine Hand auf ihrem Bein und versuchte nicht, ihre Hand zurückzuweisen, und wieder brannte ich vor Eifersucht. Ich richtete mich auf, um meine Kamera aus einem anderen Winkel auf mein Ziel richten zu können.

Avril begann sich eifrig zu fingern, während sie mit der anderen Hand die Länge seines Schafts drückte. Er biss sich auf die Lippe, unternahm aber immer noch nichts, um ihr zu helfen oder sie zu berühren. Ich gluckste vor mich hin. Sie würde verdammt viel Mühe aufwenden müssen, wenn sie in seinen Rad-Einteiler gelangen wollte. Ich konnte aus dieser Entfernung keinen Reißverschluss entdecken. Aber sie wusste es besser. Ihre Hand verschwand einen Moment lang, und dann sah ich sie auf seinem Bauch, wo sie am Hosenbund zog. Sie mochte zwar eng sein, aber sie war aus einem Stretchmaterial, sonst hätte das Radfahren mehr Kraft gekostet als nötig. Mit beiden Händen gelang es ihr, die Hose über die Hüften zu ziehen. Er fuhr sich mit einer wischenden Hand unter den Helm, und das nahm sie – wie ich – als erstes Zeichen, dass sein Widerstand schwächer wurde. Sie hatte die Hälfte der Hose nach unten gezogen, sodass die Penisspitze sichtbar wurde. Dann ließ sie Merlin kurz los, damit sie sich aus ihren eigenen Kleidern winden konnte. Sie warf ihre Shorts auf den Boden.

Sie schauten sich beide um, weil sie herausfinden wollten, ob jemand sie sehen konnte. Das war der Moment, in dem Merlin mich erblickte. Ich konnte den Ausdruck in seinen Augen nicht erkennen, dafür war ich zu weit weg, aber er sah weiter in meine Richtung. Ich versteifte mich und überlegte, ob ich wegrennen oder weiter verfolgen sollte, was sie da trieben.

Avril murmelte ihm etwas zu. Sie wusste noch nichts von mir. Sie spreizte die Beine weiter, hielt die Labien offen und fing an, sich selbst zu reiben. Sie schlüpfte mit mehreren Fingern in die unbehaarte Spalte, hob ihren Po kurz an und wurde von der Erregung übermannt. Sie griff seine Hand, diejenige, die immer noch auf ihrem Schenkel lag, und zog sie an sich.

Für einen längeren Moment hielt Merlin den Blick auf mich gerichtet, und erst als ich meine Kamera wieder hob, schaute er zu ihr, um zu sehen, was sie vorhatte.

Meine Beine zitterten; sowohl aus schrecklicher Eifersucht, dass ich dieses Paar beobachten musste, wie auch aus meiner eigenen, nicht gewollten Erregung. Mit jedem verführerischen Hüftschwung, mit jeder Bewegung des Arms und ihrer Finger blühte meine Furche auf, bis ich es nicht länger ertragen konnte. Ich hockte mich wieder hin, saß auf meinen Waden und spürte, wie meine Klitoris gegen den Knöchel stieß. Die Feuchtigkeit drang durch den weichen Stoff meiner Jogginghose.

Plötzlich sprang Avril wie eine Katze hoch auf die Sitzfläche der Bank. Sie lag halb gespreizt über ihm und balancierte dicht oberhalb seiner Beine. Mit einer Hand hielt sie sich am Rücken der Bank fest, und mit der anderen ertastete sie die Penisspitze, bevor sie sie langsam freilegte und den Penis dann ganz aus der Hose holte.

Seine Hand, die bisher auf ihrem Oberschenkel gelegen hatte, hielt sich ebenfalls am Bankrücken fest, nur ein paar Zentimeter von ihrer Hand entfernt, aber er berührte sie nicht. Ich grinste. Er war nicht wirklich scharf auf sie, da war ich mir sicher. Ich wusste nicht, was er wollte, aber es sah jedenfalls nicht nach einem Treffen von langjährigen Geliebten aus. Eher hielt ich es für möglich, dass er das tat, um Sir Simeon eins auszuwischen. Und da er mich jetzt hinter dem Baum gesehen hatte, wohl auch, um mir eins auszuwischen.

Avril wusste nichts davon, aber ich. Wie wütend wäre sie wohl, wenn sie Bescheid wüsste? Die Möglichkeit, mein Wissen auszunutzen, kam in mir hoch und erfüllte mich mit sexueller Erregung. Sie musste sich doch ärgern, dass er diesen Mangel an Begeisterung zeigte.

Als hätte sie meine Gedanken gehört, zerrte sie seine Hose nach unten, sodass sein flacher Bauch, der Schwall dunkler krauser Haare und der lange gerade Schwanz im Freien lagen oder standen. Für einen Moment schloss ich die Augen. Wollte ich das alles wirklich mit der Kamera festhalten?

Ja, wollte ich. Ich knirschte mit den Zähnen und richtete den Fokus der Kamera direkt auf seinen Unterleib, aber ich verlor beinahe das Gleichgewicht, als sein attraktiver kaffeebrauner Schaft aus seiner Hose ragte. Er vibrierte leicht, als ob er mich begrüßen wollte. Ich stieß ein unterdrücktes Stöhnen aus und mahlte meine nasse Pussy auf den harten Knochen meiner Ferse.

Avril staunte offenbar beim Anblick des Penis, denn zuerst wollte sie ihn nicht anfassen. Ich hielt die Luft an, entsetzt über meine eigene Reaktion. Ich wollte sie mit meinen Gedanken zwingen, es dabei zu belassen. Er gehörte mir.

Als ich mich der Szene wieder zuwandte, hatte Avril die Oberhand gewonnen. Sie hatte ihn ganz aus der Hose genommen und zu seiner gloriosen Länge gestreckt. Sie rieb den Daumen über die Pflaumeneichel, dann formte sie mit der Hand eine Faust und bewegte sie am harten Schaft auf und ab. Ich wollte in diesem Moment nicht in sein Gesicht schauen, weil ich auch nicht sehen wollte, wie viel Lust dort abzulesen war. Aber meine Klit piepste, sie brannte nach Beachtung und lechzte nach einem Schaft, der mich versorgte.

Aber sie erhob sich jetzt und kniete sich hin. Sein Gesicht drängte gegen ihre Brüste. Jetzt wollte sie seinen Helm abnehmen, aber er war es, der diesmal den Kopf schüttelte. Wieder empfand ich gehässige Schadenfreude. Was bei denen ablief, war pure körperliche Lust. Keine Zuneigung. Er berührte sie nicht intim. Er nahm nicht einmal den Helm ab. Das behagte mir sehr. Bei mir war er ganz anders gewesen. Ich hätte Avril Grey gern gesagt, dass sie erst an zweiter Stelle gefragt war.

Im nächsten Moment dachte ich, wie kann ich mich nach dem, was in den letzten Tagen passiert ist, überhaupt beklagen? Ich ließ mich mit jedem ein, also konnte ich nichts dagegen haben, dass Merlin sich von der heißen Joggerin bedienen ließ.

Noch einmal hob ich die Kamera, dann überprüfte ich, wie viele Bilder ich noch hatte. Sie senkte sich langsam auf die Penisspitze, und weil kein Schamhaar da war, das mir die Sicht verstellen konnte, sah ich alle Details. Ich schaute fasziniert zu, als ihre fleischigen nackten Lippen an seinem Stab nagten und dann die ersten Zentimeter verschlangen, dann die Hälfte und schließlich die ganze Länge.

Ich brauchte mal eine Pause und schaute mich im Park um. Die Abenddämmerung hatte eingesetzt. In dieser Gegend des Parks waren keine anderen Menschen unterwegs; die letzten Besucher gingen auf die Tore zu. Am Ende des Broad Walk gingen zwei helle Lampen an. Merlin und Avril bemerkten das auch. Sie grinste breit und ruckte kräftig gegen seinen Schoß, um seinen Penis ganz zu schlucken.

Das Licht genügte mir nicht. Wenn ich die letzten ultimativen Momente erwischen wollte, musste ich näher herangehen. Im Schutz des feuchten Nebels glitt ich hinter dem Baumstamm hervor und lief geduckt zum nächsten. Diesmal hatte selbst Merlin mich nicht bemerkt. Er musste sein Gleichgewicht halten, denn sie tobte immer ausgelassener auf ihm, mahlte gegen ihn, und er musste sich verzweifelt am Rücken der Bank festhalten.

Wie ein Soldat rannte ich über das nasse Gras zur nächsten Bank. Die zuverlässige Kamera klickte lautlos. Das Paar bewegte sich voneinander weg, sie schienen eher in einem modernen Ballett zu sein als zwei Geliebte in Ekstase. Arme und Köpfe flogen hin und her, nur die Schöße blieben miteinander verbunden.

Die Scheinwerfer schwangen ein wenig, als sich das Fahrzeug des Parkaufsehers dem Teich näherte. Merlin und Avril mussten sich was einfallen lassen, wenn sie nicht erwischt werden wollten. Ich hatte noch ein Bild. Das rote Licht zeigte mir, dass die Kamera mit dem Automatic-Blitz arbeiten wollte. Es klickte still, und ich fing die Frau ein, als sie sich auf ihre kräftigen Beinmuskeln hob, den Rücken durchdrückte, die Arme ausbreitete und in ein Triumphgeheul ausbrach.

Der knarrende Motor des Parkfahrzeugs hatte jetzt den Teich erreicht. Die Scheinwerfer huschten rasch über die Szene auf der Bank. Ich konnte nicht hören, ob Merlin auf der Höhe seiner Lust einen Schrei ausstieß, oder ob er sich von den Scheinwerfern gestört fühlte.

Er löste sich von Avril und wies auf die Scheinwerfer, die den Teich und das Pärchen davor voll erfassen würden – und mich auf der zweiten Bank ebenso.

Ich rannte über das Gras zu den hohen Bäumen, die auf der Kensington Seite des Parks standen. Dort wartete ich. Er müsste eigentlich auch dieses Tor nehmen, und ich wollte von ihm noch einmal gesehen werden.

Als ich zurück zum Teich schaute, standen sie beide. Die Scheinwerfer hatten sie fixiert, und sie schützten ihre Augen vor dem Licht. Ja, die Parkwächter hatten eine Menge Geschichten zu erzählen.

Bevor unser Wächter aus seinem Vehikel steigen konnte, war Avril auf und davon. Merlin blieb stehen und schaute ihr nach, dann schwang er sich auf sein Rad. Ich trat aus meinem Versteck hervor und winkte ihm zu, aber er sah mich nicht und verschwand in der Dunkelheit.

Elftes Kapitel

Jetzt war er mir schon zweimal durch die Finger geglitten. Einmal als Matador verkleidet, einmal als Radfahrer. Einmal hatte er mir zugeschaut, und einmal ich ihm. Aber ich musste ihn endlich stellen, denn ich wollte ihn noch einmal schmecken. Ich riskierte, Miss Breeze zu ärgern, aber ich hatte die Entschuldigung, dass Miss Sugar mich doch geradezu dazu aufgefordert hatte.

Das Wochenende lag vor uns. Ich hatte den MG, mit dem ich das erste Mal in Symes Hall war, noch nicht an Sir Simeon zurückgegeben. Ich würde ihn quasi als Geisel behalten; vielleicht bot mir der schnittige Wagen später die Möglichkeit, mich für irgendwas zu revanchieren.

Die lustlos aussehenden Mädchen, die ich schon bei meinem ersten Besuch hier gesehen hatte, wie sie über den Hof vor den Ställen trotteten, hatten immer noch keine Lust. Zwei Jungs gabelten mehrere Lagen von Dung und Stroh auf. Aber von Merlin war nichts zu sehen, auch nicht sein schäbiger Lastwagen. Die Jungs wussten nicht, wo Merlin war, und außerdem hatten sie bald Feierabend.

Ich überlegte kurz, ob ich zurück nach London fahren sollte, aber das wäre albern gewesen. Vor mir lag bei mir zu Hause ein langer Samstagabend ohne Plan. Ich hatte meine alten Breeches an, und als ich sah, dass der Braune da war, beschloss ich kurzerhand, mit ihm auszureiten.

Ich schlenderte in die Sattelkammer und erinnerte mich an Merlins Hintern, den ich hier in seinen engen Boxershorts gesehen hatte. Was mir aber damals entgangen war, erwies sich als großer Westernsattel, schwer wie ein Sessel. Ich sprang zu ihm hoch und saß einen Moment da, die Beine gespreizt, um es bequemer zu haben.

Kein Wunder, dass Cowboys krumme Beine haben. Meine Pussy bebte schwach, als ich die Bewegungen des Reitens imitierte. Das Leder fühlte sich warm an, als ob es eben erst auf dem verschwitzten Rücken eines Pferdes gelegen hätte. Es knarrte, und es hörte sich fast wie ein Sprechen an.

Draußen ratterte der Wind an den Stalltüren und warf einen Eimer um. Ich dachte, wenn jetzt jemand da wäre, käme er herein. Aber es kam niemand.

Impulsiv schälte ich mich aus meinen Breeches und stieg zurück in den großen Sattel, wand mich rutschend mit dem roten Seidenhöschen über das Leder und lächelte über die quietschenden Geräusche, die dabei entstanden. Ich packte den hohen, runden Sattelknauf mit einer Hand und spürte, wie meine intimen Stellen vor Hitze vibrierten. Die Seide glitt leicht über das Leder, und das Höschen wurde schnell feucht vor Anstrengung und heimlicher Erregung. Der Geruch des Leders wurde stärker und vermischte sich mit meinem eigenen süßen Aroma.

Ich schloss die Augen, erhob mich aus dem Sitz, soweit es die langen Steigbügel zuließen, weil ich wollte, dass meine Pussy die kühle Brise genießen konnte. Dann warf ich mich zurück in den Sattel, rieb mich immer intensiver und spürte die Hitze in jeder Falte meiner Muschi. Ich spreizte die Beine weiter, damit sich die pochende Klitoris auch an der ledernen Oberfläche laben konnte.

Ich begann vor Aufregung zu vibrieren. Ich konnte mich nicht mehr halten. Immer noch hielt ich mich am Sattel fest und befingerte den runden phallischen Sattelknauf. Jetzt war ich scharf darauf, etwas Dickes, Langes in mir zu spüren. Ich stieg auf die Knie und ließ mich langsam über dem Knauf nieder. Er war zu dick, um ihn aufzunehmen, aber die Form war perfekt. Ich quietschte vor Lust.

»Hast du gewusst«, kam eine dunkle Stimme aus der düsteren Stille, »dass man den Sattelknauf auch ›kleiner Apfel‹ nennt?«

Ich stöhnte auf und musste über die Störung lachen, aber ich wollte mich nun, da ich mittendrin war, nicht von ihm unterbrechen lassen. Ich hob eine Hand in die Luft, als wollte ich ein Lasso werfen, und mit der anderen Hand hielt ich mich am ›kleinen Apfel‹ fest. Auf und ab und immer an Hand und Knauf vorbei, bis ich den raschen Orgasmus spürte, der mich durchschüttelte. Ich fühlte mich schamlos und schmutzig.

Jetzt konnte ich die Stimme nicht länger ignorieren. Ich rang nach Luft und hob mein Kinn. »Soweit ich mich erinnern kann, ist nichts an dir klein«, sagte ich.

»In letzter Zeit hast du mich oft beobachtet, was? Sind gute Fotos dabei entstanden?«, fragte er mit einem Grinsen, als wäre ich ein Spanner. Dann stellte er sich vor mich und hob einen Sattel und das Zaumzeug von ihren Haken. »Kriegst du im Club nicht genug?«

»Eine Menge«, gab ich zurück und schwang ein Bein über das andere. »Aber das weißt du doch schon.«

»Nun, nach harter Arbeit sah das nicht aus. Was kann so schwierig sein, Michail und seine Freunde zu unterhalten?«

»Ich war nur da, um ein Auge auf die Gäste zu haben.«

Er schüttelte den Kopf, als wären meine Erklärungen nichts als Ausreden. »Wenn du es sagst … Aber wenn du so viel zu tun hast, was machst du dann hier?«

Er sollte nicht glauben, dass ich nur herumhing, um einen Blick auf ihn werfen zu können, obwohl das die Wahrheit gewesen wäre. »Man hat mir erlaubt, an den Wochenenden die Pferde zu reiten.«

»Hast du Sir Simeon gefragt? Genau genommen sind es seine Pferde, nicht meine«, sagte Merlin. Er schlenderte zur Tür zurück und trat sie auf. Die Luft, die vom Hof hereinblies, war bitterkalt, und ich sprang aus dem Sattel, um die Breeches anzuziehen.

»Ach, er wird nichts dagegen haben«, log ich. »Was ihn angeht, kann ich alles mit den Dingen anstellen, die ihm gehören. Ich glaube, dein Vater hat einen Narren an mir gefressen.«

Wenn ich gehofft hatte, Merlin damit reizen zu können, dann hatte ich mich geirrt. Meine Meinung über ihn kehrte zum Ausgangspunkt zurück: Er war ein kleiner arroganter Arsch. Ich stieg in meine Breeches, zog meine Stiefel an und stakste hinter ihm hinaus.

Er hatte bereits den Grauen gesattelt, und ohne ein weiteres Wort schwang er sich auf den Rücken des Pferdes und führte die Stute durch einen Bogengang dem Park entgegen.

»Warte auf mich«, rief ich ihm nach, aber er ignorierte mich. Nun gut, dachte ich. Mit leeren Händen gehe ich hier nicht weg.

Ein paar Momente später drückte ich die braune Stute mit den Knöcheln in die Seiten, und sie nahm sofort einen flotten Galopp auf. Merlins Pferd ging immer noch langsam, fast könnte man ›besonnen‹ sagen, aber als er mich hinter sich hörte, schnalzte Merlin mit der Zunge, und die graue Stute brach ebenfalls in einen zügigen Galopp. Bald ritten wir über die frostharten Felder, und Sir Simeons Haus wurde hinter uns immer kleiner. Merlin blieb vor mir; er ritt wie ein Jockey, der seinen Hintern stets aus dem Sattel hebt. Die Backen zeichneten sich in den weißen Jodhpurs ab, und die langen Haare schwebten hinter ihm.

Die Zügel hatte er um seine langen braunen Finger gerollt. So konnte er das Pferd besser kontrollieren. Das Blut rauschte durch meine Adern; es nahm den Rhythmus der trommelnden Hufe auf. Ich war entschlossen, ihn einzuholen, aber der Abstand verringerte sich nicht. Ich wurde allmählich müde, die Zügel festzuhalten, und dann bog Merlin seitlich ins Unterholz ab und war verschwunden. Mit letzter Kraft trieb ich mein Pferd an, der grauen Stute zu folgen.

Das Unterholz war dicht; über uns mussten wir auf niedrig hängende Äste Acht geben und unter uns warteten Baumwurzeln darauf, uns zu Fall zu bringen. Ich konnte Merlins Pferd sehen, das durch die tiefen Winterschatten trabte. Offenbar wusste das Tier genau, welchen Weg es gehen musste. Dann verschwanden sie wieder für ein paar Sekunden aus unserem Blickfeld. Im nächsten Moment stürzten wir uns auf eine kleine Lichtung, umgeben von alten Eichen. Die braune Stute ging knietief durch gefallene Blätter.

Er musste plötzlich genug gehabt haben und hatte sich schon von seinem Pferd geschwungen. Er belohnte es mit einer Hand voll Zuckerklümpchen. Ohne ein Wort trat er vor und zog mich von meinem Pferd, dann stieß er mich gegen einen Baumstamm. Meine Beine zitterten noch von dem Galopp, und mein Atem kam eher hechelnd.

Bevor ich tief Luft holen konnte, hatte Merlin seinen heißen, feuchten Mund auf meinen gepresst. Ich wandte mit Gewalt mein Gesicht ab, weil ich meine Lungen mit Sauerstoff füllen musste. Ein dunkler Blick legte sich auf sein Gesicht, der nichts als Unsicherheit zeigte. Aber er wusste ganz genau, dass ich nicht fliehen würde. Ich hatte wieder genug Luft, fasste sein Kinn an und zog es zu mir. Hungrig nagte ich an seinen Lippen, und als er mich wieder küsste, saugte ich seinen Atem ein. Dann brachte er mich vor Schmerz und Entzücken zum Kreischen, wodurch die Pferde aufschauten und mit den Köpfen schüttelten. Merlin fing an, mein Hemd zu öffnen. Mein nacktes Fleisch musste die raue Baumrinde aushalten.

»Bist du deshalb hinter mir hergejagt?«, wollte er wissen. Er packte meine Brüste so fest, dass es schmerzte. »Du willst, dass ein richtiger Mann vom Lande es dir ordentlich besorgt?«

»Du meinst wie du und Avril auf der Parkbank? Was hast du in London zu suchen? Hast du mich gesucht?«

Mir gefiel das Blitzen in seinen Augen, als er den scharlachroten BH unter dem scharlachroten Hemd sah. Er hatte keine Ahnung, wie scharf es mich machte, wenn mein Hemd einfach aufgerissen wurde. Das letzte Mal hatte er ›später, später‹ gemurmelt. Nun, jetzt war die Zeit reif. Ich wollte alle Bemerkungen aus diesem frechen Mund tilgen; lieber sollte er meine erigierten Brustwarzen lutschen. Ich wollte ihn schwach vor Lust auf meinen Körper sehen, ich wollte erleben, dass ich ihn erfolgreicher einfangen konnte. Ich wollte erkunden, und ich hatte Miss Sugars Worte noch im Ohr, ob es gelang, ihn Miss Breezes Charme vergessen zu machen.

»Vielleicht wollte ich sehen, ob Reiten zu deinen liebsten Beschäftigungen gehört«, sagte er und zog die scharlachrote Spitze von einer geschwollenen Brust. Wir schauten beide hinunter auf den dunkelroten Nippel, der sich in der kalten Luft gleich verhärtete.

»Ich bin glücklich, solange ich etwas Großes und Starkes zwischen den Beinen habe«, sagte ich.

»Aber du lässt dich lieber von einem gut bestückten Mann besteigen, was, Miss Summers?«

Er beugte den Kopf und wischte die Zunge über meine Brüste. Er neckte mich, leckte um den Nippel herum, biss leicht und blieb ein paar Millimeter vom Nippel entfernt. Schließlich wollte er sich oder auch mich nicht länger warten lassen. Er nahm einen gespannten Nippel zwischen die Zähne, und ich schrie auf vor Dankbarkeit. Die Brustwarze schwoll an von seinem Biss, sie schmerzte auch, aber größer war die Lust, die sich im ganzen Körper verbreitete.

Meine Brüste pochten vor Kälte und Sehnsucht. Sie waren versessen auf mehr. Die Spannung, im Freien zu sein, das Risiko, erwischt zu werden, beides war so berauschend wie die bittere Kälte.

»Was ist das mit euren reuen Typen vom Land? Glaubt ihr immer noch, Gottes Geschenk an die Frauen zu sein?«

»So ist es. Aber wir glauben das nicht, wir wissen es«, keuchte er. »Aber weil du den weiten Weg gekommen bist, werde ich es dir zeigen. Oder besser – ich rufe es dir in Erinnerung.«

Er hievte mich höher gegen den Baumstamm; er hielt mich mit seinen Händen und der Kraft seiner Schenkel. Ich trat meine Jodhpurs weg und das Höschen gleich mit, sodass er meine Beine spreizen konnte, während ich mich um seinen Körper krallte. Die Anspannung meiner Muskeln machte mich nur noch geiler. Voller Ungeduld wollte ich ihn in mir spüren. Doch ich konnte ihn nur mit den Beinen drücken und warten, dass er seinen Weg in mich hinein fand.

Ich konnte nicht mal nach seinem Schaft greifen. Er war dabei, den Hosenstall zu öffnen, und dann lugte ein schöner fetter Penis heraus, bereit, sofort in mich einzudringen. Er zog mich auf sich, stützte mich immer noch mit Händen und Oberschenkeln, und pfählte mich auf seine steife Länge. Wir küssten uns, bis uns schwindlig wurde vom Mangel an Sauerstoff. Wir grunzten wie die Tiere. Die kalte Luft drang in jede entblößte Körperöffnung ein und nutzte jedes offen stehende Kleidungsstück aus.

»Bestialisch kalt hier draußen, was sagst du, meine schmutzige Stute?«, flüsterte er in mein Ohr. »Oder wäre es dir lieber, zurück im Stall auf allen vieren genommen zu werden?«

Die Pferde stampften mit den Hufen, als wären sie nicht einverstanden. Ich stellte mir die Szene im Stall vor, und bei ihm hatte die Phantasie auch gewirkt. Sein Grunzen wurde lauter, sein Keuchen nahm zu.

»Untersteh dich! Ich bin noch nicht fertig mit dir«, stöhnte ich. Ich drückte mich gegen seine Länge, hielt ihn umschlungen und ließ meine Muskeln spielen, die ihn quetschten. Er rutschte langsam zu Boden, und ich mit ihm, hinunter auf feuchtes, weiches Moos, allerdings auch auf eine harte Baumwurzel.

Ich sah an Merlins langen dunklen Haaren vorbei, als er den Kopf auf meine Schulter legte, und blinzelte hinauf zum weißen Himmel. Die knochigen Finger der kahlen Äste waren totenstill an diesem ruhigen Nachmittag, an dem kein Lüftchen wehte. Die Stille war zu schmecken. Was für ein Unterschied zu London, wo es nie Stille gab, nicht einmal ganz oben im Penthouse.

Wo ich mich mehr zu Hause fühlte, konnte ich nicht sagen. Mein ganzes Leben hatte ich mich eins gefühlt mit der Erde und dem Himmel, wie jetzt auch, aber vielleicht lag das auch nur daran, dass ein wunderbarer Mann auf mir lag, dass sein Schwanz noch in mir steckte und mich auch jetzt noch ausfüllte. Aber ein Teil von mir wollte auch so schnell wie möglich nach London zurück. Ich wollte wissen, wer und was mich noch im Club erwartete.

»Komm zurück nach London mit mir«, sagte ich, setzte mich auf und bemerkte erst jetzt, wie kalt es war. »Wir könnten eine Menge Spaß haben.«

»Ich weiß, ich hab mit eigenen Augen gesehen, was für eine Art Spaß du willst«, antwortete er, sprang auf die Füße und zog seine Breeches hoch. »Erinnerst du dich? Auf Michails Party?«

»Und ich habe mit eigenen Augen gesehen, was du mit Avril Grey im Park getrieben hast. Da es also auch deine Art von Spaß ist, verstehe ich nicht, dass du hier die ganze Zeit herumhängst. Bist du ein Landei, oder hältst du dich fern von der Stadt, weil du und dein Vater zerstritten seid?«

»Weder noch. Solche Dinge passieren eben«, fuhr er mich an. »Ich hänge hier herum, wie du es nennst, weil ich einen Hof zu führen habe. Ich weiß nicht, ob mich das zu einem Landei macht. Und was zwischen meinem Vater und mir vor sich geht, das geht niemanden etwas an. Du bist eine Angestellte, wenn ich mich richtig erinnere. Und in meinen Augen bist du nur ein Schäferstündchen für mich.«

Das war wie ein Schlag ins Gesicht. Ich packte ihn am Arm, als er zu seinem Pferd gehen wollte, und zerrte ihn herum, dass er mich ansehen musste.

»Ich hatte Recht mit meinem ersten Eindruck«, schrie ich ihn an. »Du bist ein arroganter Arsch! Dein Vater ist mehr wert als zehn von dir!«

»Ja, das sagen viele.«

»Wer sagt das? Mimi vielleicht?«

»Oh, sehr gut. Du steckst deine Nase überall rein, was?« Sein Gesicht war vor Wut verzerrt, während es noch vor ein paar Minuten voller Verlangen nach rascher Befriedigung gewesen war. Irgendwie hatte ich das Gefühl, einen versöhnlichen Anschluss zu finden.

Ich zog mich zurück. Mir fiel nämlich ein, dass ich sehr komisch aussehen musste; nackt von den Hüften abwärts. Es tropfte noch aus mir heraus, und außerdem begann ich zu zittern. Ich hob mein Höschen und die Breeches auf und knöpfte meine Jacke zu. Aber ich zitterte immer noch.

Statt davonzugaloppieren und mich allein zurückzulassen, schaute er mir stumm zu, schnallte den Gürtel enger und tätschelte sein Pferd.

»Es tut mir leid, Merlin«, sagte ich, als ich angezogen war. Ich stolperte über die Blätter, als ich zu meinem Pferd gehen wollte, denn meine Beine fühlten sich noch schwach und jetzt extrem kalt an. »Das war ungehörig. Du hast Recht, ich bin nur eine Angestellte. Aber ich bin nicht *deine* Angestellte, vergiss das nicht. Ich arbeite für Sir Simeon. Man hat mir diese Geschichten über dich erzählt; ich habe nicht herumgeschnüffelt. Ich habe deinen Namen nur erwähnt, weil ich dich auf Michails Party gesehen habe, und aus Miss Sugars Reaktion ging deutlich hervor, dass du nicht hättest da sein sollen.«

Er nickte und zog mich zu sich. Sein Körper war warm, trotz der gefallenen Temperaturen um uns herum. Ich schmiegte mich an seinen Brustkorb.

»Ich weiß. Man muss kein Wissenschaftler sein, um herauszufinden, dass ich im Club eine persona non grata bin. Der unsichtbare Mann. Der Arsch. Der Prolet. Du kannst dir was aussuchen. Aber ich habe die Party besucht, weil Michail mein Freund ist. Er ist nicht der Freund meines Vaters. Wie auch Mimi meine Freundin war, bevor sie zur Freundin meines Vaters wurde. Das tut immer noch weh.«

»Erzähle.«

»Nein. Es fühlt sich nicht richtig an, von ihr zu erzählen, wenn wir gerade gevögelt haben.«

»Charmant gesagt. Und jetzt erzähl mir alles.«

Er seufzte, aber er hielt sich immer noch an mir fest. »Ich habe Mimi Breeze in Paris kennen gelernt. Ich war ein Kunststudent, und sie war unser Aktmodell. Nicht so großartig, wie sie heute aussieht, aber trotzdem noch sensationell. Reproduziert von den verschwitzten Händen der Schüler auf Leinwänden, die im ganzen Land gezeigt und ausgestellt wurden, als Venus, als Madonna, als tausend unterschiedliche Frauen. Wie auch immer, ich habe sie überredet, mit mir zurück nach London zu kommen. Ich war ein Narr, dass ich sie meinem Vater vorstellte. Ich war wütend auf sie. Wer würde das nicht sein? Du hast erlebt, wie sie vorgeht.«

Ich nickte, erinnerte mich an ihre Hände in meinen Haaren, auf meiner Haut, an ihre Finger, an unsere Körper, die sich in ihrem Spiegel reflektierten.

»Und so kam auch er unter ihren Bann. Sie übernahm alles. Der Club war ihre Idee. Seine Wohnung in London war ihre Idee. Ihr Geliebter zu werden war ihre Idee ...«

»Also, das glaube ich nicht«, stotterte ich und versuchte, nicht zu lachen. »Bist du sicher, dass es nicht anders herum war? Dein Vater ist durchaus in der Lage, sich seine Geliebten selbst auszusuchen.«

»Wie auch immer. Deshalb kommen wir nicht miteinander aus, er und ich. Er übt seine Macht wie mit einem großen Stock aus, und alle müssen nach seiner Pfeife tanzen.« Sein Griff um mich verstärkte sich. »Tanzt du auch nach seiner Pfeife?«

Ich errötete und konnte ihn nicht ansehen. Ich hatte auf dem Schaft seines Vaters getanzt, um es genau zu sagen. Er hatte mich von hinten genommen und anschließend kaum über seine Brauen getupft. Der Gedanke an Mimi und Sir Simeon, entweder als Paar oder einzeln, jagte mir heiße und kalte Schauer über den Rücken. Ich wollte Merlin auch. Ich wollte sie alle.

Jetzt war ich an der Reihe, mit dem Zaumzeug meines Pferdes zu fummeln.

»Wir sollten gehen«, sagte ich. »Mir frieren die Brüste ab.«

»Aber er ist nicht so raffiniert, wie er glaubt«, fuhr Merlin fort und entließ mich aus seinem Griff. »Denn eines Tages kommt sie angekrochen, wenn er seinem Alter Tribut zahlen muss. Da bin ich mir sicher.«

Ich stieg in den Steigbügel und schwang mich in den Sattel des Braunen.

»Ich wäre mir da nicht so sicher«, warnte ich ihn. »Dein Vater wird sich nicht hängen lassen. Und Mimi gehört nicht zu den Typen, die angekrochen kommen.«

»Du bist doch nicht eifersüchtig auf sie?«, witzelte er und führte unsere Pferde aus dem Unterholz heraus. Es wurde dunkel, und ich lechzte nach einem heißen Bad.

»Eifersüchtig? *Moi?* Ich habe keinen Grund zur Eifersucht«, sagte ich. Ich beugte mich über den Hals meines Pferdes, bereit, mit ihm zu fliegen. Ich log. Ich war eifersüchtig. Ich wollte nicht daran denken, wie Miss Breeze es mit Sir Simeon trieb. Ich wollte sie auch nicht an einen Baumstamm gelehnt sehen, Arme und Beine um Merlin geschlungen.

Aber das konnte ich ihm doch nicht sagen, nicht wahr? »Ich bin nur eine Angestellte, erinnerst du dich?«

»Nicht meine Angestellte. Und das bedeutet ...«

»Dass wir tun können, was wir wollen. Niemand gehört dem anderen. Wir sind alle freie Geister.« Dann galoppierte ich von ihm weg. Ich war nicht vorbereitet für das, was er vielleicht als Nächstes sagte.

Aber meine Gedanken ergaben keinen Sinn. Denn ich war nicht einmal sicher, wie frei ich noch war.

Zwölftes Kapitel

Das London Eye lag verlassen da. Das war nicht weiter verwunderlich, denn ich hatte mich bereiterklärt, im ersten Morgengrauen da zu sein. Kein Tourist, der noch seine Sinne beisammen hatte, würde sich um diese Uhrzeit und bei diesem Nebel anstellen, um das Riesenrad zu besteigen, um dann nichts zu sehen.

Die ganze Gegend sah gespenstisch aus. Die Themse glitt still zwischen den beiden Ufern entlang, und selbst die Motoren der Autos und Busse und Lastwagen, die über die Brücke fuhren, hörten sich hier gedämpft an. Ich schüttelte mich in meinem Kamelhaarmantel, war froh, dass ich mir einen cremefarbenen Pashmina um den Hals geschlungen hatte, und wartete.

Als ich nach London zurückgekehrt war, hatte ich kurz den Club besucht, was immer häufiger vorkam. Miss Sugar hatte mir gleich den Telefonhörer in die Hand gedrückt, als ich bei ihr vorbeiging, und ich hatte kaum Zeit zu fragen, wer in der Leitung war, als ich auch schon Mr. Greys Stimme hörte. Avrils Mann.

»Du hast sie im Park gesehen, nicht wahr? Du brauchst nicht verlegen zu sein. Sie hat mir gesagt, dass du sie gesehen hast.«

»Ja, stimmt. Ich war auf meiner Joggingtour, und sie auch. Und dann ist ihr wohl Merlin über den Weg gelaufen.«

»Sie haben sich verabredet. Sie ist unersättlich. Sie vögelt alles, was einen Puls hat und was sie zu Simeon bringt.«

»Ich schätze, dass Merlin es auch wegen Sir Simeon getan hat. Er weiß, dass sein Vater sauer ist, wenn er sich an Clubmitglieder heranmacht – oder an ihre Ehefrauen.«

»Ha! Und was für eine Ehefrau!«

Das anschließende Schweigen hörte sich knisternd an. Er atmete schwer.

»Warum wollen Sie mit mir sprechen, Mr. Grey?«, hatte ich ihn gefragt.

»Ich will die Fotos«, hatte er geantwortet. »Du brauchst dich nicht zu schämen. Sie hat mir gesagt, dass du Aufnahmen geschossen hast.«

»Das hat sie Ihnen gesagt? Teufel, ihr ist alles scheißegal, was?« Ich hatte den Kopf geschüttelt und trocken gelacht.

Miss Sugar hatte auch den Kopf geschüttelt und mich stirnrunzelnd angesehen. Offenbar war es uns nicht gestattet, im Gespräch mit Mitgliedern solche Worte zu benutzen. Wir konnten vor ihnen kopulieren, aber am Telefon mussten wir uns gut benehmen.

»Ich will die Fotos sehen«, hatte er mit erbärmlicher Stimme gesagt.

»Ich kann sie heute Abend entwickeln, dann können Sie sie morgen früh abholen lassen.«

»Ich kann dich nicht im Club treffen, denn ich setze keinen Fuß mehr in den Club«, hatte er ins Telefon geschrien.

Und jetzt war er schon zehn Minuten zu spät. Der Nebel schien noch dichter zu werden. Ich würde noch zehn Minuten dranhängen, dann aber verschwinden.

»Das ist wie eine Szene aus einem Agententhriller, was?«

Ich drehte mich um. Ein Mann in einem langen Tweedmantel und mit einer Brille schritt rasch auf mich zu. Ich erkannte ihn kaum wieder, denn an diesem ersten Morgen auf Symes Hall, als er auf einem geborgten Pferd zur Jagd ging, war ich damit beschäftigt, Avril zu hassen und die Schmerzen in meinem Fuß zu ertragen. Jetzt, als ich Mr. Greys Hand schüttelte, versuchte ich vergeblich, ihn an Avrils Seite zu sehen. Die drahtige Superjoggerin mit dem Waschbrettbauch und den winzigen lila Shorts.

Sein dichtes rötliches Haar war ein bisschen zu lang und fiel ihm immer wieder mal in die Augen. Er sah eher so aus, als fühlte er sich auf einer Uni wohler als in einem Fitness Club.

Nach meinem Telefongespräch mit Mr. Grey hatte ich mehrere Stunden nichts anderes vor Augen als Merlin und Avril. Der Anblick ihrer weit geöffneten Schenkel. Mein Kopf versuchte, Merlins Rolle dabei zu verdrängen. Gestern Abend war es mir für eine kurze Zeit gelungen, mich auf den silbernen Ohrring auf der dunklen Wange zu konzentrieren und dann auf die tiefen Kratzer auf meinem Rücken, verursacht von der rauen Baumrinde, aber dann kehrte mein Blick immer wieder zu seinem Schoß zurück, zu diesem bebenden Penis, den nicht ich in der Hand hielt und rieb, sondern sie, die ihn wie ein Sexspielzeug benutzte.

»Wir sind hier ganz allein«, sagte ihr Ehemann. »Ich habe das so vereinbart. Wir könnten dieses Treffen also auch in einem Wagen stattfinden lassen, wenn du willst. Da drinnen entsteht dann eine surreale Atmosphäre, die dem hässlichen Geschäft die Schärfe nimmt, finde ich.«

Ich schaute ihn ausdruckslos an. Er stand schon da, eine Hand auf einem der Raumschiffmodule, die an dem großen Rad hingen.

»Ja, klar, warum nicht? Alles, um einen klaren Kopf zu bekommen.«

Er trat zur Seite, damit ich hineingehen konnte. Wir wurden automatisch verriegelt. Wenigstens war es warm. Ich ging auf die andere Seite und konnte auf den Fluss blicken. Die weiße Luft und der Nebel schienen auf unser Glasgefängnis zuzukommen und alles andere auszuschalten.

»Wir werden heute leider nicht viel sehen können«, sagte Geoffrey. »Aber wir sind ja nicht auf einer Spritztour unterwegs.«

Ich schüttelte den Kopf und holte den versiegelten Packen Fotos heraus. Ich wandte ihm den Rücken zu, damit er sich die Bilder allein ansehen konnte. Ich lehnte meine Stirn und die Hände gegen das kühle Glas. Man merkte kaum, dass wir uns bewegten, aber schon jetzt schwebten wir über dem Boden. Die anderen Wagen schwangen leer über und unter uns.

Hinter mir hörte ich ein würgendes Husten, und dann sah ich die Fotos auf den Boden fallen.

»Mr. Grey?«

»Ich hätte nie gedacht, dass es in Technicolour so hässlich aussehen kann. Dieses Luder! Und was für ein kalter Bastard ist er?«, wollte er wissen. Er hielt eine Hand über seine Augen, und seine Schultern zitterten. »Nur einen Augenblick, bitte.«

Ich hob die Fotos vom Boden auf. Eigentlich wollte ich sie zurück in das große Couvert legen, aber meine Neugier siegte. Das erste Bild, das ich aufhob, zeigte die beiden im Profil, kurz nachdem sie ihm gezeigt hatte, dass ihr Knöchel keine weiteren Schmerzen verursachte.

Der Ohrring kam wieder ins Bild, deutlich am stoppeligen Kinn zu sehen. Aber das war ein harmloses Bild. Bei den anderen Fotos zogen mich die kräftigen Farben an. Ich starrte auf die einzelnen Szenen und empfand wieder eine Mischung aus Horror und Geilheit. Schockierend war die Nacktheit ihrer Schenkel und ihrer Pobacken, aber auch das Foto, das ihre gierige Hand zeigte, wie sie in die Radlerhose griff und seinen steifen Schwanz herausholte.

»Mrs. Grey in all ihrer Pracht«, krächzte ihr Ehemann, der sich jetzt neben mich setzte. Er zog die Schultern zurück. »Ich weiß, dass sie ständig heiß darauf ist, aber doch nicht am Teich in Kensington Garden!«

Ich wünschte, es gäbe eine Fluchtklappe, durch die ich von hier verschwinden könnte. »Sie fiel hin, und er half ihr beim Aufrichten. Er besah sich ihren Knöchel, aber sie war nicht verletzt«, erklärte ich.

»Versuche bloß nicht, sie in Schutz zu nehmen.« Er riss mir die Fotos aus der Hand und ging sie noch einmal durch, langsamer diesmal. Wir konnten uns beide der schockierenden, hässlichen Erregung nicht entziehen, die von diesen Szenen ausging. »Dein Club muss für vieles die Verantwortung übernehmen.«

»Ich werde mich dafür nicht entschuldigen, Mr. Grey, obwohl es mir leidtut, dass Sie so bekümmert sind. Aber Sie sind ein vollwertiges Mitglied des Clubs. Ich bin nur hier, weil Sie mich gebeten haben zu helfen, und das ist mein Job.«

»Ich weiß, ich weiß. Du hast Recht. Du bist sehr freundlich. Ich muss mich zusammenreißen.«

Er nahm ein Bild aus dem Stapel, das wir beide lange betrachteten. Es zeigte den entscheidenden Moment, könnte man sagen, als Avril sich auf die Knie erhoben hatte und sich über ihr Ziel beugte. Sie fummelte an ihrer nackten Spalte herum, zeigte ihm deutlich den roten Schlitz, entsetzlich hell im winterlichen Licht. Sie senkte sich, sodass die Labien sich um Merlins Eichel schließen konnten, und Stück für Stück senkte sie sich über den ganzen Schaft. Ihre Hand griff an den Bankrücken, um die Balance zu halten, ein paar Zentimeter neben Merlins Hand.

»Sie berührten sich nicht, und sie zeigten keine Zuneigung füreinander«, sagte ich ihrem Mann. Mir war bewusst, dass wir sehr nah beieinanderstanden. Ich konnte die Anspannung in seinem Körper spüren. Das Foto in seiner Hand zitterte; ich nahm es und legte es zurück auf den Stapel. »Es war nur Sex.«

Er sah mich das erste Mal an, und ich sah mich und den weißen Himmel, der uns umgab, auf seinen Brillengläsern reflektiert.

»Aber guter Sex, was? Ich meine, das sieht man an diesen Bildern. Draufgängerisch, zügellos, ohne Hemmungen. Das Zusehen muss dich aufgegeilt haben.« Er strich sein Kinn. »Ich sehe es an der Art, wie du die Kamera auf sie gerichtet hast.«

»Ich weiß nicht, warum ich das getan habe. Ich habe die Kamera nur benutzt, um genauer sehen zu können. Aber ich wünschte, ich hätte es nicht getan.«

»Und wie weit geht dein Job? Hast du auch damit zu tun, ein beschädigtes Ego wiederherzustellen?«

»Ich bin nicht sicher, was Sie meinen«, sagte ich, nahm den Kopf zur Seite und schaute hinaus. Wir waren jetzt viel höher, und ich konnte über St. Paul's und die City sehen. »Mein Job ist, dafür zu sorgen, dass unsere Mitglieder glücklich sind.«

»Ja, und ich bin äußerst unglücklich im Moment«, sagte er. Er nahm mein Gesicht in seine Hände und zog es auf sich zu, damit ich ihn ansehen musste. Seine Finger waren warm. Er hatte einen cremefarbenen Fischerpullover an unter seinem Tweedmantel, und ich konnte die hellen Stoppeln an seinem Kinn sehen.

»Ja, das merke ich, und wenn es Ihnen hilft – ich habe in der vorigen Nacht auch nicht gut geschlafen. Und Sie auch nicht, schätze ich, wenn ich Ihre Stoppeln sehe.«

Er grinste und rieb sich das Kinn. Ich nutzte die Gelegenheit, ein paar Schritte zwischen uns zu legen, dann zog ich den Mantel aus, denn wir hatten noch eine lange Fahrt vor uns. Es wurde wärmer in unserem Raumschiff. Ich nahm auch den Pashmina von meinem Hals. Die Seide der gekrausten roten Bluse, die ich an diesem Morgen angezogen hatte, lag kühl auf meiner Haut. Die lange Lederhose schmiegte sich an die Beine, und meine neuen Stiefel klackten auf dem Boden.

Trotz meines Eindrucks, dass ich wegen der Fotos ein wenig mitgenommen war, glaubte ich aber, dass ich sonst gut aussah. Mimi würde mir zustimmen. Ich schaute wieder hinaus. Wir schwebten dem Himmel entgegen. Ich wäre lieber allein hier oben, aber trotz seiner misslichen Situation war Geoffrey Grey angenehme Gesellschaft. Meine Gedanken ließ ich über die Türme und Dächer Londons schweifen.

»Ich wüsste gern, warum du letzte Nacht nicht schlafen konntest«, sagte er. Seine Stimme brach in die Stille ein. »Warst du eifersüchtig?«

Ich fuhr herum. Er hatte auch seinen Mantel ausgezogen und saß auf einer langen Bank im Zentrum des Wagens. Er hatte einen Wildlederschuh auf die Bank gestellt. Er trug abgewetzte Blue Jeans und wirkte jetzt völlig entspannt.

»Eifersüchtig?« Wie konnte er meine geheimen Gedanken über Merlin kennen?

»Ja, auf den Sex, den sie haben und du nicht. Wenn man einen Mann und eine Frau in der Öffentlichkeit beim Kopulieren sieht und nicht mitmachen kann, stattdessen sich hinter einen Baum versteckt und die Kamera auf sie richtet und festhält, dass sie wie die Karnickel ...«

»Dazu kann ich nicht viel sagen, Mr. Grey«, murmelte ich, doch ich vermutete, dass ich nicht sehr überzeugend klang. »Es ging alles so schnell. Nein, sexy war das nicht.«

Er klopfte auf den Sitz neben sich. Meine Füße schmerzten, denn sie waren es nicht gewohnt, so lange auf hohen Absätzen zu stehen. Also setzte ich mich folgsam hin.

»Ich habe das Gefühl, es wäre viel sinnlicher und stimulierender gewesen, wenn du und ich zusammen gewesen wären.«

Er hielt das letzte Foto hoch, auf dem Merlin und die Ehefrau dieses Mannes sich voneinander lösten. Ich sah jetzt, dass Merlins Gesicht von ihr abgewandt war, und auch weg vom Auge der Kamera. Kein Zeichen von Leidenschaft. Ihr Gesicht war verzerrt von der Wucht des Orgasmus.

Mr. Grey schob das Bild in den Stapel zurück und steckte das Paket dann behutsam in seine Manteltasche.

»Wie ging das eigentlich vor sich?«, murmelte Mr. Grey und strich mit den Händen über meine Ärmel der Seidenbluse, sodass ich eine Gänsehaut bekam. »Es hilft mir vielleicht, es zu hören. Wer hat den ersten Schritt getan?«

Meinen Atem musste ich angehalten haben, seit wir das letzte Foto betrachtet haben, aber jetzt leerten sich meine Lungen, und meine Ohren hörten auf zu pfeifen, als die Spannung nachließ. Die Rüschchen am Hals und auf der Knopfleiste bewegten sich, und er schaute auf die Stelle, wo die Bluse dicht über den Brüsten geknöpft war.

Er strich über die Seidenrüschchen und wartete darauf, dass ich ihn aufforderte, damit aufzuhören. Aber ich konnte nichts dagegen tun; ich starrte nur auf seine Finger, die so nah bei meinen Brüsten arbeiteten. Sie hoben und senkten sich, und ich rang nach Luft. Wir konnten sie beide unter der Seide sehen, die runden, vollen Brüste. Zögernd öffnete er den ersten Knopf. Ich biss auf meine Lippe, als der Knopf aufsprang und über der Brust auseinanderfiel und der rote BH zu sehen war.

»Sag's mir«, befahl er.

»Sie hat den ersten Schritt getan«, sagte ich, die Stimme zittrig. »Sie lechzte danach. Sie zog ihre Shorts aus und zeigte ihm ihre Pussy. Sie trug so gut wie nichts drunter.«

»Nicht wie du. Du hast Klasse und siehst geheimnisvoll aus. Nach meinem Geschmack hast du aber zu viel an. Aber du bist schön, und ich kann sehen, dass deine Wäsche vom Feinsten ist. La Perla?«

Ich nickte und wurde rot. Ich konnte nichts sagen. Er war dabei, einen zweiten Knopf zu öffnen, und dann noch einen, bis die Bluse von meinen Schultern glitt. Sie kitzelte meine Haut, und meine Lider flatterten.

Ich neigte den Kopf nach hinten und fühlte, wie seine Finger in die Wärme des Ausschnitts schlüpften, und dann lagen beide Hände auf meinen Brüsten und streichelten sie durch die Spitze, bis die Nippel hart wurden. Seine Daumen strichen darüber. Er fing die harten Punkte ein, aber dann hörte er auf damit. Ja, klar, dachte ich, er ist nicht an große Brüste gewöhnt. Oder er hat vergessen, was er mit ihnen anstellen soll.

Es gab eine nervöse Wärme, die von meiner Pussy ausging. Sie zog sich zusammen, und ich spürte, wie mein Höschen feucht wurde. Ich brauchte mir nicht zu überlegen, was ich tun sollte. Ich langte hinter mich und hakte den BH auf, dann zog ich ihn geschickt über einen Ärmel hinaus, während ich die Bluse anließ. Ich hatte die Augen noch geschlossen, aber ich hörte, wie er die Luft anhielt. Ich lehnte mich zu ihm, um ihn zu ermutigen. Dann entstand eine Pause.

»Hat er ihre Titten gelutscht?«, wollte er wissen.

»Müssen wir reden?«, fragte ich abgelenkt.

»Ich kann das nur tun, wenn du mir sagst, wie es war.«

»Also gut, nein, das hat er nicht getan. Er hat sie auch gar nicht gesehen. Ich meine, sie hat ja auch keine vollen saftigen Brüste, nicht wahr? Ihre Frau arbeitet mit der Pussy, die sie wie eine Venusfalle einsetzt.« Meine Stimme war heiser vor Erregung – und mit noch etwas. Reine Bosheit.

Wir konnten beide Mrs. Grey eins auswischen und hier oben auf der Fahrt zum Himmel für unser wildes, heimliches Vergnügen sorgen.

Er ließ ein gedämpftes Stöhnen hören und quetschte meine Brüste, bis sie schmerzten. Der Schmerz verwandelte sich in Lustpfeile, die im Zickzackkurs durch meinen Körper jagten. Er packte die nackten Brüste, zog meinen Körper an sich, damit er langsam sein Gesicht ins Tal meiner Brüste pressen konnte. Ich hielt mich sehr still und schlug die Augen auf. Durch das Glas konnte ich nur den weißen Himmel sehen und die schnurgeraden Kondensstreifen eines Flugzeugs, das durch die Wolken raste. Wir waren jetzt ganz oben, und das gewaltige Riesenrad glitt nach unten.

»Aber du hast Brüste, nicht wahr?«, fragte er plötzlich und zwickte einen Nippel. Ich quietschte. »Sehr saftig. Schau mal, wie deine kleinen Knospen hart werden. Wie habe ich so lange ohne Titten leben können? Du lässt mich an deinen saugen, ja? Ich kann nicht widerstehen, an Brüsten zu saugen.«

Er quetschte wieder den Nippel, dann nahm er den anderen schmerzenden Nippel zwischen die Zähne und biss hinein. Ich quietschte lauter und genoss den Klang meiner Stimme in unserem Raumschiff. Dies war ein außerplanmäßiger Einsatz von mir; außerhalb des Clubs, wo auch seine Regeln nicht mehr zählten. Oder? Es gab bestimmt eine Regel über heimliche Treffen mit Clubmitgliedern. Weder Sir Simeon noch Mimi hatten mir etwas darüber gesagt. Ich war mein eigener Boss.

»Du kannst saugen, soviel du willst, Liebling«, gurrte ich, strich über seine Haare und zog sein Gesicht fest an mich. »Sauge und knabbere nach Herzenslust.«

Er saugte, und ich rutschte auf der Bank herum, weil ich bequem sitzen wollte. Ich grätschte schließlich über seinen

Schoß. Er hörte nicht auf, und ich ging noch ein bisschen weiter. Ich drückte meine Brüste in sein Gesicht und meinen Torso gegen ihn. Er würde bald zur Seite fallen, auf seinen gefalteten Mantel, und ich war über ihn gebeugt.

Ich setzte mich abrupt auf, lächelte ihn an und wandte mich seiner Jeans zu.

»Hat sie ihm auf diese Weise die Hose ausgezogen«, fragte er. »Oder hat er das bei ihr gemacht?«

»Was spielt das für eine Rolle? Sie hatten nicht halb so viel Spaß, wie wir haben werden«, versprach ich ihm, ermuntert vom heftigen Pochen in meinen Brüsten. »Wir können sie und ihr kleines schmutziges Treiben im Park vergessen.«

Er grinste. »Ich hatte Recht, dass du beschädigte Egos wiederherstellst, was? Das scheint deine Spezialität zu sein. Übernimmst du immer die Kontrolle?«

»Ja«, log ich.

»Dann rede nicht. Mach's einfach.«

Ich sprang auf und zitterte vor Erregung. Ich zog die Reißverschlüsse meiner Stiefel auf und zog meine Hose aus, nahm dabei das rote Seidenhöschen gleich mit. Wir befanden uns immer noch ganz oben, und ich stellte mir vor, dass unser Raumschiff aus seiner Verankerung gerissen und mit voller Wucht in den Boden gerammt wurde.

»Ein unglaublicher Ausblick«, rief ich laut, lief bis ganz nach vorn und machte eine allumfassende Handbewegung.

»Das kannst du ruhig zweimal sagen.« Er hob den Hintern an und zog seine Jeans aus. »War der junge Merlin so gut bestückt wie der hier?«

Ich schaute nach unten und gab einen lauten Keuchton von mir. Mr. Grey hatte den größten Stab, den ich je gesehen hatte. Er lag noch still auf seinem Bauch. Wer hätte gedacht, dass so eine gewaltige Liebesmaschine unter der etwas abgewetzten Hose versteckt war?

»Was denkt sich die Frau dabei«, dachte ich laut und kroch hin zu ihm, »so einen Kerl zu hintergehen?«

Ich schwang mein Bein über ihn, drückte ihn auf seinen Rücken und schwebte auf allen vieren über ihm, während ich das wundersame Glied anstarrte.

»Was ist so amüsant?«, fragte er und streckte seine Hand aus, um mich auf sich zu ziehen.

»Nichts Amüsantes. Es ist erstaunlich. Er ist erstaunlich«, schwadronierte ich, spreizte meine Beine weiter und senkte mich ein wenig ab. »Deine Frau hat genauso über seinem Schwanz geschwebt. Sie hatte ihn aus seiner Hose gezogen, und sie richtete sich auf die Knie auf, genau wie ich jetzt. Da war ein Moment, kurz bevor sie ihn sich einverleibte …«

»Erzähl weiter. Hör nicht auf.«

»Nun, sie hielt sich über ihm, als wäre es ein Sexspielzeug, und die Spitze wartete am Eingang.«

Inzwischen fühlte sich mein Eingang so an, als wollte er ihn anziehen wie ein Magnet. Ich langte hinunter zwischen meine Beine und nahm das in Besitz, was ich da vorfand. Es war riesig. Es schien überhaupt nicht aufzuhören. Die glatte, gespannte Oberfläche war schon mit meiner Feuchtigkeit überzogen, und das schickte noch stärkere Erregungspfeile durch mich. Ich nahm ihn in beide Hände, rückte für einen Moment wieder auf seine Schenkel, um ihn anzuheben und auf die unglaubliche, geschwollene, steife Länge zu starren. Als ich ihn hielt und anschaute und mit den Händen auf und ab strich, sprang er mich plötzlich an, und die pflaumenförmige Eichel winkte mir mit einer Träne zu.

»Dann, schätze ich, konnte sie sich nicht länger zurückhalten«, beendete ich hastig meinen Bericht. »Sie musste ihn in sich haben.«

Ich hob mich wieder an und legte die runde Spitze gegen meine feuchte Pussy. Sofort machte die Eichel Kontakt mit der brennenden Klitoris, und ich stieß unwillkürlich ein lautes Stöhnen aus. In meinen Ohren hörte es sich schmutzig an.

»Hören Sie sich das an, Mr. Grey«, zischte ich und schob sein Gerät etwas tiefer. »Hören Sie sich die saftige Nässe an.«

Meine Labien schlossen sich gierig um die glatte Länge. Ich musste immer wieder mal eine Pause einlegen, um die Schenkel noch etwas weiter zu spreizen und um mich an die gewaltige, warme, animalische Masse zu gewöhnen, die mich füllte. Sie schob sich in mich hinein. Ja, die rigiden Dimensionen passten, auch wenn sie mir das Gefühl gaben, von einer riesigen Stange gepfählt zu sein.

Er lag auf der harten Bank. Seine Hände drückten immer noch meine Brüste und zogen an ihnen, damit er sie abwechselnd saugen und beißen konnte.

»So saftig«, murmelte er, hielt für einen Moment inne und schaute zu, wie meine Muschi ihn ganz schluckte. »Das hat es mir leichter gemacht.«

Sein Stab schwoll in mir noch weiter an, und mir blieb keine andere Wahl, als mich zu bewegen, denn dadurch erleichterte ich ihm und mir die endgültige Penetration. Sobald ich einmal mit den Bewegungen begonnen hatte, konnte ich nicht mehr aufhören. Ich hob mich an, und jeder Zentimeter meines Inneren rieb an jedem kreischenden Zentimeter seines Schafts vorbei. Ich konnte nur ein paar Fingerbreit hochgehen, um mich dann wieder langsam sacken zu lassen, bis wir Schoß gegen Schoß stießen.

Als das geschah, konnte ich das Ende seiner Eichel spüren, die mich heftig dehnte und offenbar meine Grenzen testen wollte. Mr. Grey wollte uns beiden zeigen, was ich in mir aufnehmen konnte, wenn ich es wollte.

»Du kannst anfangen«, sagte ich verlangend.

Seine Hüften waren wie ein Echo auf den Rhythmus meiner Hüften. Er zog sich zurück, wenn ich mich anhob, dann stieß er krachend zu, und ich ließ mich fallen. Ich konnte meine Stimme hören, ein Crescendo der Begierde, ein Wimmern anlässlich der mächtigen Sensation, dass ich auf seinen herrlichen Stamm gepfählt war. Er gab mir mehr Lust, immer noch mehr, und ich wurde zur Spitze getrieben. Er wurde härter, ich wurde nasser. Feuerzungen leckten an meinem Inneren.

»Schau mir zu«, rief ich. »Das hat sie auch gemacht.«

Seine Augen sahen durch die Brille zu. Ich konnte meine Brüste sehen, die sich in den Gläsern spiegelten und fröhlich auf und ab wippten, während ich ihn ritt. Plötzlich stieß er so weit in mich hinein, wie er gehen konnte. Sein Mund öffnete sich, aber kein Laut kam heraus. Für einen Moment schlossen sich seine Augen, dann warf er sich zurück auf die Bank und pumpte seinen Samen in mich hinein. Von seiner Wucht wurde ich hochgehoben, und ich fing an zu schreien, und diese Schreie und seine Stöße sorgten für meinen wilden, durchschüttelnden Orgasmus, und ich krümmte mich auf ihm und sackte auf ihm zusammen.

»Ich bin nicht sicher, ob es mich noch bekümmert, was sie gemacht hat. Mit dir möchte ich vögeln, Miss Summers. Immer und immer wieder.«

Das Rad drehte sich langsam und brachte uns langsam zur Erde zurück. Ich saß da, noch hechelnd, und Mr. Grey stützte sich auf einen Ellenbogen. Er blinzelte, als wäre er gerade erst wach geworden. Ich zog die Bluse über meine Brüste und schloss einen Knopf; Zugeständnis an die Anständigkeit.

Wir schauten beide hoch zum Wagen über uns, und wir beide schluckten entsetzt. Jemand befand sich in diesem Raumschiff. Ein langer Marinemantel, ein Filzhut und ein Gesicht, das im Schatten lag.

»Jetzt sind wir an der Reihe, beobachtet zu werden«, sagte Mr. Grey und zog die Jeans an, bevor er nach seinem Mantel griff. »Ich kann nicht erkennen, wer es ist. Glaubst du, dass dieser Mann eine Kamera bei sich hat?«

»Es ist Sir Simeon«, sagte ich und richtete mich langsam auf, Pussy und Beine völlig nackt. Soll Sir Simeon mich durch das Glasdach beobachten. »Aber wie hat er gewusst, dass wir hier in diesem Wagen waren?«

Mr. Grey gluckste. »Man muss nur richtig sehen, ob mit oder ohne Kamera.« Der wahnsinnig angespannte, wütende Mann vom frühen Morgen war verschwunden. Er sah wie nach einem gelungenen Streich aus. »Vielleicht will er ein besonderes Auge auf sein liebstes Personal werfen.«

»Das glaube ich nicht«, sagte ich und hob die Schultern. Aber ich wunderte mich schon. Dann fiel mir ein, dass jeder Anruf aus dem Club aufgezeichnet wurde.

»Du kannst ihnen sagen, dass du deiner Arbeitsbeschreibung noch eine weitere Variante hinzugefügt hast, und du warst perfekt«, sagte ein glücklicher Mr. Grey, als wir zurück auf die Erde traten. Er mischte die Fotos wie ein Kartenspiel, während er darauf wartete, dass ich aus dem Raumschiff trat. Ich stellte mich vor ihn, und er reichte mir einen weißen Umschlag. »Ich möchte dich für deine Mühe entschädigen.«

»Das geht nicht. Das ist Teil des ...«

»Du hast dir jeden Penny verdient. Pfeif auf den Club. Dies war deine Arbeit, nur deine. Und nachdem ich Mrs. Grey eine Lektion erteilt habe, wird sie zurück zu ihm gekrochen kommen. Sie wird ihre Liaison mit Mr. Hall aufgeben – keine Sorge, ich habe das schon seit langem gewusst – und auch deinen Merlin in Ruhe lassen.«

»Sollte ich Mitleid mit ihr haben?«, fragte ich.

»Sie wird damit fertig. Sie mag es, bestraft zu werden. Eigentlich sollte ich sie belohnen, denn wenn sie mir nicht immer fremd gegangen wäre, hätte ich dich nie auf diese Art kennen gelernt.«

»Eins muss ich noch wissen«, sagte ich und legte den Kopf schief. »Warum hat sie es mit ihrem Bruder getrieben? Ich meine, wie pervers ist das denn? Erst recht, wenn man so einen netten, gewaltig ausgestatteten Ehemann hat?«

Er schob seine Brille hoch auf die Nase, ganz der erfahrene Schullehrer.

»Menschen zu schockieren ist wie eine Droge für Avril«, erklärte er, während er immer noch die Fotos mischte. »In Wirklichkeit behauptet sie nur, dass Mr. Hall ihr Bruder sei. Sie sind beide adoptiert. Ich muss gestehen, dass es mir manchen Kick gibt, mit ihr verheiratet zu sein, denn neben ihr wird es einem nicht langweilig, auch wenn es manchmal schmerzt, wenn sie mir gegenüber so rücksichtslos ist. Noch einmal zurück zu ihrem Bruder, der ihr Bruder nicht ist: Ich habe davon erst erfahren, als er kürzlich seine Verlobung feierte. Avril drehte durch vor Eifersucht und erzählte die Geschichte allen, die sie hören wollten. Er ist immer ihr Schoßhündchen gewesen. Verständlicherweise hat die Verlobte Avril aus dem Leben des Paares geworfen, deshalb habe ich gedacht, dass es auch mit den beiden vorbei wäre. Aber da habe ich mir wohl in die Tasche gelogen.«

»Es war nicht vorbei, als sie neulich in den Club kamen«, sagte ich. »Oder auf Michails Party waren.«

»Ich nehme an, sie glaubt, so schamlos zu sein, wie sie will, und je öffentlicher, desto besser. Mit Jez, mit Merlin und mit ihrem ultimativen Ziel – Sir Simeon. Der übrigens wie vom Erdboden verschluckt ist.«

Tatsächlich waren wir allein; das London Eye war menschenleer.

»Wie auch immer«, fasste Geoffrey Grey zusammen, als er mir die Hand schütteln wollte. »Der Wurm hat sich gewehrt.«

»Sie sind kein Wurm«, sagte ich.

»Nicht mehr. Das habe ich dir zu verdanken, Miss Summers.«

Er verbeugte sich tief zum Abschied. Ich spürte in mir ein starkes Bedauern, als er ging. Ich mochte ihn. Wenn ich noch mal die Gelegenheit hatte, diesen gewaltigen Stab zu spüren, dann am liebsten wieder an einem originellen Ort. The British Library zum Beispiel. Oder im Reptilienhaus des Londoner Zoos.

Ich wand mich fröhlich in meinen Mantel. Mr. Grey war Clubmitglied, also würde ich ihn bald wiedersehen. Und wenn nicht – es gab von jedem Mitglied eine Datei, und über sie würde ich seine Adresse erfahren.

Ich ging eine Weile am Ufer der Themse entlang und spürte meinen Bauch vor Hunger rumpeln. Die Leute, die mir entgegenkamen, hasteten an mir vorbei zu ihrer Arbeit, die Köpfe gesenkt, die Blicke auf den Gehweg gerichtet, die Gesichter blass und eingefallen.

Ich hatte Mitleid mit ihnen. Was mich anging, so konnte ich die Bedeutung des Worts ›Arbeit‹ vergessen. Der Club war nicht meine Arbeitsstätte, sondern mein Spielplatz.

Dreizehntes Kapitel

Ich konnte nicht erwarten, nachzusehen, was sie mir für diese Reise in den Koffer gelegt hatten.

»Ich will nicht lügen«, sagte Miss Sugar an diesem Morgen und zog die Stirn kraus, während sie Schubladen öffnete und krachend zuschlagen ließ. »Ich bin wütend.«

»Haben Sie gehofft, dass er Sie einlädt?«, fragte ich und musste an mich halten, um mir nicht über die Lippen zu lecken. Ich sah, dass sie die Scheine zählte, die sie mir aushändigen würde.

»Natürlich habe ich gehofft. Ich bin viel länger hier als Sie. Und mir steht schon seit langem ein Bonus zu. Sie schneien hier rein und bekommen ein Sahnestück nach dem anderen. Ich habe dieses Büro so satt!« Sie ließ sich in ihrem Sessel nach hinten fallen und starrte wütend auf die Papierarbeit.

»Aber Sugar, das passt gar nicht zu Ihnen«, rief ich, wirklich entsetzt. Ich trat um den Schreibtisch herum und legte einen Arm um die schmächtigen Schultern. Sie verkrampfte, aber ich ließ den Arm da und drückte sie, bis ich fürchten musste, dass ihre Knochen brechen könnten. Sie hob eine Hand und rieb die Schulter, die an meiner Brust ruhte. »Ich hatte keine Ahnung, dass Sie so darüber denken, aber was kann ich für Sie tun?«

»Nichts«, sagte sie, dann schaute sie hoch und schob eine Haarsträhne hinter ihr Ohr. Einige Haarklammern drohten herauszufallen. »Es ist nicht Ihre Schuld. Gehen Sie und amüsieren Sie sich. Schließlich feiern wir Silvester.«

»Es ist trotzdem Arbeit, Sugar. Es ist eine Fortsetzung der Arbeit hier im Club. Und ich gehorche nur den Befehlen. Vom Amüsieren war da nicht die Rede.« Ich fürchte, meine Stimme klang nicht sehr überzeugend.

Sie schnaufte. »Sie haben Begabung dafür, Summers. Für dieses Unterhalten. Von der ersten Minute an waren Sie in Ihrem Element. Ich habe noch nie so ein prächtiges Lob gehört wie das von Geoffrey Grey über Sie. Das kann einen krank machen.«

»Ich weiß nicht, was Sie meinen«, gab ich zurück. Ich hob die Augenbrauen und griff nach meinem Koffer. »Ich habe dem armen Kerl nur einen Gefallen erweisen wollen.«

War diese kleine Delle in ihrer Wange das winzige Zeichen eines kaum wahrnehmbaren Lächelns? »Ja, aber nicht im Club, sondern irgendwo draußen, Summers. Wir sollen mit unseren Mitgliedern nur hier kommunizieren.«

»Ach, nun hören Sie doch damit auf! Ich bin doch nicht in die große böse Stadt zurückgekommen, um mich hier festnageln zu lassen! Und heute Abend kommunizieren wir doch alle außerhalb des Clubs, oder? Ich meine, wenn wir in die Symes Hall gehen.«

»Symes Hall ist eine Außenstelle des Clubs«, klärte sie mich auf. »Aber für mich ist neu, dass es nun als Konferenzstätte genutzt werden kann, auch wenn es sich dabei um ein Mitglied handelt.«

»Es ist nicht fair, dass wir Sie zurücklassen, wenn wir uns in Symes Hall vergnügen. Aber einer muss ja die Stallwache halten, nicht wahr?« Ich lehnte mich vor und schlug die Seiten ihres Terminbuchs auf. »Ich sehe, dass Sie heute Abend ein volles Haus haben werden. Lauter Kunden, Entschuldigung, Mitglieder, die dem Weihnachtshorror zu Hause entkommen wollen. Nun, Miss Sugar, Sie werden genug zu tun haben.«

Die Delle in Miss Sugars Wange vertiefte sich ein wenig.

»Keine Party, Summers. Es ist harte Arbeit. Und – oh, bevor Sie gehen – den Autoschlüssel, bitte.«

»Was?«

»Der MG. Miss Breeze braucht ihn. Es ist nämlich ihr Auto.«

»Das habe ich nicht gewusst. Ich dachte, er gehörte Sir Simeon, und er hätte ihn mir geliehen, u...«

»Sir Simeon fährt einen alten Rolls. Sie glauben doch nicht, dass er sich mit einem MG abgibt?«

Sugar händigte mir eine Eisenbahnfahrkarte aus. Ich beschloss, mich vom Verlust des kleinen Autos nicht unterkriegen zu lassen.

»Sie und ich, wir sollten uns nach meiner Rückkehr nach London zusammentun und Spaß miteinander haben, Sugar«, schlug ich vor. »Sie können ihn gut gebrauchen.«

Der Abend war schon hereingebrochen, als das Taxi mich vor Symes Hall absetzte. Die verschiedenen Reisen erinnerten mich an die Fahrten im Ausland. Bald würde ich genug Geld haben, um einmal um die Welt zu reisen. Zweimal sogar, wenn ich wollte.

Aber der Job im Club hatte schon lange nicht nur mit Geld zu tun. Ein Teil von mir wollte nicht, dass ich aufhörte. Ich hatte eine geschlossene Welt von Intrigen und Heimlichkeiten kennen gelernt, die sich hinter der Tünche der Anständigkeit abspielte, und, das Beste überhaupt, mir war es überlassen, die Weichen für neue Beziehungen zu stellen. Ich hatte Mimi seit fast einem Monat nicht mehr gesehen, und Sir Simeon kam auch nicht mehr vorbei, um mich zu beobachten.

Im Taxi hob ich meine Füße, um die Stiefel zu betrachten, wieder ein neues Paar, diesmal kniehoch in tiefem Purpurleder, das zu meinem Purpur-T-Shirt mit tiefem Ausschnitt und langen Ärmeln passte.

Ich schlug die Beine übereinander und erfreute mich am Rascheln der Seidenstrümpfe – so verschieden von meiner ersten Uniform, die aus Jeans und einer weiten Bluse bestanden hatte. Ich hatte gerade zu dösen begonnen, und aus irgendeinem Grund musste ich an Chrissie denken. Ich hatte ihr immer noch nicht den Nadelstreifenanzug zurückgebracht. Die Räder auf dem Kieselsteinweg holten mich in die Gegenwart zurück.

Symes Hall sah bezaubernd aus in der Nacht. Die gelbe Fassade wurde von Lichtbogen beleuchtet. In den Fenstern brannten Öllampen, als hätten wir uns in der Zeit zurückbewegt. Ich fühlte mich nervös, was ich schon seit Wochen nicht mehr kannte. Der Wind blies und pfiff und fuhr unter meinen Mantel, als der Taxifahrer meinen Koffer hinstellte und wegfuhr.

»Hierher, bitte, Miss Summers«, sagte eine Stimme. Der Butler, den ich kurz bei einem Treffen gesehen hatte, bei dem er die Drinks auf einem Tablett anbot, stand plötzlich an meiner Seite und führte mich ins Haus. Ich erwartete, dass meine Nerven sich beruhigten, als ich das Haus betrat; schließlich war ich schon mal hier gewesen, mit Merlin, dem Sohn des Hauses.

Aber im Dunkeln sah alles anders aus, und ich sah niemanden, den ich kannte, auch Merlin nicht. An den Wänden brannten Fackeln in Haltern aus Messing, wie wir sie auch im Club hatten. Meine hohen Absätze klackten über einen Flur im oberen Stockwerk.

Vor uns befand sich die Doppeltür zu Sir Simeons Gemach, aber der Butler ließ mich in einem anderen riesigen, kaum möblierten Zimmer allein. Es gab ein breites Bett aus Kirschbaumholz, geschwungen wie ein Boot und belegt mit gestapelten weißen Kissen, dazu eine Garderobe mit Spiegeln in den Türen, die fast eine Wand einnahmen, und dann noch ein paar Stühle, mit Gobelinstoff bezogen.

Es gab zwei Türen, die auf einen Balkon führten. Ich konnte nur die tief treibenden Wolken und einen vollen weißen Mond sehen. Im Kamin brannte ein Feuer, wie damals in Sir Simeons Schlafzimmer. Wenn ich mich schnell genug umdrehte, könnte ich vielleicht Merlin erwischen, der von hinten angeschlichen kam, bereit, mich zu packen und aufs Bett zu werfen. Er würde meine neue Persönlichkeit schälen wie eine Orange, bis alles, was von mir übrig blieb, meine zitternde weiße Gänsehaut war.

Aber diesmal würde er mich gar nicht erkennen. Ich war nicht der jungenhafte Stallknecht mit den struppigen Haaren, die von einem Netz gebändigt wurden, und mit schwarzem Schmutz unter den Fingernägeln. Jetzt betrachtete ich mich als Frau von Welt, eine Expertin darin, Männer zu verführen; angezogen mit Designer Kleidung und ausgestattet mit einer Börse mit hart verdientem Bargeld.

Ich hörte den Schrei einer Eule ganz in der Nähe und lief hastig zurück ins Zimmer, direkt in zwei weiche, willige Arme.

»Alles in Ordnung, Summers?«, fragte Mimi. Sie ließ mich los, um mich besser von oben bis unten betrachten zu können. Die Kerzen und Lampen an den Wänden warfen kein Licht ins Zimmer, und wir mussten spähen, um uns gegenseitig sehen zu können. »Sie scheinen nervös zu sein. Nach all dem Training und den langen Zügeln, die wir Ihnen in den letzten Wochen eingeräumt haben, erwartete ich, dass Sie sich eine innere Gelassenheit erworben hätten.«

»Training?«, fragte ich, nachdem ich meine Stimme gefunden hatte. »Welches Training? Ich wurde allein gelassen und ins kalte Wasser geworfen.«

»Ich weiß, dass es so aussah, aber glauben Sie mir, Summers, Sie haben keinen Schritt ohne mein Wissen getan.«

Ich drehte nervös an einem Ohrring. »Nun, wenn es Gelassenheit ist, die Sie vermissen, dann kann ich Ihnen sagen, dass ich davon eimerweise eingeworfen habe. Ich lerne schnell.«

Ich hob mein Kinn und schritt absichtlich langsam aufs Bett zu. Ich wollte ihr zeigen, dass ich mich wie ein Model auf dem Laufsteg bewegen konnte, wenn ich wollte. Miss Sugar hatte viel Zeit darauf verwendet, mir das überlegene Schreiten beizubringen; sie hatte mich im Büro auf und ab gescheucht, damit ich mein studentisches Schlurfen ablegte.

Mimi sah mich schweigend an, und ich setzte mich, nachdem ich den Mantel ausgezogen hatte. Ich schlug die bestrumpften Beine übereinander. Wieder musterte sie mich von oben bis unten, und dann konnte sie ihre Anerkennung nicht verhehlen. Sie sah mein Top, das sich eng an meine Figur schmiegte, die eleganten Stiefel und den Rock in honigfarbenem Tweed mit burgundroten Fäden.

»Jetzt bist du der wunderschöne Schwan geworden, nicht wahr, Suki?«, hauchte sie und kam auf mich zu. »Meine Instinkte irren sich nie, was einen Menschen angeht.«

Sie trug ein trägerloses Ballkleid, das an den Knien ausgestellt war wie ein Flamenco-Kleid. Es war aus einem Seidenstoff mit changierenden Fäden geschneidert, die in verschiedenen Schattierungen von Gold und Rot leuchteten. Diamanten glitzerten an ihrem Hals, in den Ohren und an den Fingern, und ihre Lippen sahen blutrot aus. Ihre Haare waren im Nacken locker zusammengefasst. Sie setzte sich zu mir aufs Bett. Die uralten Federn quietschten alarmierend unter unserem vereinten Gewicht, und darüber mussten wir schallend lachen. Das Eis war gebrochen.

»Ich muss dir für alles danken. Diese phantastischen Kleider, diese vielen Abenteuer«, sagte ich, und das meinte ich auch so. Ich freute mich, sie wiederzusehen. Trotz meiner neuen Selbstsicherheit musste ich noch herumtappen, um vielleicht mal so zu werden wie sie. Mimi war ein schönes Schiff, das zurück in den Hafen lief, und ich war einer der Schlepper.

»Du kannst mir danken dafür, dass ich dich entdeckt habe, wenn du willst, aber den Rest hast du ganz allein erreicht«, sagte sie und strich über mein Gesicht. »Ich habe detaillierte Berichte über deine Fortschritte von unserer Miss Sugar erhalten, nicht zu vergessen unsere dankbaren Mitglieder, die danach lechzen, mehr von dir zu sehen.«

Mein Gesicht wurde feuerrot.

»Wenn ich nicht Acht gebe«, fuhr sie fort und zog mich an der Schulter herum, damit ich sie ansehen konnte, »wird einer dich stehlen, und ich verliere die beste Haushälterin, die ich je gehabt habe. Ich warne dich, Summers: Ich werde es nicht dulden.«

»Ich gehe nirgendwohin«, versicherte ich ihr. »Noch nicht.«

Sie sah mich mit verengten Augen an. Ich wollte ihr klarmachen, dass ich kein Dienstmädchen war. Ich würde bleiben oder gehen, wie es mir gerade passte. Ich wich vor ihrem Blick nicht zurück, und ich genoss unsere körperliche Nähe.

»Diese Konferenz«, sagte sie und wurde plötzlich wieder geschäftlich. »Entschuldige, dass ich dich heute Abend herumkommandiere und dein Äußeres festlegen will. Du musst so schön und anonym sein wie möglich.«

Rasch malte sie meine Augen an, dann den Mund. Sie bestäubte mein Gesicht mit Puder, bis ich zu niesen anfing. Sie reichte mir ein langes Samtkleid im dunkelsten Meeresgrün sowie farblich abgestimmte Pantoffeln. Dann zündete sie sich eine Zigarette an. »Zieh dich an, Summers«, befahl sie. »Unten wartet man auf uns. Heute Abend posieren wir als Gäste. Es handelt sich um eine Parfummesse. Mr. Hall hat sie als Geschenk organisiert, oder sollte ich besser sagen: Als Entschuldigung für seine Geliebte.«

»Seltsames Geschenk.«

»Sie ist besessen von ihrer Arbeit, glaube ich, und seit seinen sexuellen Erlebnissen mit seiner schrecklichen Schwester lässt die Verlobte ihn nicht mehr ran. Deshalb hat er diese Verkaufsschau organisiert, um ihre Klienten zu beeindrucken und bei ihr ein paar Punkte zu sammeln.«

»Wird sie das schlucken und ihm vergeben?«

»Ich weiß nicht, ob sie schluckt.«

Ich krümmte mich vor Lachen.

»Sie beobachtet ihn wie ein Bussard, aber ihre Kunden, die aus Paris und London gekommen sind, versinken in Ehrfurcht vor diesem Haus, und das fällt natürlich auf sie zurück. Er will nicht, dass sie erfährt, wer wir sind, und erst recht nicht, dass wir etwas mit dem Club Crème zu tun haben. Sie weiß nicht einmal, dass er ein Mitglied ist. Sie soll glauben, dass er das alles ihr zuliebe auf die Beine gestellt hat.«

»Und wir zeigen uns von unserer besten Seite?«, fragte ich und zog ein Gesicht.

»Ja. Aber wer könnte schon einem bisschen Frivolität an einem solchen Ort widerstehen? Die Männer sind viele Meilen weit weg von zu Hause, sie haben viel Champagner getrunken, und sie können sich in vielen Zimmern verstecken ...«

»Auf Symes Hall kann alles Mögliche geschehen – bei dem geilen Hausherrn und seinem attraktiven jungen Sohn«, sagte ich verträumt und sah mich im schattigen Zimmer um. Dann wurde mir bewusst, was ich gesagt hatte. »Schon gut, Mimi. Ich weiß alles von dir und Merlin.«

»Das bezweifle ich sehr. Und es ist ein gefährliches Terrain,

Summers. Merlin ist heute Abend nicht eingeladen, wenn du deine Hoffnung darauf gesetzt hast«, sagte Mimi mit einer gepressten Stimme, in der eine Warnung mitschwang. Sie war wieder die Strenge und starrte mich an.

»Ich bin froh, dass er nicht kommt«, antwortete ich kühl. »Er bringt Ärger. Es ist gut, dass du dich für den Vater entschieden hast.«

Ich ging mit dem Kleid in eine Ecke des Zimmers und begann, mich aus meinen Sachen zu winden. In einem matten Spiegel konnte ich ihre Blicke auf mir sehen. Ihre Augen glitzerten. Mein eigenes Spiegelbild konnte ich nicht sehen. Sie hatte meine Augen mit einem rauchähnlichen Schatten umringt, und mit einem Kohlstift hatte sie die Augen verlängert. Als wäre ich eine Katze. Sie hatte meine Lippen so blutrot gemalt wie ihre eigenen. Mein Gesicht sah wie eine Maske aus. Mir gefiel es.

»In den letzten Monaten hast du dich bis zur Unkenntlichkeit verändert, Summers«, sagte Mimi. »Selbst als du am ersten Tag mit dem lächerlichen Kostüm und der Baskenmütze in unser Büro geschlendert bist, habe ich gedacht, dass du jemand bist, der gern lernen will, wie man es genießen kann, seinen eigenen Körper zu benutzen.«

»Und jetzt bist du verärgert, dass du Recht behalten hast?«, fragte ich, während mir sehr bewusst wurde, wie sie mich beim Ausziehen beobachtete. Ich zog den Bauch ein und hielt die Luft an. Ich hoffte, dass die Wäsche, die ich ausgesucht hatte, nahtlos war. Ein trägerloses Mieder in Magenta, das leicht wie eine Feder auf meinen Rippen haftete, während es meine Brüste wie eine Wiege aus kaum spürbarem Draht hob.

Ich ließ mir das Kleid über den Kopf fallen. Der Samt küsste meine kalte Haut, als er bis auf den Boden rauschte. Der grüne Samt brachte genau diese Farbe auch in meine

Augen. Der Ausschnitt begann und endete auf den Schultern, und dazwischen zog eine elegante Linie ins Tal meiner Brüste. Das Mieder passte ganz genau.

»Nein. Ich bin entzückt, dass ich Recht behalten habe«, widersprach Mimi. Sie blies einen Kreis aus Zigarettenrauch aus und erhob sich. »Ich sage nur, dass du nicht hart werden sollst. Bleibe bei dem, was du gut kannst, und vergiss nicht deinen Platz in der Welt. Du darfst nicht anfangen, dich irgendwo ungefragt einzumischen.«

Sie war verärgert über mich, aber sie konnte nicht von mir lassen. Sie rollte schnell meine Haare zu einem Knoten auf meinem Schädel auf und befestigte ihn mit mehreren Nadeln. Ich konnte ihren Atem auf meinem Gesicht spüren, als sie eine winzige samtene Kappe wie eine Krone auf meinen Kopf setzte. Von der Kappe fiel ein zierlicher Schleier aus Gaze, der die Hälfte meines Gesichts verdeckte. Ihr Moschusparfum schwängerte die Luft.

»Es sind die Kleider«, murmelte ich, erstaunt, dass ich so außer Atem war. »Es sind die Kleider, die mich zu der Person machen, die ich jetzt bin.«

»Stelle dein Licht nicht unter den Scheffel, Suki Summers«, erwiderte Mimi leise und presste ihre festen Lippen auf meinen Nacken. Da würde sich jetzt ihr Lippenstift abgedruckt haben. »Du hast das richtige Ding entdeckt und festgestellt, dass es nichts Besseres gibt, nicht wahr?«

Wir schwebten die Treppe hinunter und durchquerten die Halle bis zu den Doppeltüren, die sich zu dem Raum öffneten, den man zwar als Salon bezeichnen konnte, aber er war so groß wie ein Tanzsaal. An einer Wand knisterten die Holzscheite im Kamin, und hohe, breite und lange Sofas waren gemütlich im Raum verteilt. Er wurde hauptsächlich von massiven Kirchenkerzen beleuchtet. An zwei Seiten luden mit dicken Brokatvorhängen versehene Terrassentüren nach draußen ein. Der Raum war so hoch, dass man nicht sehen konnten, wo die Vorhänge endeten und die Decke begann.

Mimi hielt meinen Arm, damit ich in der Tür stehen blieb. Sie zupfte noch einmal kurz an der Samtkappe mit dem Schleier. Sie wusste, dass die Leute im Raum sich nach zwei, drei Herzschlägen nach uns umdrehen würden.

»Ein umwerfendes Duo sind wir, oder?« Ich legte meinen Arm um ihre Taille. Sie nickte und zog sich nicht von mir zurück. Die Menge wich auseinander, und ein Mann und eine Frau, beide in Schwarz gekleidet, schritten durch den Raum, um uns zu begrüßen. Der Mann sah untersetzt aus wie ein Rugbyspieler. Jez Hall. Aber es wurde noch schlimmer. Die Frau, die sich an seinem Arm festhielt und zu ihm aufsah, war ...

»Ich kann das nicht, Mimi«, zischte ich verzweifelt und wandte dem Paar meinen Rücken zu, als sie kurz von ein paar anderen Gästen aufgehalten wurden. »Ich kenne sie. Sie ist Chrissie, meine älteste Freundin.«

»Und Mr. Hall ist ihr dreister Verlobter«, zischte Mimi zurück, stieß mich nach vorn, dem Paar entgegen. »Jeremy. Wie freundlich von Ihnen, uns einzuladen. Und was für eine himmlische Kulisse.«

Ich schüttelte Mr. Halls Hand, als hätte ich ihn noch nie gesehen, und er weinte fast vor Dankbarkeit.

»Ich möchte Ihnen meine liebe Verlobte Chrissie vorstellen«, sagte er. »Die Veranstaltung ist eigentlich ihr Baby. Sie hat den ganzen Tag hart gearbeitet und schon einige Aufträge an Land gezogen, glaube ich. Und jetzt ist der Moment gekommen, festlich zu feiern.«

»Danke, Jeremy, dass du das alles in dieser wunderbaren Umgebung organisiert hast«, säuselte Chrissie, und dann, als erinnerte sie sich an ihr Benehmen, wandte sie sich uns zu, um uns die Hand zu geben. Aber vorher stieß sie einen Schrei aus.

»Suki! Was, zum Teufel, machst du denn hier?«

Ich musste mir schnell was einfallen lassen. »Lord Wieheißternoch«, sagte ich.

»Was?«

»Ach, du weißt von ihm. Ich habe bei ihm die Ställe ausgemistet, erinnerst du dich? Dies ist sein Landhaus. Er vermietet es ab und zu. Ich blieb in Verbindung mit ihm. Du weißt schon ... der einzige Job, bei dem ich nicht rausgeworfen wurde.«

»Oh, ja«, quietschte Chrissie gehorsam. »Lord Wieheißternoch.« Ich hätte sie knutschen können. Der Grund für meine Anwesenheit war so klar wie Kloßbrühe. Sie sah Mimi kritisch an, die immer noch Jeremys Hand hielt. »Und Sie sind ...?«

Mimi trat selbstbewusst vor, während ich versuchte, unauffällig die Hände zu wringen.

»Ich bin Sukis neue Freundin. Wir gehen überall zusammen hin, nicht wahr, Darling?«

Mimi streichelte über meine Wange, und Jeremy grinste. Chrissie blickte finster drein.

»Wie charmant«, sagte Jeremy. »Solche Mädchen gefallen mir – eh, sind unkompliziert.«

»Es ist Zeit, zu Tisch zu gehen«, warf Chrissie ein. Sie warf ihm einen bitterbösen Blick zu und versuchte, sich an meinen Arm zu hängen. »Was ist über dich gekommen?«, zischte sie in mein Ohr. »Was läuft hier ab?«

»Wir sind in ein paar Sekunden da, Chrissie«, trällerte Mimi. »Suki hat was im Auge. Aber bescheren Sie uns mit einem leckeren Tischnachbarn, ja? Am liebsten Ihren großartigen Verlobten. Wir könnten ihn in die Mitte nehmen.«

Chrissie bedachte Mimi mit einem kurzen Nicken, und ich

fühlte mich entsetzlich. Ich wollte ihr die Wahrheit sagen. Diese Ausreden und so einen durchtriebenen Verlobten hatte Chrissie nicht verdient.

Ich wollte auf ihre Fragen antworten, aber ein sehr junger Mann mit goldblonden Locken und Klippbrett trat an Chrissie heran, und sie setzte sofort ihr Arbeitsgesicht auf.

»Das war eine schnelle Reaktion, aber ich glaube nicht, dass Chrissie sie abgekauft hat«, sagte ich zu Mimi. »Was hast du eigentlich vor?«

»Deine liebe kleine Freundin muss wissen, was für einer er wirklich ist. Offenbar hat sie schon einen Verdacht, und es ist nicht nur die Schwester, die ihr Sorgen bereitet. Wenn du und ich loslegen, hat er keine Chance.«

Mimi machte sich an meinem Gesicht zu schaffen. Alle mussten an uns vorbei, aus dem Ballsaal durch die Halle in einen anderen gewaltigen Raum.

»Ich habe dir gesagt, dass sie meine älteste Freundin ist. Ich kann das nicht, Mimi, ganz egal, wie sehr sie sich wünscht, die Wahrheit zu wissen.«

»Erkläre das genauer, sonst bist du gefeuert«, sagte Mimi. Ich konnte nicht erkennen, ob sie das ernst meinte oder nicht, denn sie streichelte immer noch mein Gesicht.

»Ich habe ihren kostbaren Jeremy im Club gevögelt! Ich meine, ich wusste nicht, dass er es war, denn das weiß ich erst seit fünf Minuten. Trotzdem kann ich ihr nicht in die Augen sehen.«

Mimis Finger schob eine Haarsträhne unter die kleine Samtkappe. Sie schaute nach unten, und ich erkannte, dass sie versuchte, ein Lächeln zu unterdrücken. Mimis schwarze Augen tänzelten mit mir, und ich musste meine Hand über den Mund legen, denn ich fing an zu kichern. Wir mussten beide warten, bis unser Kichern vorüber war.

»Also gut«, sagte Mimi nach einem Moment. »In diesem

Fall muss ich wohl als Honigfalle einspringen. Dabei wollte ich deine Technik endlich mal aus nächster Nähe erleben. Okay, betrachte das als freie Lehrstunde und genieße die Schau.«

Wir brachen auf in Richtung Esszimmer.

»Und was mache ich?«

»Nun, das ist dir überlassen, Darling«, sagte Mimi. Oder du kannst Mimi Breeze in Aktion erleben und lernen.«

Es war eine Stunde später, als Mimi mir die Zunge rausstreckte, kurz bevor sie sich auf Jeremys Gesicht setzte. Ich fragte mich, wie viel von der Schau für mich gedacht war und wie viel für ihn. Während des Essens hatte ich nicht entspannen können, weil ich befürchtete, dass Chrissie etwas bemerken würde. Oder sie erfuhr, dass ich Jeremy Hall kannte. Ich wollte ihr alles sagen.

Aber womit ich auf dieser so bedeutenden Verkaufsmesse nicht gerechnet hatte, war das Wiedersehen mit der alten Chrissie, dem Smithson Sandwich, das unter dem blauen Lidschatten hervorkam. Vielleicht war es meine Anwesenheit, die sie ermutigte, oder es lag daran, dass alle sich ein bisschen freizügiger gaben – jedenfalls hörte ich auf, mich zu sorgen. Als die Hemmungen fielen wie die Herbstblätter, dachte ich, dass meine Erklärungen noch ein wenig warten konnten.

Mimi hatte mich während des Essens ignoriert und den Fokus auf Jeremy gerichtet. Ich hatte nichts dagegen. Ein kleiner Mann, der auf meiner anderen Seite saß und wie Hercule Poirot aussah, starrte auf meinen Ausschnitt.

»Ich bin Jacques«, sagte er mir mit deutlichem französischen Akzent. »Wir sind die größten Pariser Parfumlieferanten für unsere liebliche Chrissie.«

Noch mehr von diesem Akzent, und ich würde meine Anonymität aufgeben müssen, weil ich laut lachen würde.

Dabei wollte ich doch die neue Suki Summers sein, wissend und erfahren. Ich lehnte mich vor, und meinen Arm legte ich über seinen Stuhlrücken. Aus den Augenwinkeln nahm ich Mimis großen roten Mund wahr, der sich unentwegt bewegte und wahrscheinlich Erotisches und Sinnliches einsetzte, um die Verführung vorzubereiten. Jeremys Lippen öffneten sich; in den Mundwinkeln hatte sich Speichel gesammelt. Ich sah, wie seine Zähne aufeinanderschlugen, als Mimis braune Finger sich zu seinem Schoß stahlen und den Reißverschluss öffneten.

Gelegentlich fing ich ihren Blick im Kerzenlicht auf, dann schaute ich mich um, ob Chrissie etwas bemerkt hatte, aber Chrissie flirtete bereits ausgiebig mit dem goldblonden Jungen und seinem Freund, der auf ihrer anderen Seite saß. Ich wusste, dass sie raffiniert flirten konnte, aber sie hatte noch einen langen Weg vor sich, wenn sie Mimi einholen wollte.

Ich lächelte süß, als der Poirot-Doppelgänger anfing, über meinen samtenen Schenkel zu streicheln. Er lehnte sich mir hungrig entgegen, sodass seine Nase auf einer Höhe mit meinen knapp bedeckten Nippeln lag. Ein oder zwei Männer verrenkten ihre Hälse, um festzustellen, was es denn an unserem Tischende zu sehen gab. Ich wollte Mimi beobachten, aber jetzt wurde ich abgelenkt.

Mein Nachbar hob sein Glas, aber noch bevor er es zum Mund führen konnte, kippte es seitlich weg. Der Weißwein flog durch die Luft, direkt auf mich zu, und ich stieß einen lauten Schrei aus und spürte tatsächlich ein paar Tropfen auf der Zunge. Andere Tropfen des kalten Weins schafften es bis in den Ausschnitt. Der kleine Mann faltete seine Serviette auseinander und begann, den Ausschnitt abzutupfen, wobei er die Nase zwischen meine Brüste steckte. Es kitzelte, als er die Serviette unter das Mieder schob und hin und her rieb. Meine Nippel richteten sich auf.

Er sah mich lächeln und gestattete seiner anderen Hand unter der Deckung meiner Serviette zu meinem Schenkel zu kriechen. Er versuchte, das Samtkleid anzuheben, um an mein Delta zu gelangen. Sein eifriges Herumtasten begann mich zu erregen. Ich war überempfindlich für jede Berührung, stellte ich fest, ganz egal, wer mich berührte. Ich konnte vielleicht etwas Sensationelles erleben, deshalb nahm ich meine Beine nur ein bisschen auseinander, damit er das Kleid weiter hochschieben konnte. Ich ließ ihn in den warmen Busch stolpern und die geheime Spalte entdecken. In meinem Kopf rauschte es. Für ihn schloss es diesen Tag erfolgreich ab, wenn ich mich von ihm fingern ließ.

Ich hielt den Blick gesenkt, was mir half, zu Mimi zu blinzeln. Das weiße Tischtuch unter Jeremys Platz zuckte auf und ab, während sie ihn massierte. Er starrte sie hilflos an und biss sich auf die Lippen, um einen Lustschrei zu ersticken. Selbst Jacques hielt einmal kurz inne, meine Pussy weiter zu erforschen, als er begriff, was mit dem Gastgeber geschah, und dann sahen wir alle schweigend zu, bis es ein letztes Zucken des Tischtuchs gab. Jeremy sank auf seinen Stuhl zurück, und Mimi neigte den Kopf und leckte den Rest eines cremigen Desserts vom Löffel ab.

»Und jetzt tanzen wir alle!«, rief Chrissie und klatschte in die Hände, denn die Gespräche waren fast an jedem Tisch abgebrochen. Mein Nachbar zog seine Hand heraus; er ließ meine Pussy warm und mit enttäuschter Erwartung zurück. Das Essen war vorbei. Ich sah in unschuldige Gesichter, als ob nichts geschehen wäre, und alle schlenderten zurück in den Salon. Einige bärtige Kellner glitten aus den Schatten und boten Champagner und Liköre auf Silbertabletts an.

Chrissie und Mimi liefen hinüber zu der riesigen Musikanlage und kicherten zusammen, als sie die CDs durchsahen. Ich spürte Eifersucht. Himmel, das waren *meine* Freundinnen.

Ich nahm eine Flöte Champagner vom Tablett und schaute zu, als Jeremy hinüber zu ihnen ging. In diesem Moment setzte spanische Gitarrenmusik ein. Mimi schnipste sofort mit den Fingern und hob die Hände über den Kopf. Jeremy umfasste ihre Taille und zog sie quer durch den Raum. Sie hob den Saum ihres Kleids und begann es in einem wilden Flamenco-Tanz zu schwenken.

Chrissies kleines Gesicht verzog sich voller Wut. Sie sah ihnen zu, die Hände auf die Hüften gestemmt und auf ihren pinkfarbenen Lippen kauend. Ich konnte es nicht ertragen, sie so zu sehen. Ich wollte gerade zu meiner alten Freundin laufen, als wie auf ein geheimes Zeichen mein französischer Tischnachbar vor mir auftauchte, während der junge Mann, der neben Chrissie gesessen hatte, jetzt ihre Hand küsste und sie zu einem energischen Rock and Roll auf die Tanzfläche führte.

Als sie an Mimi und Jeremy vorbeischwirrten, hörte ich Chrissie rufen: »Ich habe mir den bestaussehenden *toyboy* der ganzen Parfumbranche unter den Nagel gerissen.« Jetzt war es an Jeremy, wütend zu schauen. Mimi begann um ihn herum zu kreisen und zu johlen, je lauter und wilder die Musik wurde, und bald wurden die beiden Paare durch ihre konkurrierenden Tanzshows getrennt.

Der *toyboy* sah mit seinen blonden Locken und hellen blauen Augen fast wie Chrissie aus. Ich fragte mich, ob ihr das bewusst war. Was auch immer sie sah – ihr gefiel es anscheinend, denn sie streichelte mit den Händen an seinen Seiten entlang, während sie tanzten, und nach einem flüchtigen Blick auf Jeremy kopierte der Junge sie. Chrissies schwarzes Kleid war kurz, im Gegensatz zu den meisten Kleidern an diesem Abend, und wenn sie sich bewegte, taten sich im Stoff Schlitze auf, und nach einigen Drehungen konnte man sehen, dass sie keinen Slip trug.

Jacques konnte sie auch nicht aus den Augen lassen. Er steuerte mich während eines ruhigen Walzers in die Nähe von Chrissie, murmelte, dass er die Gastgeberin sprechen wollte, dann ließ er mich stehen und tanzte mit ihr und dem *toy boy.* Mehr erleichtert als beleidigt zog ich mich zurück. Chrissie war viel zu sehr in Anspruch genommen, um mich zu bemerken. Beim Tanzen öffnete und schloss sie die Knie, und sie schlang sich an dem Blonden hoch, als wäre er eine Stange.

Jacques ging auf ihre Rückseite und legte seine schmalen Hände auf ihre zirkulierenden Hüften. Er führte sie. Er hatte die richtige Höhe, um seinen Schoß zwischen ihre Backen zu pressen. Ich sah, wie sie zuckte und dann über die Schulter schaute, dann stieß sie ihm ihren Po noch mehr entgegen. Sie fühlte sich wohl zwischen den beiden Männern und rieb schon mal den Schoß des Blonden.

Mimi und Jeremy tanzten jetzt in der hinteren Ecke des Ballsaals. Es war nicht einfach, sie dort im Schein einer Kerze zu sehen. Ihr Flamenco hatte an Fahrt verloren; sie umkreisten sich jetzt wie Kombattanten, eine Handbreit auseinander. Mimi hatte ihr Kleid hochgezogen, es bedeckte gerade noch Schamgegend und Backen.

Jeremy leckte sich die Lippen. Es juckte in seinen Händen, sie anzufassen. Sie wich ihm aus, drehte sich immer wieder aus seiner Reichweite, bis er sie derb packte und seine großen Hände in das weiche Fleisch ihrer Oberschenkel trieb. Er hob sie hoch, als wäre sie leicht wie eine Feder. Aber er hatte nicht mit ihrer Entschlossenheit gerechnet. Selbst im flackernden Kerzenschein konnte ich sehen, wie sich Mimis Gesicht verhärtete, als er versuchte, Kontrolle zu übernehmen. Sie begann sich zu wehren, und dann sah sie mich fast am anderen Ende des Saals. Unsere Blicke trafen sich. Ich hielt die Luft an.

Mimi hörte auf, sich in Jeremys Griff zu sträuben, sie ließ sich schlaff hängen, und er stellte sie wieder auf die Füße. Sie belohnte ihn, indem sie ihre Hände auf seine Schultern legte. Er dachte offenbar, dass sie ihn küssen wollte, denn er schloss die Augen. Aber sie schaute zu mir. Sie blinzelte mir zu und fuhr mit der Zunge über ihre Unterlippe; eine Geste, die so sinnlich war, dass ich fast ihre warmen, nassen Lippen auf meinen spüren konnte. Ich musste mich am Rücken eines Sofas festhalten.

Sie drückte Jeremy nach unten, bis er auf den Knien lag. Sie zog ihr Kleid hoch und zeigte ihm ihren schwarzen Busch. Sie spreizte die Beine und presste ihr Dreieck gegen sein Gesicht. Ich keuchte, aber sonst schien niemand etwas zu bemerken. Einer der Kellner hielt sich nah bei mir auf. Ich dachte, er hätte was zu mir gesagt, aber ich konnte den Blick nicht von Mimi wenden. Ich sah Jeremys Zunge, die zu lecken begann, und seine Finger schoben die Labien beiseite, um an die Frucht im Innern zu gelangen.

»Glauben Sie, dass *madame la hostess* was davon weiß?«, fragte eine Stimme neben mir. Der Kellner stand noch da, wahrscheinlich wiederholte er nur das, was er schon mal gesagt hatte. Ich sah ihn nicht an, aber ich zog die Stirn kraus, als hätte er mich geweckt.

Der Kellner stieß mich an und zeigte mit ausgestrecktem Arm auf eine Szene, die er wohl für wichtig hielt. Ich riss mich von Mimi los. Auf der anderen Seite des Saals warf sich Chrissie von einem Mann zum anderen. Sie rieb sich selbst und abwechselnd die Beulen der Männer. Sie war nicht daran interessiert, mehr von den Männern einzufordern.

Die Männer schwitzten. Der Junge schluckte hart, als Chrissie ihre Hüften gegen ihn stieß. Jacques war gefasster und lächelte vor sich hin, während er Chrissies Frivolitäten verfolgte. Ich warf einen Blick auf seine Hose und sah dort eine gewaltige Ausbuchtung – und seine Hand, die sich unruhig bewegte. Chrissie stellte sich gespreizt hin und schlang ein Bein um den jungen Mann. Sie rieb sich an ihm und ging an ihm rauf und runter.

Im Saal entstand eine seltsame Stille. Plötzlich bog Chrissie sich von dem Jungen weg, und ich konnte sehen, wie ihr Körper geschüttelt wurde. Der Orgasmus überwältigte sie. Der Junge starrte sie an, als sie rückwärts stolperte; er war viel zu benommen, um Chrissie zur Hilfe zu eilen. Zum Glück konnte Jacques sie auffangen. Er war viel kräftiger, als man vermuten konnte, und nun trug er sie auf eines der breiten Sofas. Chrissie landete auf dem Rücken, und ihre Glieder zuckten.

Der kleine Mann verlor keine Zeit. Er stieg zwischen Chrissies Schenkel, zog ein paar Kissen unter sie, bis sie in einer einladenden Position dalag. Erst jetzt zog er den Reißverschluss seiner schwarzen Hose auf.

»Sind Sie nicht müde, immer nur zuzuschauen?«, murmelte der Kellner in mein Ohr.

»Ich sehe schon zu, dass ich einen fairen Anteil an den Aktionen erhalte«, antwortete ich und schaute auf die Dinge, die sich im Saal abspielten. »Manchmal ist es sehr erregend, den anderen zuzusehen.«

Drüben in der Ecke hielt Mimi ihr Opfer Jeremy in der knienden Position auf dem Boden, den Kopf in den Nacken gelegt, Lippen und Zunge zwischen Labien und Klitoris. Ich sah immer wieder mal seine nasse Zunge, wenn er die Labien entlangstrich. Plötzlich konnte sie es nicht länger ertragen; sie hämmerte mit den Fäusten auf seinen Rücken, bis sie zur Seite sackte – fast so wie Chrissie eben. In diesem Fall war es Jeremy, der sie in letzter Sekunde vor einem Sturz bewahrte.

»Er sieht so aus, als glaubte er, es ihr ultimativ besorgen zu können«, murmelte der Kellner, als Jeremy die zusammengebrochene Mimi in die Schatten trug. »Aber wie kannst du eine Frau beeindrucken, die die Besten schon gehabt hat?«

Jacques, der kleine Mann, der sein Dinnerjackett immer noch zugeknöpft hatte, trieb es mit der Gastgeberin. Er hatte Augen und Mund geschlossen, während ihre Arme und Beine schlenderten wie die Tentakel eines Polypen. Ihre blonden Locken schwangen auf den Kissen hin und her.

Der Kellner stand nicht mehr da, aber er hatte sein Silbertablett zurückgelassen. Ich verhalf mir zu einem vollen Glas und leerte es. Die Musik schien gedämpfter zu klingen; umso lauter drangen die Geräusche an mein Ohr, die auf sexuelle Genüsse deuteten. Es gab eine Fülle von verwegenen Kombinationen auf dem Boden, auf den Sofas und auch auf den Tischen. Ich empfand eine unwirkliche Mischung aus geilem Verlangen und einer dumpfen Leere.

Ich war mit meinen Gedanken ganz woanders, als mich plötzlich jemand von hinten anstieß und in einen dunklen Alkoven schob. Hohe Vorhänge boten Schutz vor neugierigen Blicken. Stolpernd fiel ich vorwärts, mit den Knien auf den Fenstersitz. Ich stützte mich mit den Händen an der Fensterscheibe ab. Draußen sah ich die geschwungene Auffahrt, von flackernden Fackeln beleuchtet. Der Mond warf geheimnisvolle Baumschatten in die Dunkelheit.

»Es wird niemandem auffallen, dass wir verschwunden sind«, sagte die Person, die mich entführt hatte. Die schweren Vorhänge umschlossen uns nach vorn. Das Lachen und das Quietschen der anderen Gäste waren hier nur schwach zu hören.

»Sollten Sie nicht die nächste Lage von Drinks anbieten?«, fragte ich, als starke Arme mich einfingen und eine warme Zunge mein Ohrläppchen küsste.

»Dann werde ich eben gefeuert«, sagte er und lachte leise.

Er blies gegen meinen Nacken. »Aber ich habe dann das geilste Weib des Abends gevögelt.«

Ich versuchte, mich umzudrehen, um ihn zu sehen, aber ich konnte nur mein Gleichgewicht halten. Die warmen Hände des Kellners streichelten meine nackten Schultern und den Beginn des Rückgrats. Ich gab auf und schaute wieder zum Fenster. Die Wirkung seiner Berührung auf meiner Haut war wie eine Hypnose. Seine Hände ruhten jetzt in der Taille, und ich legte meine Hände auf seine Hüften. Dann entstand eine Pause, als warteten wir auf den nächsten Tanzschritt.

Sehr subtil, sodass ich mich konzentrieren musste, um sicher zu sein, dass es wirklich geschah, presste er seinen Schritt gegen mich und bewegte sich von einer Seite zur anderen, als wollte er meine Pobacken trennen. Dann hielt er inne und setzte nur noch seine Hände ein, die über mein Samtkleid bis zu den Brüsten strichen. Ich starrte auf unser Bild im Fenster. Meine Augen waren groß und dunkel, vom Schleier immer noch halb verborgen. Er war nur ein Schatten hinter mir, und im schwachen Licht konnte ich die Farbe seiner Augen nicht erkennen.

Er lehnte sich über meine Schulter, und wir schauten gemeinsam zu, wie seine Finger auf der Suche nach meinen Brüsten in den Kleidausschnitt glitten. Ich hielt den Atem an, als er eine Brust aus dem Mieder holte. In der kühlen Luft schrumpfte mein Fleisch, und die rosigen Nippel wurden hart.

»Saftig wie immer«, raunte er und massierte den sanften Hügel, während er den Nippel mit Daumen und Zeigefinger zwickte. Ich konnte nicht atmen und ihn erst recht nicht fragen, wovon er redete. Mir vergingen die Fragen, als er die andere Brust aus dem Kleid holte. Er knetete sie jetzt gleichzeitig und so rau, dass ich mich an ihm zu reiben begann. Als ich meine nackten Brüste im Fenster sah, durchfuhr mich ein neuer Schock der Erregung, und ich schmiegte mich gegen seine kosenden Hände.

Meine Nippel wurden immer härter. Ich spürte den dicken Schaft, der sich zwischen meinen Pobacken versteifte. Meine Beine schwankten immer mehr. Seine Finger drückten und zwickten meine Nippel, während er seine Hüften härter gegen meinen Po presste.

Ich langte hinter mich und fühlte die Beule in der engen Kellnerhose. Ich rieb gegen die lüsterne Form, aber er beugte mich nach vorn, sodass ich meine Hände brauchte, um das Gleichgewicht zu halten. Ich konnte ihn jetzt nicht mehr berühren, aber ich konnte meine wackelnden Knie stabilisieren. Ich war nass vor Erregung, und ich konnte nichts anderes tun, um meinem Liebhaber aus dem Schatten zuzusehen, wie er meine Brüste freigab. Ich stand so weit nach vorn gebückt da, dass sie gegen das Kissen auf der Sitzbank drückten. Er schob mein Kleid hoch bis zur Taille, und meine Beine zitterten noch mehr.

»Es ist, als packte man ein köstliches Paket aus«, murmelte er an meinem Ohr. Bisher hatte ich ihn nur leise sprechen gehört. »Wissen deine Arbeitgeber eigentlich, wie gut du bist?«

»Wer bist du?«, fragte ich. »Woher weißt du, wer mein Arbeitgeber ist?«

»Nun, ich würde schätzen, dass du dich schon mit einem von ihnen verlustiert hast. Mimi, nicht wahr? Sie ist das ganze Jahr über heiß.«

Er zog mir den Slip die Beine hinunter und umfing meinen feuchten Busch mit einer Hand. Ein Finger fand den Weg in die nasse Spalte, und als er die geschwollenen Labien zu umkreisen begann, stöhnte ich lauter.

»Ich will nicht, dass du so über sie redest.«

»Aber du streitest es nicht ab.«

Zwei Finger glitten in mich hinein. Mein Atem blies Wolken auf die kalte Fensterscheibe, und er hielt mich auf seinen Fingern gepfählt, während er seine Hose mit der freien Hand öffnete. Ich versuchte, ein Knie hochzubringen, damit ich die Balance halten konnte, aber er schob mich weiter nach vorn, und ich fiel auf alle viere. Ich schwenkte meinen Po vor seinem Gesicht hin und her.

Mein benebeltes Gehirn fragte sich, ob uns niemand vermisste. Mimi vielleicht oder der Butler auf der Suche nach seinem Personal. Jetzt konnte alles nur noch schlimmer werden, wenn jemand den Vorhang aufzog, damit mehr frische Luft ins Haus kommen konnte.

Meine Gedanken wurden erstickt vom strammen, stumpfen Kopf des Kellnerstabs, der sich von hinten den Öffnungen näherte, und dann fühlte es sich so an, als würde er sich für die hintere entscheiden. Mein Gesicht wurde aufs Kissen gedrückt. Ich langte zwischen meine Beine und griff nach seinen weichen Bällen, während der Schaft in mein Fleisch stieß.

Seine Finger gruben noch in meiner Furche, und sein Schaft stieß in die Kerbe, als wollte er die Öffnung ausloten, die er für geeignet hielt. Ich war fast schon am Ziel, stimuliert von allem, was ich bisher gesehen hatte, erregt von diesem Unbekannten und von der ständigen Bedrohung, hier hinter dem Vorhang entdeckt zu werden.

Der dicke Muskel fand endlich sein Ziel und stieß blind gegen die geschwollenen Lippen. Ich warf mich ihm gierig entgegen. Seine Finger blieben, wo sie waren, wurden dann aber vom dickeren Eindringling an die Seite gedrückt. Sie stießen gegen meine Klitoris.

Ich gab auf, ihn erkennen zu wollen, denn dadurch wurde ich von meinem Orgasmus abgelenkt. Ich hätte ihn mehr beachten sollen, als er neben mir stand oder vorher, als er die Getränke gebracht hatte. Ich konnte mich nur an ein dunkles Gesicht mit einem Piratenbart erinnern. Aber was kümmerte mich sein Gesicht? Er steckte jetzt in mir.

Dann fing mein Auge etwas in der Glasscheibe auf. Eine Bewegung. Es war nicht er, und es war nicht ich. Also musste es draußen sein. Jemand, der ins Fenster schaute. Es waren sogar zwei Menschen. Im Mondlicht konnte ich ihre Gesichter sehen, höchstens eine Handbreit von meinem Gesicht entfernt.

»Hör auf!!«, quiekte ich. »Schau mal!«

Die beiden schmächtigen Jungs arbeiteten wahrscheinlich in den Ställen. Sie trugen dicke Jacken und zitterten in der kalten Nachtluft. Aber sie blieben auf ihren Spannerposten und fanden heraus, was die vornehmen Leute in der Hall machten.

»Aufhören?«, murmelte er. Er stieß absichtlich langsam in mich hinein und drückte mich näher an die Scheibe heran. »Du machst Witze!«

Ich fragte mich, ob der Kellner unsere Zuschauer überhaupt sehen konnte. Falls ja, dann schien ihn diese Tatsache nicht zu stören. Er änderte seinen Rhythmus nicht. Ich wollte auch nicht, dass er irgendwas änderte, denn die Umstände unserer Begegnung erhöhten noch den Reiz.

»Die Jungen da draußen, sie können uns sehen«, keuchte ich.

»Dann sollten wir ihnen eine gute Show bieten, die sie nie vergessen werden«, sagte er.

Der Kellner stieß tiefer hinein, und er erhöhte auch das Tempo. Ich glitt an ihm hinab, bis ich nicht mehr weiter kam. Er zog sich zurück und hielt meine Hüften fest, um mich zu einer Pause zu zwingen.

»Suki Summers«, murmelte er, als er kurz vor dem Ziel

stand. Ich hätte gern gewusst, woher er meinen Namen kannte, aber ich wollte den Moment nicht verlieren. Er murmelte noch etwas, aber das konnte ich nicht verstehen. Er zog die Nadeln heraus, mit denen Mimi meine Haare befestigt hatte, und strich es über meine Schultern. Er streichelte es eine Weile, strich es auf dem Rücken glatt. Fast so, als wäre ich ein Pferd, dem man die Mähne bürstet. Ganz schwach meldete sich eine Erinnerung. Ich wollte meinen Kopf zwingen, mir bei der Identifizierung zu helfen, aber dann begann er mit zügigen kräftigen Stößen, die mich mit ihrer Wucht von den Knien holten.

»Woher kennst du meinen Namen?«

»Mit Namen ist es höflicher, findest du nicht auch? Konzentriere dich jetzt auf die Jungs da draußen. Sie frieren, und an dir können sie sich erwärmen.«

Es dauerte nicht mehr lange. Sein ungeduldiges Stoßen brachte ihn zuerst ins Ziel, und durch seinen Orgasmus kam es mir nur wenige Sekunden später. Ob die Jungs etwas gesehen hatten, konnte ich nicht sagen, aber wir hörten sie kurz darauf weglaufen. Ich brachte meine Kleidung in Ordnung, und der Kellner zog den Vorhang zurück. Jetzt hörten wir den Lärm aus dem Ballsaal wieder ungefiltert. Ich drehte mich um und wollte dem Kellner ins Gesicht sehen.

Aber er war nicht mehr da. Ich sprang auf die Füße und lief ihm hinterher, aber er war nirgendwo zu sehen. Die Musik spielte wieder. Ich war zu verwirrt, um Mimi und Chrissie aus den vielen Gesichtern zu erkennen, und ich wollte auch mit niemandem sprechen. Ich rannte aus dem Saal.

Das Silbertablett lag noch auf dem Tisch, und nur ein Glas stand darauf. Ich nahm es an mich und wollte es mit auf mein Zimmer nehmen. Dann sah ich daneben einen winzigen Ohrring in der Form eines Pferdekopfs.

Vierzehntes Kapitel

Die Kälte des Morgengrauens beendete endgültig meine Versuche, Schlaf zu finden, und so stand ich auf. Die ganze Nacht hatte ich Gelächter und Musik gehört, und alles hörte sich nach vielfachen Echos an. Jemand hatte sich mehrfach an meiner Tür versucht, aber ich hatte sie abgeschlossen. Es war ungewöhnlich für mich, bei einer Party am Rand zu bleiben, aber gestern Abend wollte ich nicht mittendrin sein. In den paar rudimentären Träumen konnte ich nur das undeutliche Gesicht des Kellners sehen und seine Augen, die im Fenster glitzerten, als wir es zusammen trieben.

Ich zog die Sachen an, in denen ich gestern angekommen war, und ließ das grüne Samtkleid auf dem Bett. Ich nahm die Tasche und ging hinunter. The Hall schien noch im tiefsten Schlaf zu liegen. Auf der Treppe und im Empfangsbereich lagen Schuhe, Schals und auch ein paar Höschen herum. Mir fiel ein, dass mein Magentahöschen wahrscheinlich noch im Alkoven lag, aber obwohl ich hinter jedem Fenstervorhang nachschaute, fand ich es nicht.

Die frühe Morgenluft war sehr frostig. Ich zog meinen Kamelhaarmantel enger um mich herum. Ich hatte keine Ahnung, wie ich nach Hause kam, aber ich wollte jetzt sofort weg. Die Betrügereien des gestrigen Abends waren mir auf den Magen geschlagen. Chrissie war meine älteste Freundin, und ich hatte mich mit ihrem Verlobten eingelassen.

Ich wollte mit ihr sprechen, aber ich wusste nicht, was ich sagen sollte. Wie konnte ich mich herausreden, dass ich durch meinen neuen Job zu einer Frau geworden war, die ihrer Freundin sogar den Verlobten stahl?

Auch mit Mimi wollte ich reden. Aber ich wollte nicht, dass sie in mein Zimmer stürmte und mich dabei erwischte, wie ich mich verdrückte.

Es gab nur eine Person, die ich jetzt sehen wollte. Ich hielt den silbernen Ohrring in meiner Tasche, strich mit dem Finger darüber und ging hinüber zu den Ställen. Sobald ich den warmen Geruch von Fell und Stroh wahrnahm, der über den Hof waberte und mich begrüßte, fühle ich mich besser. Ich hörte gedämpftes Lachen. Ich erwartete, Merlin zu sehen, und errötete.

Aber es waren die beiden Jungen, die gestern Abend durchs Fenster geschaut hatten. Sie hatten sich alles ansehen können, nur ein paar Zentimeter vom Geschehen entfernt, getrennt durch eine Glasscheibe. Meine Wangen brannten noch stärker.

Die beiden Jungen schlurften über das Kopfsteinpflaster, dann blieben sie stehen, stützten sich auf ihre Mistgabeln und gähnten. Sie sahen mich und stießen sich an. Ich wurde knallrot. Sie sahen mich von oben bis unten an, auch wenn sie heute nicht viel von mir sehen konnten. Aber sie hatten die Augen eines schmutzigen alten Mannes in ihren jungen Gesichtern. Ich hatte das Gefühl, dass sie mich auszogen.

Ich ging so gelassen, wie es mir möglich war, zum nächstgelegenen Stall. Ich streichelte das lange Gesicht des großen Braunen mit der Blesse bis hinunter zu den Nüstern. Ich wollte, dass Merlin kam, dass er mich von hinten packte, wie er es gestern Abend getan hatte, als Kellner verkleidet. Ich wollte ihn fragen, was ich als Nächstes tun sollte. Er war gewöhnlich der Außenstehende, der hineinschaute, und wenn ich an all die betrunkenen, schlafenden Gäste dachte, fragte ich mich, ob ich vielleicht auch nicht dazugehörte.

Als ich Chrissie gestern Abend gesehen hatte, wurde ich daran erinnert, wer ich eigentlich hatte sein sollen. Der Wildfang mit der zerrissenen Jeans – nicht diese Sexsirene, die Männer verrückt macht.

Aber ich genoss es, die Sexsirene zu sein. Ich liebte es. Ich wusste nicht, ob ich noch einmal umkehren konnte und wieder vernünftig wurde, selbst für Chrissie nicht.

Ich atmete die vertrauten Gerüche ein, und mein Herz schlug schneller. Das geschah immer, wenn ich das hinterfragte, was ich gerade tat. Das Pferd warf den Kopf zurück, ungeduldig mit mir, weil ich keinen Hafer und keinen Würfelzucker hatte. Ich musste mich an der Stalltür festhalten und kam mir naiv vor. In einiger Entfernung konnte ich Pferdehufe hören, halb Trab, halb Galopp. Ich änderte meine Meinung. Ich wollte nicht, dass Merlin mich hier fand. Auf ihn warten wie ein liebeskrankes Schulmädchen. Es war Zeit zu gehen.

Meine Absätze klackten laut auf dem Kopfsteinpflaster, als ich über den Hof zurückging. Die Jungen standen immer noch gähnend da. Ganz in der Nähe stand ein Pferdetransporter. Ich hörte die Hufe näher kommen, und dann sahen wir auch das Pferd. Der Reiter saß wie ein Cowboy auf dem Pferd. Mein Herz begann wieder zu rasen, als ich den Reiter erkannte. Er lenkte sein Pferd direkt auf uns zu.

»Scheiße, jetzt haben wir den Ärger«, knurrte einer der Jungen.

Der Reiter sah uns fragend an. »Ich habe sie gebeten, mich zum Bahnhof zu bringen, Sir Simeon«, sagte ich.

»Nun, dann tauschen wir. Ihr Jungs nehmt das Pferd, und ich nehme das Mädchen«, sagte Sir Simeon und stieg steif aus dem Sattel.

»Können Sie mich denn zum Bahnhof bringen?«, fragte ich.

»Ganz sicher nicht. Jetzt ist Frühstückszeit.«

»Wenn Sie nichts dagegen haben, ich möchte zurück nach London. Ich habe gestern Abend einen riesigen Schrecken erlebt. Mr. Hall, musste ich erfahren, ist der Verlobte meiner ältesten Freundin Chrissie. Sie weiß, dass ich im Club arbeitete, aber sie weiß natürlich nicht, was da so alles abläuft, und sie weiß erst recht nicht, dass ihr Verlobter bei uns Mitglied ist.«

Sir Simeons Lachen kam tief aus seiner Brust. »Ich bin im Bilde über die Ignoranz der armen Frau. Aber inzwischen weiß sie über alles Bescheid, das kannst du mir glauben. Wenn es ihr nicht gefällt, ist das ihre Sache, und du hast nichts damit zu tun. Man kann Höllenhunde wie Jeremy Hall nicht zu einem keuschen Zeitgenossen machen. Wir sind für unsere Mitglieder da, wenn sie nicht zu Hause sind. Dann verwöhnen und verhätscheln wir sie. Aber das weißt du ja selbst.«

»Ich will nicht, dass Sie ein falschen Bild von mir erhalten, Sir Simeon«, sagte ich. »Ich bin sehr gern im Club, und ich liebe die Dinge, die ich dort tun kann ...« Ich geriet ins Stottern, weil ich mich erinnerte, dass er mich an meinem ersten Abend in der Bar rangenommen hatte. »Aber ich bin nie davon ausgegangen, dass dies ein Job auf Dauer ist, und gestern Abend hätte er mich fast in ernste Schwierigkeiten gebracht. Chrissie wird nie mehr mit mir reden, wenn sie das erfährt.«

»Lass mich mal sagen, junge Lady, dass du wie gemacht bist für diesen Job, und du hast gerade erst begonnen. Alle Mitglieder lieben dich. Und wir hatten noch nie so viele Anträge, als Mitglied aufgenommen zu werden. Du kannst dir wegen einer alten Schulfreundin die Zukunft nicht versauen lassen.«

Alle Vorhänge im Haus waren noch vorgezogen. Bevor wir

hineingingen, sagte ich: »Ich kann nicht so leicht darüber hinweggehen wie Sie. Ich werde deshalb meine Position noch einmal überdenken.«

»Es ist zu früh am Morgen, um so förmlich zu sein. Ich bin mehr als glücklich, über deine Position nachzudenken, aber nicht so, wie du meinst. Schau dich doch an, Suki. Ganz egal, was du anhast und wo du bist, du strahlst etwas aus.« Er legte einen Arm auf meinen Oberschenkel. »Die Beine gespreizt, als posiertest du für einen Wäschekatalog ... kein Wunder, dass die armen Kerle unter Luftnot leiden, wenn du einen Raum betrittst. Aber jetzt ein ganz anderes Thema. Habe ich nicht eben vom Frühstück gesprochen?«

Bevor ich meine Proteste fortsetzen konnte, hatte er mich durch das stille Haus geführt. Er brachte mich in ein kleines Studierzimmer, in dem es nach Lavendel und französischer Möbelpolitur roch. Die Wände waren in einem beruhigenden Dunkelgrün gestrichen. Rundum standen mit Büchern gefüllte Regale. Ein breiter Schreibtisch stand vor dem Fenster, und ein altes Chesterfield Sofa aus Leder lockte mich an. Es stand unter einem großartigen Portrait einer dunkelhäutigen Frau mit hüftlangen schwarzen Haaren und den Wangenknochen einer Cherokee.

Sie lag nackt, eine Hand zwischen den glatten Beinen, den anderen Arm über dem Arm des Chesterfield Sofas. Die Einrichtung glich teilweise der des Clubs.

Ich ging hinüber und setzte mich, und als ich die Augen schloss, war es mir, als würde ich für immer im Leder versinken.

Dann stieg das starke Aroma des Kaffees in meine Nase. Zu verführerisch, um ignoriert zu werden. Wer brachte mir Kaffee ans Bett, dachte ich verschwommen. Eine wütende Mimi? Eine tobende Chrissie? Ein gleichgültiger Merlin? Ich schnüffelte den Kaffee eine Weile, und eigentlich wollte ich nicht zu mir kommen, aber dann schlug ich die trüben Augen auf. Ich befand mich gar nicht im Bett. Vor mir auf dem Tisch standen ein Pott Kaffee sowie ein gebuttertes Croissant. Ich schloss wieder die Augen und war dankbar, dass Mimi, Chrissie und Merlin nicht wussten, dass ich noch im Haus war und im Studierzimmer des Hausherrn döste.

»Schlaf nicht wieder ein, Suki. Das ist eine Gelegenheit, die man nicht verpassen will.«

Ich zwang meine Lider auf. Sir Simeon saß mir in einem schweren Sessel gegenüber. Er hatte den Pullover ausgezogen und trug jetzt ein blaues Baumwollhemd, am Hals offen. Ich dachte an all die anderen Verkleidungen, in denen ich ihn gesehen hatte: Als Tramp, der durch die Empfangshalle des Clubs schlurfte, als Geschäftsmann in Anzug und Krawatte, der mich im Club von hinten genommen hatte, und als Spion in seinem langen Mantel und dem Filzhut.

Hemd und Cordhose gehörten vermutlich zu seiner normalen Kleidung auf dem Land, aber ich konnte mich irren, und das war eine weitere seiner Verkleidungen. Auch Merlin war sehr geschickt, seine Kleidung an die Umgebung anzupassen. Vater und Sohn, zwei Chamäleons.

An diesem Morgen sah Sir Simeon unglaublich jugendlich und lebhaft aus, Lord all dessen, was er an diesem Morgen schon bei seinem Ausritt gesehen hatte, und auch mein Lord. Er schob den Kaffee über den Tisch.

»Was habe ich zu tun?«, fragte ich nervös. Ich schüttelte die Haare aus meinen Augen. Er war schließlich mein Boss. »Ich kann mir denken, dass Sie mich hierbehalten haben, weil Sie wollen, dass ich etwas für Sie tue.«

»Oh, ja, ich will, dass du für mich was tust«, sagte er. »Es ist nicht fair, dass alle, sogar mein widerspenstiger Sohn, dich kosten können, Suki. Es ist Zeit, dass ich meine Rechte an dir einlöse.«

»*Droit de seigneur,* meinen Sie?«, fragte ich keck. Ich hatte schon immer geglaubt, dass es wahnsinnig sexy ist, wenn der Hausherr die erste Nacht mit seiner Magd verbringt. So war es auch mit meinem Prinzen gewesen. Und ein bisschen auch mit Merlin, glaubte ich.

»Eine moderne Version«, sagte Sir Simeon. »Heutzutage hast du das Recht, dich zu weigern, was die Milchmädchen und Schäferinnen nicht hatten. Aber ich werde dich trotzdem nehmen.«

Er lachte wieder tief aus seiner Brust. Allmählich bereitete ich mich auf das Geschehen vor. Würde der mich mit Gewalt nehmen? Ich würde ihm nicht zeigen, wie sehr er leichtes Spiel mit mir hatte.

»Mimi wird weder Ihnen verzeihen noch mir«, warnte ich ihn. Ich setzte mich auf und versuchte vergeblich, mein Kleid nach unten zu ziehen. Es wäre einfacher gewesen, es auszuziehen. Ich wollte nach dem Kaffeepott greifen, aber meine Finger zitterten. Niemand hat diese Wirkung auf mich, dachte ich ärgerlich. Heißer Kaffee schwappte über meine Finger, Ich wollte den Pott an die Lippen heben, um mein Gesicht zu verbergen, aber der Pott kippte gefährlich nach einer Seite. Ich stellte ihn wieder hin und zerkrümelte stattdessen das Croissant.

»Diese Taktik wird mich nicht ablenken, Suki. Mimi ist auch meine Angestellte, vergiss das nicht. Sie hat nicht über das zu befinden, was ich tue.«

»Sie ist nicht nur Ihre Angestellte. Sie ist auch Ihre Freundin. Ich habe sie in Ihrer Wohnung in London gesehen.«

»Tatsächlich? Und war's aufregend? Was genau hast du getan, als du sie und mich beobachtet hast?«

Er wollte mein Geständnis hören, dass ich eine Spannerin war, der schmutzige Kerl. Seine Augen blitzten, aber ich konnte nicht sagen, ob er sich amüsierte oder ärgerte. Ich nahm das Croissant in die Hand und richtete es wie eine Pistole auf ihn.

»Sie standen vor dem Kamin. Ich habe Sie vom Penthouse des Clubs aus gesehen, als ich auf Michails Party war. Merlin stand den ganzen Abend am Fenster, und ich wollte sehen, was ihn so interessierte.«

»Und was hast du gesehen, meine spannende Thomasina?«

Er erhob sich und kam um den Kaffeetisch herum. Vor mir blieb er stehen.

»Nichts«, antwortete ich und zitterte ein wenig. »Ich habe damit nichts zu tun. Aber Merlin kann nicht sehr glücklich gewesen sein mit dem, was er gesehen hat.«

»Das ist seine eigene Schuld, weil er sich irgendwo aufhält, wo er nicht willkommen ist«, schnappte Sir Simeon. »Ich bin sicher, was immer ich um diese Zeit getrieben habe, hast du längst mit ihm erlebt. Ein glücklicher Teufel. Also sind wir alle gleich.«

»Nun, gleich sind wir nicht«, gab ich zurück, »denn am Ende sind sie und ich nur Ihre Mägde.«

Ich hatte mich auch erhoben. Simeon drückte mich zurück auf das weiche Leder, und ich fiel nach hinten und zog ihn mit mir. Im Fallen zerrte ich an ihm, und dann erdrückte er mich mit seinem Gewicht. Ich hob meine Hände und wollte mich irgendwo festhalten. Meine Finger fanden seinen Hinterkopf. Ich wollte nicht an seinen dichten Haaren zerren, deshalb versuchte ich mich von ihm wegzudrehen, aber sein Gesicht war meinem sehr nah. Ich konnte schwachen Zigarrenrauch riechen und den Duft eines exquisiten Eau de Cologne, zweifellos in der Jermyn Street in London gekauft.

Meine Lippen strichen über seine, dann biss er meinen Mund. Ich war zu schockiert, um auszuweichen. Ich fürchtete ihn, aber ich begehrte ihn auch. Ich zwang mich abzuwarten, was er tun würde.

Mir fiel auf, dass ich nach Luft rang. Ich drohte an meinem wilden Verlangen nach ihm zu ersticken. Er lag schwer auf mir. Es war berauschend, aber er drückte auch das Leben aus mir heraus. Ich musste ihn loswerden. Mit meinen letzten Kräften rutschte ich unter ihm weg. Ich wollte weg, aber er hielt mich an der Taille umschlungen und zog mich zurück über seine Knie.

»Wohin wollt Ihr gehen, schöne Maid?«, fragte er spöttisch und zog mir den Mantel von den Schultern. »Ich plante gerade, dich zum Frühstück zu vernaschen.«

»Hier? Jetzt?«, jammerte ich. »Sie werden bald alle aufwachen.« Ich fühlte mich plötzlich hilflos wie eine Dienstmagd aus dem vergangenen Jahrhundert. Ich sah mich im Zimmer um. »Jeden Moment könnte jemand hereinstürzen, weil man Sie sucht.«

»Wen stört das? Entweder rennt sie weg, oder sie schaut sich die Szene an. Das ist doch nichts, was dich abschreckt, oder? Nun werde bloß nicht schüchtern, Miss Summers.«

Er hatte mein enges T-Shirt über meinen Kopf gezogen, bevor ich ihn daran hindern konnte. Er warf es auf den Boden und hielt inne, als er sah, dass ich das magentafarbene Mieder trug, und wie immer schaute ich zufrieden auf meine Brüste, die von der von mir ausgesuchten Wäsche umschmiegt wurden.

»Ich bin nicht schüchtern«, flüsterte ich und musste mich zurückhalten, um nicht das Mieder für ihn zu öffnen.

»Mimi sagt, dass du einen hervorragenden Geschmack hast, wenn es um Wäsche geht«, sagte er. »Sie war überrascht, weil du uns zuerst mit deiner Waisenkind-Nummer auf den Holzweg geführt hast.«

»Das war keine Nummer.«

Ich blickte hinunter. Eifersucht vertrieb meine Lust. Ich wollte in diesem Moment nicht an Mimi denken. Seine Finger strichen über die Stickereien auf der Wäsche, und er befühlte die zarten Körbchen, die meine Brüste hielten. Aber noch mied er es, meine Haut zu berühren. Meine Nippel richteten sich auf. Mein enger Rock rutschte meine Oberschenkel hoch. Die weiße Haut über den Seidenstrümpfen lud das Auge des Betrachters ein, in die Schatten meines Geschlechts vorzudringen.

»Wissen Sie, dass sie mich angefasst hat?«, fragte ich. Dabei wollte ich doch gar nicht an Mimi denken. »Sie hat mich an die Hand genommen. Im wörtlichen Sinn. So hat sie es mir gemacht.«

Ich glitt mit den Fingern zwischen meine Beine. Meine Provokation geschah aus voller Absicht. Einen Moment lang ruhten seine blauen Augen auf meinem Gesicht, dann schaute er nach unten. Ich spreizte die Beine noch ein bisschen mehr und führte meine Finger in die kastanienbraunen Löckchen. Ich hielt den Atem an, damit ich nicht laut aufstöhnte, als die Finger über die verborgene Klitoris schrammten.

»Wer kann es ihr verübeln?«, sagte er leise und öffnete den Reißverschluss meines Rocks.

Ich konnte nicht glauben, wie cool er sich gab. Er wollte es unter Merlins Nase mit mir treiben. Genauso hatte er es gemacht, als Merlin seine Freundin Mimi mitgebracht hatte. Kein Wunder, dass Merlin so wütend war. Aber das machte mich nur noch heißer auf Sir Simeon. Mein Widerstand war verflogen.

Er ahnte das; deshalb hob er mich von seinen Knien und riss meinen Rock nach unten, dann drückte er mich wieder in eine liegende Position und hakte das Mieder auf. Das Tageslicht, das durchs Fenster drang, war so grell, dass es in den Augen schmerzte. Meine befreiten Brüste hüpften leicht.

»Kein Streit? Keine Widerrede?«

»Es ist zu früh am Morgen, deshalb kann ich nicht wirklich streiten. Außerdem, schauen Sie mich doch an. Bis auf Strümpfe und Stiefel bin ich nackt.« Ich saß auf seinen Knien, und er hatte einen Arm um meine Taille gelegt. Mit der anderen Hand griff er nach meiner Brust und zog sie vor sein Gesicht.

»Und du willst nicht wieder weglaufen?«

»Ich wüsste nicht wohin.«

Er ließ meine Taille los und fasste mit beiden Händen meine Brüste an. Er saugte an ihnen, drückte sie und biss einmal kräftig zu. Die Wollust wurde auf Schockwellen zu meiner Pussy geschickt.

Ich drückte mich kräftig gegen sein Gesicht, griff in seine Haare und zielte mit den Nippeln auf seinen Mund. Er schabte mit den Zähnen an den Nippeln vorbei. »So ist es gut«, murmelte er, »denn niemand läuft mir davon.« Die Arroganz forderte mich heraus.

Ich erhob mich auf die Knie. Mein feuchtes Geschlecht klebte für einen Moment an seiner Hose; die Härchen rieben über den Stoff. Ich wollte höher sein als er, dann konnte ich sein Gesicht zwischen meinen Brüsten spüren. Er fügte mir jetzt Schmerzen zu, aber sie waren auszuhalten; Knabbern und Bisse. Meine Nippel streckten sich wie Pfeilköpfe. Sie waren hart und doch sehr empfindsam; sie fühlten den Schmerz, aber sie labten sich an der Lust. Meine Hüften begannen zu kreisen; der weibliche Instinkt, der mit der Erregung einsetzt.

Ich schwenkte die Pobacken nach hinten und tastete nach seinem Reißverschluss. Ich fühlte, wie er sich spannte, und für einen Moment ließ sein Mund meinen Nippel los, als ich mit der Hand in seine Hose fand. Meine Finger stießen auf den wartenden Schaft.

»Auch nicht Mimi?«, reizte ich ihn, angetrieben von der plötzlichen Vision, dass er Sex mit ihr in ihrem großen weißen Haus hatte. Er und sie würden sich über den weißen Teppich wälzen, über seinem Gesicht pendelten die großen braunen Brustwarzen, und er trieb seinen Schwanz in sie hinein.

Sein Penis sprang mir in die Hand. Ich neigte meine Hüfte und reizte ihn mit dem feuchten Preis einer jungen Pussy. Ich wollte nicht brutal sein und noch einmal die Erfüllung hinauszögern, also führte ich seine Männlichkeit sanft zwischen meine Labien und nahm ihn auf. Selbst jetzt dachte ich an Mimi. Ich mochte sie. Aber jetzt waren wir Konkurrentinnen um diesen Mann und seinen Sohn. Mein Kampfgeist ließ meinen ganzen Körper vor Sehnsucht pulsieren.

»Ich warne dich, Summers. Lass mich nicht hängen«, knurrte Sir Simeon. »Ich bin zu allem fähig, wenn ich erzürnt bin, oder wenn ich geärgert werden soll.«

»Ich würde Sie gern erzürnt sehen. Aber Sie würden mich nicht verletzen, Sir Simeon«, spöttelte ich. »Dafür sind Sie jetzt viel zu scharf auf mich.«

Statt auf ihn zu warten, ließ ich mich sinken und führte mir sein bestes Stück ein. Er behielt seine Finger auf meinen Nippeln, rieb und zwickte sie, aber er wich mit dem Mund zurück, und dann konnte ich seinen Atem auf meiner Kehle spüren.

»Ich lasse so nicht mit mir reden, Summers. Du bist ein kleines Luder, Summers, und du hast es nicht besser verdient.«

Dann fingen wir an zu knurren und zu fluchen wie alte Feinde, die in den Kampf ziehen, und beide plusterten sich auf. Ich nahm ihn mit meinen Schenkeln in die Zange, stieß mit den Hüften gegen ihn und mahlte auf ihm. Sein steinharter stoßender Schwanz füllte mich ganz aus.

Jedes Mal, wenn wir uns zurückzogen und dann wieder gegeneinanderkrachten, wurden wir gewalttätiger, und ich schrie laut auf, als er meinen G-Punkt erwischte. Es blieb nicht mehr viel Zeit.

»Dann los«, neckte ich ihn. Ich hatte keine Ahnung, woher meine Aggressivität rührte. »Zeigen Sie mir, was es bedeutet, wenn Sie erzürnt sind. Zeigen Sie mir, wie frech ich gewesen bin, bevor sie alle aufwachen und uns hier finden.«

Ich konnte es nicht länger aushalten, denn ich hatte mich in einen Rausch geredet. Ich quetschte meine Klitoris und besorgte es mir selbst, um ihn weiter anzustacheln. Dies war mein erstes richtiges Mal mit ihm, und möglicherweise auch mein letztes. Also bemühte ich mich, unser Erlebnis in die Länge zu ziehen.

Auf der anderen Seite hörte ich die allgemeinen Geräusche eines stark frequentierten Hauses. Teller, Kessel und Besteck deuteten auf das Frühstück hin, und es sah nicht danach aus, dass wir noch lange allein bleiben würden. Ein Butler oder sonst irgendeiner würde an Sir Simeons Tür klopfen.

»Ich warne dich, Summers«, knurrte er, aber jetzt hörte ich andere Laute von ihm. Bisher hatte er sich sehr unter Kontrolle gehabt, aber da kam ein lang gezogenes Stöhnen von ihm, das wahrscheinlich seinen Höhepunkt ankündigte.

Sein Kopf fiel zurück gegen das Sofa, und er starrte mich an, wobei er die Stirn runzelte, als wäre dies nicht, was er erwartet hatte. Ich verschärfte den Ritt auf ihm und kam sehr bald. Der Orgasmus brach über mich herein. Seine Augen blinzelten. Ich beugte mich über ihn, strich mit der Zunge über seine Zähne und saugte seine Zunge ein, die gerade in meinen Mund eindringen wollte.

Er streckte sich gegen mich, richtete sich auf und ließ mich seinen warmen Mund fühlen. Ich spürte das Zucken, und dann pumpte er alles, was er hatte, in mich hinein. Ich quetschte jeden Tropfen aus ihm heraus.

Es klopfte scharf gegen die Tür, und wir ruckten auseinander. Wir starrten uns gegenseitig an und versuchten, nicht zu lachen. Ich packte ihn so hart es ging mit meinen inneren Muskeln. Sein Penis zuckte einmal, zweimal, dann rutschte er hinaus. Ich wand mich von ihm ab, griff nach meinen Kleidern und wandte ihm den Rücken zu.

Das Tageslicht und das Klopfen an die Tür hatten uns den Verstand zurückgebracht. Unsere gemeinsamen Säfte rannen an den Innenseiten meiner Beine hinunter. Ich stieg in den Rock und zog den Reißverschluss fest. Meine Nippel brannten noch, als ich die Bluse anzog. Ich fand keine Ruhe, bis ich den Mantel zugeknöpft hatte, dann strich ich mit den Fingern durch meine Haare und atmete tief ein und aus.

Ich drehte mich nach Sir Simeon um. Er hatte sich die Hose schnell hochgezogen. Er saß da wie bei einem Geschäftsgespräch.

»Herein«, rief er. Der Butler trat ein und warf sofort einen Blick auf das magentafarbene Mieder über einem Arm des Chesterfields. Er verzog keine Miene. Er nahm den Teller mit dem zerkrümelten Croissant an sich und den Kaffee, den ich nicht angerührt hatte. Wir müssen ein bemerkenswertes Bild abgegeben haben. Ich stand über Sir Simon gebeugt, als hätte ich ihn gerade gescholten, und er rieb sich sein krankes Bein.

Als der Butler gegangen war, erhob sich Sir Simeon und trat an den Schreibtisch.

»Bist du immer noch entschlossen zu gehen?«, fragte er und ließ die Schlüssel zum MG vor meinem Gesicht kreisen. »Obwohl die Party heute Abend fortgesetzt wird? Obwohl du die Beste bist, die wir je gehabt haben?«

»Wie meinen Sie das, die Beste? Angestellte oder Geliebte? Für Mimi oder für Sie?«

»Beides. Alles zusammen. Sie würde mir dabei zustimmen. Sie ist ganz verrückt nach dir. Das sind wir alle. Geh nicht, Suki. Der Club braucht dich.«

Ich konnte nicht anders; ich musste schnaufen. »Das hört sich so an, als wäre ich die Kavallerie.«

»Aber die Kavallerie wäre nicht in einem kleinen alten MG angereist. Wenn du bleibst, wirst du mehr einstecken können als nur die Autoschlüssel.«

Er stand mit dem Rücken zu mir, deshalb konnte ich den Ausdruck auf seinem Gesicht nicht sehen. Ich hoffte, dass er verzweifelt darauf wartete, dass ich mit ja antwortete, aber er würde mir das nicht zeigen wollen.

»Lassen Sie mich nach London gehen«, sagte ich und fing die Autoschlüssel, als er sie mir zuwarf. Ich war nicht weniger versessen auf ihn als er auf mich: Ich wollte ihn wieder besitzen. »Dann werde ich gründlich und lange nachdenken, zurück zum Club zu kommen.«

»Fein«, bellte Sir Simeon, wieder der Lord. Dann drehte er sich um und warf mir etwas zu, das ganz weich auf meiner Schulter landete. Ich nahm es zwischen die Finger. Ein Hauch von magentafarbener Seide.

Der Lord sah hochmütig in mein Gesicht, dann hoben sich die Wangenknochen, das sichere Zeichen, dass er amüsiert war.

»Aber vergiss diesmal nicht, das Höschen mitzunehmen«, sagte er leise.

Fünfzehntes Kapitel

Alle Straßen schienen zum Gentlemen's Club zu führen. Ich war zurück auf meinem Zimmer und zog mich um; mir waren nur eine Jeans und ein Pulli geblieben. Ich fühlte mich ruhelos. Eine Weile ging ich auf und ab und diskutierte mit mir, wie meine Zukunft aussehen sollte. Dann stakste ich wieder die Treppen hinunter und ging zu dem Platz, an dem ich den MG geparkt hatte.

Ich ging durch die anonyme Gasse und in die elegante Halle, und ich wusste immer noch nicht, was ich vorhatte. Zuerst glaubte ich, das Haus wäre verlassen, aber dann hörte ich die leise Stimme von Miss Sugar, die mit jemandem im Büro sprach. Ich blinzelte um die Tür. Miss Sugar war allein. Sie sprach ins Telefon. Aber sie war nicht die sonst so gefasst wirkende Frau. Im Gegenteil. Ich verzog mich rasch um die Ecke.

Was mir als Erstes auffiel, waren die Füße, die sie auf dem Schreibtisch liegen hatte. Ihr gewöhnlich langer grauen Rock war nicht bis zu den Knöcheln gezogen, sondern bis zu den Knien hochgezogen. Ihre Schenkel waren in schwarze Seide gehüllt. Ich hatte nie mehr von ihr als die Knöchel gesehen. Sie hatte unglaublich lange, schlanke Beine, die nun beim Telefonieren hin und her wippten. Bisher hatte sie immer so gefasst und besonnen ausgesehen, wie in Stein gemeißelt. Ich konnte den Blick nicht wenden von der neuen Miss Sugar, die den Anschein ausstrahlte, dass sie in wenigen Minuten der Ausschweifung frönen würde.

Mit jedem Zucken ihrer Beine fiel ihr Kleid weiter weg vom Maß der Schicklichkeit, und nun konnte ich das unübersehbare Versprechen weißen Fleisches über ihren Strümpfen sehen. Sie trug Strümpfe und nicht die matronenhafte Strumpfhose, die ich erwartet hatte.

Sie hatte mich nicht gesehen. Ich stand in der Tür und starrte meine Kollegin stumm an. Eine lange weiße Hand schrieb in ihren Notizblock, während sie sprach, und ich bemerkte zu meiner Erleichterung, dass sie trotz ihrer frivolen Pose in ihrer normalen Stimme redete.

»Und nachdem Sie sich bei uns im Club angemeldet haben, wollen Sie, dass ich Sie in die Oper begleite? Und in der Oper haben wir eine Privatloge?«

Sie legte den Silberkuli beiseite und zog die Brille aus. Sie klopfte mit den Fingern auf die Schreibtischunterlage, während sie ins Telefon lauschte. Dann landeten ihre Finger wie zarte Insekten auf einem entblößten Knie und strichen auf und ab. Sie presste die Knie zusammen, dann ließ sie sie auseinanderfallen. Ihre Finger strichen über die seidigen Innenseiten ihrer Schenkel.

»Ich bin entzückt, Mister ...«

Sie gähnte, ein breites, freches Gähnen, bei dem man ihre perlweißen Zähne und den roten Rachen sehen konnte. Weil sie glaubte, allein zu sein, hielt sie sich keine Hand vor den Mund, und außerdem waren beide Hände beschäftigt.

Ich hatte Mühe, mein Erstaunen nicht lauthals herauszuprusten, aber ich wollte sie nicht stören. Dies waren fesselnde Momente. Eine ganz neue Miss Sugar, die unbemerkt ihrem eigenen Geschäft nachging. Ihre Hand kroch weiter unter den Rock, den sie noch mehr zurückschob, bis ich ihre Strapse und die weiße Haut sehen konnte – und das nackte Delta.

Ich selbst mag immer das Gefühl von Seide, Satin oder

auch Baumwolle an mir, egal wie zart und durchsichtig, aber das gilt nur für Tage, an denen ich mein Höschen nicht in englischen Landhäusern vergesse. Miss Sugar hatte offenkundig andere Vorlieben. Der starke Kontrast ihres gouvernantenhaften Äußeren und der Tatsache, dass sie kein Höschen trug, war verblüffend und unglaublich sexy.

Welche Kleidung hatte ich denn bei ihr erwartet? Blümchenschlüpfer mit Rüschchen? Ich hatte gar nichts erwartet, denn bisher hatte ich keinen Gedanken an Miss Sugars Wäsche verschwendet.

Ich sah ihr ins Gesicht, als sähe ich sie das erste Mal. Sie hatte ihr Gähnen noch nicht beendet, denn ihr Mund stand noch offen. Die Zungenspitze huschte einige Male über ihre Lippen, und ihre großen blassen Augen wurden feucht. Plötzlich drängte sich mir eine Frage auf: Wusste Mimi von Miss Sugars Abneigung gegen Höschen? Und Sir Simeon? Immerhin galten sie als kleine Familie, bevor ich die Szene betrat. Meine Neugier wuchs. Ich wollte noch viel mehr über den Club erfahren.

Ich wollte, dass Miss Sugar mich beim heimlichen Spannen erwischte, dann konnte sie mir erklären, was sie da tat. Ja, ich hätte gern gewusst, wie intim Mimi ihre Kollegin kannte.

»Ja«, sagte Miss Sugar plötzlich und laut ins Telefon, womit sie mich so sehr verdutzte, dass ich gegen den Türrahmen fiel. »Wir sind darauf spezialisiert, unsere Mitglieder auszuführen, wenn sie das wollen.«

Sie legte den Kopf in den Nacken und lachte ein Lachen, das man nur als schmutzig beschreiben konnte. Das hatte sie offenbar selbst bemerkt, denn sie hob die Stimme, als sie weiterlachte, und es hörte sich wie ein damenhaftes Geklingel an. Aber der Schaden war angerichtet. Ich hätte gern gewusst, wie der Kunde am Ende der Leitung darauf reagierte.

Ich war fasziniert. Ich sah Miss Sugar mit völlig anderen Augen an. Ihr schmutziges Lachen. Die forschenden Finger, die verträumt über die Scham strichen, als wollten sie die Abwesenheit des Höschens feiern. Es sah so aus, als wäre sie rasiert, aber so genau konnte ich das nicht erkunden.

Sie glitt in ihrem Drehstuhl nach vorn, während sie dem potenziellen neuen Mitglied lauschte, und drehte den Stuhl von einer Seite auf die andere. Ihre Füße auf dem Schreibtisch gingen noch weiter auseinander; die spitzen Stiefel lagen auf Akten und Papieren.

»Ja, sehr gut. Wir werden Sie also heute Abend sehen. Noch ein paar Details bitte, bevor wir auflegen.«

So ähnlich musste es sein, wenn man nur der Hälfte eines schmutzigen Telefongesprächs lauschte. Miss Sugar schloss die Augen und hob ihren Rock bis zur Taille an. Dann, um es sich einfacher zu machen, stellte sie das Gespräch auf ›Lautsprecher‹, und man hörte die Stimme eines jungen Mannes, zögernd und außer Atem.

»Es ist meine Frau. Ich muss weg von ihr. Nur für eine Nacht, und das immer wieder mal. Wissen Sie, sie ist frigide.«

»Oh, oh, nein, diese Art Details habe ich nicht gemeint. Aber fahren Sie fort, wenn Sie glauben, dass es hilft.«

Sie fuhr mit dem Stuhl immer noch hin und her. Ihre Knie waren weit auseinander, ihre Hände fleißig. Sie strich sich über den flachen weißen Bauch, und der kleine Finger kitzelte ihren Nabel. Die andere Hand massierte ihre Scham, aber sie drang nicht ein, sondern spielte nur mit den nassen Labien.

»Ich muss phantasieren, um mir Erleichterung zu verschaffen«, erzählte der Mann, nachdem er sein Stottern überwunden hatte. »Ich kann doch nicht immer ohne Sex leben. Ich bin doch noch so jung.«

»Und worüber phantasieren Sie? Ich meine, wenn Sie das mit mir teilen wollen«, sagte Miss Sugar.

Kein Wunder, dass sie alles über jeden wusste. Sie hatte eine erfolgreiche Strategie bei Telefongesprächen. Die Geheimnisse flossen nur so aus ihm heraus, und sie liebte jedes Wort. Zwei Finger waren wie Haken gebogen und drangen zwischen ihre weichen Pussylippen. Meine Kehle klebte zusammen, als ich sie beobachtete, wie sie seine Geschichte aus dem armen Mann zu ihrer eigenen Befriedigung herausholte. Ich glaube, wenn sie gewusst hätte, dass ich sie beobachte, wäre sie noch geiler geworden.

»Ein Dreier?« Er hörte sich so an, als würde er sie um Erlaubnis bitten. »Zwei Frauen. Sie fallen über mich her. Und über sich selbst auch, nehme ich an.«

»Das ist eine ganz normale Phantasie«, sagte sie auf ihre überzeugende Art. »Und das ist auch gesund.« Ich glaubte, Heiterkeit in ihrer Stimme zu hören. »Und was sind das für Frauen, über die Sie phantasieren? Geschäftsfrauen? Gebildete Frauen oder lieber der Typ ›Mädchen von nebenan‹?«

Dabei öffnete sie sich noch weiter, sodass der dunkelrote Schlitz plötzlich völlig entblößt war. Miss Sugar hob die Hüften leicht an. Ich war auch unruhig geworden und wollte sie eigentlich kopieren, aber ich konnte mich nicht auf einem Drehstuhl strecken oder meine gespreizten Beine auf den Schreibtisch legen.

Ich lehnte mich gegen den Türrahmen. Meine Erregung schwächte mich. Draußen wurde es schon dunkel; es war ein kalter, verregneter Tag. Das einzige Licht im Büro kam von Miss Sugars Lampe, die direkt ihre Hände anleuchtete und die hungrige Spalte.

»Das ist nicht wichtig«, sagte er, »sie müssen nur ganz anders sein als meine Frau. Mit anderen Worten – es sind Frauen, die Sex mögen.«

»Und wie würden Sie sich fühlen«, fragte Miss Sugar in ihrer weichen, vornehmen Stimme, »wenn Sie solche Frauen im richtigen Leben kennen lernten?«

Übers Telefon kam ein würgendes Schluchzen. Miss Sugars Mund stand weit offen. Ein unschönes Lächeln streckte ihre Lippen, als sie weiter zuhörte. Wenn der arme Kerl nur sehen könnte, welche Wirkung seine Geschichte hatte.

»Ich würde glauben, ich wäre gestorben und im Himmel«, sagte der Mann, nachdem er seine Fassung wiedergefunden hatte. »Aber jetzt bin ich zunächst einmal damit zufrieden, Mitglied Ihres Clubs zu sein. Ich muss meine Flügel ausbreiten und Abenteuer erleben. Und ich habe gehört, dass Sie die Besten sind.«

»Dessen können Sie sicher sein«, antwortete Miss Sugar heiser. Ihre Hände rieben schneller. »Alle Ihre Träume werden in Erfüllung gehen, wenn Sie Mitglied des Gentlemen's Clubs sind. Wir erhalten viele Dankesbriefe, deshalb weiß ich, dass wir Sie nicht enttäuschen werden.«

Ihre Finger drückten und zwickten jetzt rau, fast brutal, auch während sie sprach. Ihre Knie schlossen und öffneten sich. Ihre Stiefel fegten Papiere und Stifte auf den Boden, während sie immer gewalttätiger vorging und im Stuhl zu toben begann. Sie biss sich auf die Lippe. Sie war alles andere als zärtlich zu sich, sondern besorgte es sich heftig, und die Finger stießen in sie hinein, als wollte sie sich bestrafen.

Ihre Pobacken hatten sich halb aus dem Sessel erhoben. Ich rieb mich auch und hielt mich am Türrahmen fest. Verzweifelt suchte ich nach Linderung des Schmerzes zwischen meinen Beinen.

Der Türrahmen war hart und unerbittlich, aber ich zwängte ihn zwischen meine Schenkel, trotz Jeans und Höschen, und wie Miss Sugar war auch ich nicht sanft. Ich wollte mit ihr mithalten und die steigende Spannung so schnell wie möglich erleichtern. Ich hatte versucht, dem Trieb zu widerstehen, und ich hatte mir eingeredet, dass es mich nicht wirklich interessiert, einer anderen Frau dabei zuzusehen, wie sie sich Lust verschafft, aber in diesen Tagen schien ich mich in konstanter Halb-Erregung zu befinden: Männer, Frauen, Gentlemen – ich war dabei, zu einer liederlichen Schlampe zu werden.

»Ich habe gehört, dass Sie unübertroffenes Personal haben. Ich freue mich darauf, Sie heute Abend zu sehen?« Die Stimme verlangte eine Antwort.

Miss Sugar antwortete mit einem letzten Stoß ihrer Finger, und dann rollte ihr Sessel quer durchs Büro. Sie musste schreien, um sich verständlich zu machen.

»Oh, ja, ja, jaaa ...«

Halb lachte ich, halb wurde ich von meinem leichten, nassen Orgasmus am Türrahmen geschüttelt. Ich hörte, wie sie den Hörer auflegte und einen langen Seufzer der Befriedigung ausstieß. Sie blieb einen Moment reglos in ihrem Sessel sitzen, mir den Rücken zugewandt, dann drückte sie sich mit den Füßen in Richtung Tür ab. Ihre Beine blieben gespreizt, die Hände dazwischen. Ihre Augen sahen glasig aus, als hätte sie geschlafen.

»Ah, Summers.« Sie seufzte meinen Namen, dann folgte ein neues Gähnen. Ganz ohne Hast zog sie ihren Rock nach unten. Nichts deutete auf Verlegenheit auf den glatten Gesichtszügen hin. »Was machen Sie denn hier?«

»Diese Frage könnte ich Ihnen auch stellen«, antwortete ich und trat in ihr Büro. Laut ließ ich meine Tasche auf den Boden fallen. »Also wirklich, Sie haben mit sich gespielt, während Sie mit dem neuen Mitglied gesprochen haben.«

»Man könnte auch sagen, dass ich mit dem neuen Mitglied gespielt habe.« Sie sah mich keck an, und ich spürte, dass ich es war, die errötete.

»Es macht mich immer an«, sagte sie lächelnd. »Sie rufen an, höflich bis zum Gehtnichtmehr, wenn sie Einzelheiten über den Club hören wollen, und sie erzählen dir dein Leben, wie langweilig und traurig es ist, aber wenn du ihnen das eine oder andere Stichwort gibst, legen sie los, und plötzlich ist ihr Leben nicht mehr langweilig und traurig.«

»Am Telefon sind Sie spitze«, sagte ich. »Sie holen alles aus ihnen heraus.« Sie nickte und kam aus ihrem Sessel hoch.

»Und warum sind Sie nicht in Symes Hall?«, wollte sie wissen, wieder ganz die Schulleiterin. Ich setzte mich scheu auf den Stuhl vor ihrem Schreibtisch.

»Ich konnte es nicht länger ertragen. Ich fand heraus, dass Mr. Halls Verlobte meine älteste Freundin ist. Ich habe es nicht gewusst, denn sie hat immer nur seinen Vornamen erwähnt. Sie nennt ihn Jeremy, und Avril hat ihn Jez genannt.«

Miss Sugar holte eine neue Karteikarte heraus, um die Einzelheiten des Mitglieds für den heutigen Abend einzutragen. »Sie haben sich also nicht amüsiert? Ist denn nichts passiert, während Sie da waren?«

Mir wurde heiß, und ich rutschte auf dem Stuhl herum. Ich hatte das Gefühl, wenn ich ihr erzählte, dass mich Merlin und sein Vater – unabhängig voneinander – gevögelt hatten, würde Miss Sugar durchdrehen. Und ich wollte sie noch ein wenig länger auf meiner Seite haben.

»Eigentlich wollte ich heute Morgen in den Club kommen, um zu kündigen«, sagte ich stattdessen. »Ich glaube, ich habe in diesem Job alles erreicht, was ich erreichen kann.«

»Was reden Sie da?«, fragte sie scharf. »Sie haben doch gerade erst angefangen.«

»Im Ernst, Sugar. Ich bin nur zufällig hier gelandet. Ich hatte viele Pläne, als ich mich beworben hatte. Ich hatte niemals vor, länger zu bleiben.«

Sie nahm den Silberkuli und klopfte damit gegen ihre Zähne, während sie mich musterte.

»Es wäre ein großer Fehler, jetzt wegzugehen. Vor Ihnen liegt eine große Zukunft. Direkt hier. Hat man mir jedenfalls gesagt«, fügte sie hinzu. Ich fühlte mich geschmeichelt. Ich erwartete, dass sie mir abriet, aber jetzt wechselte sie einfach das Thema. »Also, ich brauche Sie heute Abend. Wegen des neuen Mitglieds.« Sie wies mit dem Kopf zum Telefon. Meinetwegen können Sie dann morgen zu einer endgültigen Entscheidung gelangen.«

»Ach, ich weiß nicht«, murmelte ich und versuchte, auf die Karteikarte zu schielen, auf die sie irgendwelche Dinge schrieb. Sie deckte den Text ab. »Ich habe das Gefühl, dass ich Entfernung zwischen den Club und mich bringen muss, bevor ich völlig in der Falle sitze.«

»Seien Sie nicht so dramatisch«, schimpfte sie. Es war seltsam beruhigend, von ihr zurechtgewiesen zu werden. Ich hätte gern gewusst, ob Miss Sugar längst wusste, was in Symes Hall alles geschehen war. Ich sah sie wieder an, und dann war es ein Schock für mich, dass ich feststellte, wie attraktiv sie wahrscheinlich unter den blassen Haaren und ihrem gespenstischen Aussehen war.

Ich zwang meine Erinnerung weg von ihren Geheimnissen und der rot glühenden Spalte, die ich gesehen hatte, und hob protestierend die Hände.

»Ich liebe den Job, Sugar. Um ehrlich zu sein, liegt darin das Problem – ich liebe ihn zu sehr. Ich bin an solche Gefühle nicht gewohnt. Sie jagen mit Angst ein. Ihr alle jagt mir Angst ein.«

»Das sagen Sie jetzt«, schnaufte sie und legte die neue Karteikarte weg, schloss sie ein. Sie schaute auf die Uhr. Kurz nach fünf. »Aber die anderen sind jetzt nicht hier. Ich bin aber hier. Und mit den Überstunden können Sie einen kleinen Reibach machen – wenn Sie heute Abend mit mir gehen. Wenn ich Sie so ansehe, muss ich annehmen, dass Ihnen zusätzliches Bargeld sehr gelegen kommt. Solange sie weg sind, habe ich das Kommando hier. Ihre Kündigung wird nicht angenommen. Also fordere ich Sie auf, sich anzuziehen.«

»Was soll ich denn anziehen?«

»Himmel! Muss ich denn alle Entscheidungen für Sie treffen?«

»Ja«, sagte ich und ließ den Kopf hängen. »In solchen Dingen bin ich nicht gut. Man muss mir immer noch sagen, was ich tun und was ich anziehen soll.«

Sie kam um den Schreibtisch herum. Ihr Gesicht war deutlich entspannter, als sie feststellte, dass sie mich herumkommandieren konnte.

»Haben Sie eine Vorstellung, wie viel Mimi zahlt, um ihre Angestellten anzuziehen? Das Bild nach außen ist alles. Und ich habe etwas da, was Ihnen vielleicht steht und passt. Wir haben nicht viel Zeit. Sie könnten es jetzt mal anprobieren.«

Sie griff mit einer Hand in eine große Tasche neben ihrem Schreibtisch und zog ein durchsichtiges weißes Geisterkleid und silbrige Sandalen heraus. Mir kam das Kleid entsetzlich zerknittert vor, aber sie warf es mir durch die Luft zu.

Ich fing das Kleid auf und hielt es an meinen Körper. Sofort wusste ich, dass es wie für mich gemacht war. Es gab mir den Eindruck, dass ich schwebte. Sugar hatte gut ausgewählt. »Ich finde es gut, wie Sie die Leute kommandieren. Mit mir können Sie das machen; ich fühle mich dann sicher, weil Sie mich an meine Gouvernante erinnern. Aber Sie selbst sind nicht gerade Miss Anstand persönlich. Was Sie dem Mann am Telefon alles gesagt haben ...«

Sie nahm das Kleid wieder an sich, ruckte den Kopf zur Seite, um anzudeuten, dass ich meinen alten Pulli ausziehen sollte. Ich zog ihn über den Kopf, dann begann ich an meinem T-Shirt zu zupfen.

»Ja, so ist es richtig. Alles runter«, befahl sie und riss mir mehr oder weniger das T-Shirt vom Leib, bevor ich mich wehren konnte. Dann stand ich in meiner Wäsche vor ihr.

»Und was ist damit?«, fragte ich herausfordernd und drehte eine Pirouette, wie man es mir beim Vorführen von Bikinis und Badeanzügen beigebracht hatte. Eine Hüfte nach vorn, die Schultern nach hinten, dann an der Nase entlang schauen, als wäre ich auf dem Laufsteg. »Das ist allererste Sahne und beste Qualität. Oder wollen Sie, dass ich das auch noch ausziehe?«

Miss Sugar leckte sich über die Lippen und stand für einen Moment still da, dann streckte sie die Hand aus und nahm eine Ecke der Spitze eines Brustkörbchens zwischen die Finger. Ich trug ein cremefarbenes Mieder, und ihre kalten Finger bescherten mir eine Gänsehaut. Dann drehte sie mich an der Hüfte, und ich musste ihr noch eine Pirouette zeigen.

»Ja, das ist perfekt«, sagte sie und schien kurzatmig zu sein. Sie trat fast wie überstürzt hinter ihren Schreibtisch zurück und begann, ihre Tasche zu packen.

Ich probierte die Silberschuhe an und drehte ein paar kurze Runden in ihrem Büro, nur mit der Wäsche bekleidet, denn ich wollte das Kleid erst in letzter Minute anziehen.

»Ich muss nach oben, weil ich mich auch noch umziehen will«, sagte sie. »Sie können sich den Weg in Ihre Wohnung sparen. Wir treffen uns in einer Stunde im Opernhaus.«

»Ich freue mich darauf«, flüsterte ich und meinte es auch.

Sechzehntes Kapitel

Es tat gut, wieder in einer herumwirbelnden, anonymen Menge zu sein. Es erinnerte mich an meine erste Ankunft in einer fremden Stadt. London kam mir sehr fremd vor, obwohl ich schon seit einigen Monaten zurück war. Es gab noch so vieles in der Welt zu entdecken. Aber eine innere Stimme riet mir, meine Reisepläne vorläufig aufzuschieben.

Das zarte Kleid strich behutsam über meine Haut oder schmiegte sich an den Körper, als ich den Bus zum Piccadilly nahm. Ich hatte mir einen langen scharlachroten Mantel genommen, den ich im Büro gesehen hatte, denn ich brauchte etwas zum Warmhalten. Ich war sicher, dass es Mimis Mantel war. Wahrscheinlich würde ich Ärger erwarten dürfen, wenn sie hörte, dass ich mir einfach den Mantel ›ausgeliehen‹ hatte. Ich fasste die Falten zusammen und hastete ins Foyer des Opernhauses.

Ich konnte Miss Sugar nirgendwo sehen. Ein paar Minuten lang ließ ich mich von der Menge drücken und schieben. Der Duft teurer Parfums waberte durch die Luft, und für einen Moment musste ich an Chrissie denken. Ich wüsste gern, was an diesem Abend auf Symes Hall geschah.

Um mich von den Bildern von Merlin und Sir Simeon abzulenken, aber auch von Mimi und Jeremy und Chrissie und ihrem *toyboy,* auch von Miss Sugar beim Onanieren im Bürosessel, versuchte ich zu überlegen, was ich zu Chrissie sagen konnte, wenn sie nach London zurückkehrte. Inzwischen hatte ich begonnen, die Menge nach Miss Sugar abzusuchen. Ich erwartete, sie in ihrem langen grauen Mantel zu sehen.

Die Glocke ertönte, mit der die Zuschauer aufgefordert wurden, ihre Plätze einzunehmen. Die Gänge leerten sich rasch, es war kaum noch jemand da, auch keine Miss Sugar. Ich erinnerte mich, am Telefon von einer Privatloge gehört zu haben. Ich folgte den Hinweisschildern zu den Logen, dann gingen auch schon die Lichter aus, und zwei Angestellte sahen mich stirnrunzelnd an, weil ich offenbar nicht wusste, wohin ich gehörte. Sie schleppten Champagner und Kanapees auf fahrbaren Tabletts heran.

Alle Logentüren waren verschlossen. Nur eine noch nicht. Ich bewegte mich auf Zehenspitzen und blinzelte hinein. Ganz vorne in der Loge saßen mehrere Leute, die schon durch Operngläser auf die Bühne starrten. In einer Ecke ganz hinten in der Loge sah ich die Umrisse eines Mannes, der auf einem kleinen Schemel saß.

»Geh schnell rein«, zischte eine Stimme hinter mir. Mir wurde mein Mantel von den Schultern geholt, dann wurde ich in die Loge geschoben. Jemand schloss die Tür. Wir waren in der warmen Dunkelheit der Loge wie versiegelt. Ein langer weißer Arm gab mir zu verstehen, dass ich folgen sollte, und ich wusste plötzlich, wer es war.

Ich könnte mich an dieses Leben gewöhnen, dachte ich, als der erste Akt begann und mit Leben erfüllt wurde. Wir wurden mitgerissen von der Musik, von den Farben, von den vibrierenden Stimmen. Ab und zu lehnte sich Miss Sugar zu dem Mann hin und flüsterte ihm irgendwas zu. Einige Male zeigte sie auf mich, aber ich hielt den Blick stur auf die Bühne gerichtet, denn ich war entschlossen, die Unterhaltung auszukosten. Es war ihre Idee, die Opfer zu besuchen. Soll sie doch die Arbeit tun.

»Dies ist meine Freundin Suki. Ich hoffe, Sie haben nichts

dagegen, Johnny, dass sie Ihre Loge nun auch noch belegt, aber wie ich Ihnen schon gesagt habe, war sie ganz versessen auf diese Produktion«, sagte Miss Sugar dem Mann, als die Lichter zur Pause angingen. Um genau zu sein – sie schnurrte.

Ich drehte mich um, und als ich das tat, schlang sie einen Arm um meinen Hals und zog mich über ihren Körper, um mich ihrem neuen Begleiter vorzustellen. Ich konzentrierte mich auf das warme Glühen einer neuen Herausforderung. Die Stimme hatte mich nicht getäuscht – er war noch sehr jung, eine verlockende Mischung aus frech und frivol. Nicht weit über zwanzig. Viel jünger als die Männer, die ich bisher getroffen hatte.

Nun, er würde mir noch mehr helfen, mir Sir Simeon und Merlin aus dem Kopf zu schlagen.

Unser Johnny hatte das typische Aussehen eines blonden Mannes, der ein College nur für Jungen besucht hatte. Sein Körper passte kaum in das Dinnerjackett. War seine Frau nicht nur frigide, sondern auch blind?

»Ich bin entzückt«, sagte er, die Stimme nervös.

Ich fing Miss Sugars Blick auf. Sie hatte die Augenbrauen hochgezogen.

»Wo sind meine Manieren?«, zwitscherte ich und streckte ihm meine Hand entgegen. »Ich arbeite mit Miss Sugar im Club. Es tut mir leid, aber ich habe Ihren Nachnamen nicht behalten.«

»Ich auch nicht«, kicherte Miss Sugar. »Ich war so fasziniert von Ihren Phantasien, dass ich gar nicht gefragt habe.«

Ich setzte mich auf, um ihr Kleid besser sehen zu können. Ich konnte in meiner Verblüffung kaum an mich halten. Sie trug das identische Geisterkleid, das sie mir gegeben hatte. Ihre blassgoldenen Haare waren nicht wie sonst in einem Dutt zusammengefasst, sondern fielen in weichen Wellen um ihr Gesicht. Sie hatte mir gesagt, ich sollte meine Haare auch offen tragen, und sie trug auch die gleiche Farbe des Lippenstifts, scharlachrot.

»Ich habe nichts dagegen, dass Sie noch dazugekommen sind«, sagte er und hustete. Dann schaute er von einem zum anderen. Der Ausdruck seines Gesichts veränderte sich schnell von leichter Verlegenheit zu offener Lust. »Wie könnte ich etwas dagegen haben, wenn mir zwei so liebliche Wesen auf diese Weise in den Schoß fallen?«

Miss Sugar hob mein Gesicht und küsste mich voll auf die Lippen.

»Wir sind wie zwei Schwestern, nicht wahr?«, gurrte sie und hielt mein Gesicht immer noch an ihres gedrückt.

»Sie könnten tatsächlich Schwestern sein«, stimmte Johnny zu und rutschte auf seinem Sitz weiter nach rechts, sodass links von ihm ein freier Platz entstand. »Suki, warum setzen Sie sich nicht neben mich? Dann kann ich der Dorn zwischen zwei Rosen sein.«

Miss Sugar stieß einen scharfen Fingernagel zwischen meine Rippen. Ich stand gehorsam auf und zwängte mich an ihr vorbei, aber der Platz zwischen den Stuhlreihen war zu schmal. Ich stolperte und grätschte über Miss Sugar. Ich griff nach ihrem Stuhlrücken, um die Balance nicht zu verlieren. Meine Arme flankierten ihren Kopf. Ich ließ sie absichtlich da. Das Spiel hatte begonnen.

»Hoppla! Ich habe das Gleichgewicht verloren«, sagte ich und kicherte leise. Sie erwiderte mein Lächeln und strich mit den Händen von meinen Beinen bis zu den Hüften. Ich zögerte, dann spreizte ich die Beine eine Idee mehr. Johnny starrte uns an, aber zunächst kümmerten wir uns nur um uns. Ich dachte, dass ich sie beim Onanieren erlebt hatte, wäre Überraschung genug, aber sie jetzt als durchsichtige Schönheit zu sehen, das war wirklich umwerfend.

»Hat Mimi Sie schon mal gesehen, wenn Sie sich in Schale geworfen haben?«, flüsterte ich. »Oder haben Sie absichtlich Ihr Licht unter den Scheffel gestellt?«

»Natürlich hat sie mich schon in Abendkleidern gesehen«, fauchte sie leise und ließ einen Teil ihrer normalen Persönlichkeit heraus. »Ich mache diesen Job genauso lange wie Mimi. Sie sind der Neuling in unserer Runde, vergessen Sie das nicht.«

Ich lehnte mich über sie, sodass meine Brüste fast in ihr Gesicht drückten. Ihre Finger verstärkten den Druck auf meinen Hüften, aber dann konnte sie nicht widerstehen und senkte den Blick, um ins Tal meiner Brüste sehen zu können.

»Und ich habe mich bereits als unersetzlich erwiesen, vergessen *Sie* das nicht.« Dann hob ich die Stimme, damit unser Begleiter mich hören konnte. »Glaubst du, wir sollten Johnny in Ruhe lassen, damit er seine Oper sehen kann? Auf der anderen Seite gibt es noch so einige Dinge, mit denen wir uns und ihn beschäftigen können.«

»Ich muss schon sagen, Mädchen, dass Sie ziemlich ausgelassen sind«, sagte Johnny. Er räusperte sich. Langsam wandten wir ihm unsere Köpfe zu. Er saß auf dem Rand seines Stuhls und wischte sich den Schweiß aus den Brauen. »Wie wäre es, wenn wir uns hier verabschieden und irgendwohin gehen, wo es privater zugeht?«

»Wir haben uns selbst vergessen. Entschuldigen Sie«, sagte Miss Sugar und zog mich näher an sich heran, sodass mein Schoß sich an ihrem Bauch rieb, und meine Brüste pressten ihre Wangen. »Aber wir haben uns lange nicht gesehen, nicht wahr, Suki? Und ich habe dich vermisst.«

Sie rieb ihre Nase zwischen meine Brüste, und mich durchlief ein Schauer. Ob vor Überraschung oder Lust, vermochte ich zunächst nicht zu sagen, aber in einer Sache war ich mir sicher: Die Feuchtigkeit zwischen meinen Brüsten kam von ihrer Zunge, und dass sie so eifrig leckte, tat sie nicht, um Johnny etwas zu bieten, denn er konnte das gar nicht sehen.

»Ich könnte dich die ganze Nacht so halten, Sugar«, sagte ich und kicherte wieder. Ich wand mich, als sie mit den Händen an den Seiten höher fuhr. »Aber da wir als Gäste hier sind, sollten wir Johnnys freundliche Einladung annehmen und in seiner Loge bleiben, um die Oper bis zum Ende anzusehen.«

»Oh, nein. Ich glaube, wir sind schon länger hier als erwünscht«, stellte Miss Sugar fest. Ihr Plan bestand offenbar darin, das Theater zu verlassen, wie Johnny angeregt hatte, um die Verführungsszene irgendwo anders stattfinden zu lassen. Man sah ihm an, dass er es kaum noch erwarten konnte. Aber ich hatte eine andere Idee.

»Aber wenn wir bleiben, können wir die Oper genießen und uns auf den Spaß danach freuen«, wandte ich ein.

Ich glitt von ihren Knien, während ich das sagte. Die Lichter wurden zum zweiten Akt gelöscht. Die Leute in der Reihe vor uns wandten sich widerwillig um und richteten die Operngläser wieder auf die Bühne. Ich zog mein Kleid hoch und quetschte mich an Johnny vorbei, bis ich auf seiner Seite war. Ich tat so, als wäre ich wieder gestolpert und fiel ihm auf den Schoß. Er hielt meinen Arm fest, um mich zu stabilisieren. Ein Gentleman, stellte ich fest. Seine andere Hand lag in seinem Schoß. Wie ich es mir gedacht hatte – er war hoch erregt.

Die Musik des zweiten Aktes war noch wachrüttelnder als im ersten, und das bedeutete auch, dass sonst keine Geräusche zu vernehmen waren. Ich wollte nicht bis zum Ende warten und auch nicht erst noch woanders hingehen. Ich wollte sofort mit der Arbeit beginnen. Nicht nur Johnny zuliebe, sondern auch wegen mir. Dieses letzte Abenteuer mit Miss Sugar hatte meine Bedenken endgültig zerstreut.

Mit ihr zu schauspielern und uns als Duo zu präsentieren würde viel interessanter sein, als ich für möglich gehalten hatte. Mein professionelles Ich meldete sich und hatte die Kontrolle übernommen. Ich würde es genießen.

Als die Musik und die Stimmen auf der Bühne anschwollen und die Loge zu erzittern begann, schob ich meinen Sitz bis zur Wand zurück. Ich sah Miss Sugar an und sah die Fragen in ihrem Stirnrunzeln.

Ich hatte noch keine Einzelheiten festgelegt, und eigentlich war sie ja die Anführerin, aber ich wies mit dem Kopf auf unser Opfer und steckte meinen Zeigefinger mehrfach in den Mund. Es war nicht eindeutig zu sehen, aber ich glaube, ein leichtes Nicken wahrgenommen zu haben. Der erste Schritt unserer Kampagne stand fest.

Ich fiel auf meinen Stuhl zurück und lehnte meinen Ellenbogen auf Johnnys Rückenlehne. Ich schlug die Beine sinnlich übereinander, wodurch das weiße Kleid noch ein bisschen höher rutschte. Trotz des kalten Wetters hatte ich auf Strümpfe verzichtet. Leichterer Zugang, dachte ich und musste selbst kichern. Die Musik drang in alle meine Sinne ein, und mir wurde bewusst, wie klug bedacht es von Sugar war, dass wir uns in Weiß kleideten. Im Dunkel des Theaters schimmerten wir wie Phantome.

Der Blick nach unten zeigte mir, dass Johnny seine Hand immer noch im Schoß hatte. Sie bewegte sich nicht, aber er schaute auf meine Hand, die über mein Bein strich. Die anderen Leute in der Loge saßen etwas weiter weg von uns. Miss Sugar schien darauf zu warten, dass die Vorstellung begann. Ich konnte in dieser Umgebung nicht allzu auffällig sein, aber es gab eine andere Möglichkeit, den Knaben zu wärmen.

Meine Hand blieb jetzt still auf meinem Knie liegen, dann hob ich sie an und legte sie auf sein Knie, das mir am nächsten war, und dort setzte ich das Streicheln fort. Er rutschte unruhig auf seinem Stuhl herum, spreizte die Beine und schob seinen Stuhl nach hinten.

Mein Körper war unangenehm verdreht, wenn ich sein Bein streichelte. Ich glitt vom Stuhl und kniete mich zwischen seine Schenkel. Ich traute mich nicht aufzuschauen, um zu sehen, was Miss Sugar von dieser Taktik hielt – oder auch Johnny. Ich würde mich von beiden nicht aufhalten lassen. Ich war unterwegs auf einer Mission.

Ein Sopransolo mitten auf der Bühne. Sie sang sich das Herz aus dem Leib, begleitet von einem steigenden Crescendo von Streichern. Ich öffnete den Reißverschluss von Johnnys Hose. Keine Gegenwehr. Ich schob meine Hand in seinen Stall. In meinem Bauch begannen die Schmetterlinge zu flattern, und als ich dann das warme Nest fühlte, aus dem der dicke Schaft sprang, war ich mir sicher, dass ich die Hitze auch in meinem eigenen Unterleib spüren würde.

Wie sehr hatte ich mich doch in den letzten Wochen verändert, dachte ich, als ich meine Finger um seinen stattlichen Penis legte. Ich war gierig danach. Der Gedanke, einen großen harten Schwanz zur Verfügung zu haben, der bereit war, alles zu penetrieren, was ich ihm anbot, war schon sehr exklusiv. So wirkte auch eine Droge, dachte ich.

Vielleicht war dieses liederliche Benehmen meine Spezialität geworden. Wieso hatte ich gedacht, ich wollte diese Welt der Gelegenheiten verlassen, diese Parade der Männer aus den höheren Gesellschaftsschichten, die danach lechzten, dass ich ihnen meine Gunst erwies?

In einem Opernhaus voller andächtiger Zuschauer waren nur er, ich und Miss Sugar auf eine andere Weise abgelenkt, und die Musik lieferte den exklusiven Hintergrund.

Ich beugte den Kopf, bis er zwischen seinen Beinen verborgen war. Seine Hände schoben die Haare aus meinem Gesicht; ich nahm an, damit er besser sehen konnte. Was er nicht wissen konnte – wenn man meine Haare anfasste, wurde ich noch schärfer, als ich schon war.

Sein Penis klopfte ungeduldig gegen mein Gesicht, stieß mit der Eichel gegen meinen Wangenknochen. Ich neigte mein Gesicht, bis ich die glitschige, pflaumenfarbene Spitze in den Mund nehmen konnte.

Johnnys Körper verspannte sich; vielleicht war es ein Schock für ihn, dass ich so schnell die Kontrolle übernommen hatte. Vergiss nicht, dass er noch jung ist, erinnerte ich mich. Hatten sich die dünnen Lippen seiner Frau je um diesen schönen Schaft geklemmt? Wenn nicht, hatte er noch viel zu lernen. Ich musste grinsen. Was für eine Rolle spielte ich eigentlich? War ich seine Lehrerin?

Ich folgte dem zuckenden Körper mit meinem Mund nach hinten, sonst würde er sich mir entziehen können. Seine Hände spielten mit meinen Haaren. Ich massierte seine Oberschenkel und behielt die feuchte Penisspitze fest im Mund. Ich glaubte nicht, dass er sich zurückziehen wollte, denn sein Schaft war viel zu beschäftigt, über meine Zunge zu hüpfen und in die warme Nässe zu stoßen. Tatsächlich setzte die Entspannung wieder ein. Ich gratulierte mir selbst, rutschte auf den Knien ein bisschen weiter vor und öffnete meinen Mund weiter, damit ich ihn tiefer aufnehmen konnte.

Er war kräftig geschwollen und zeigte sich in seiner ganzen Größe. Um zu verhindern, dass er mich mit seinem Gerät würgte, stieß ich ihn mit der Zunge zurück. Dadurch schlossen sich meine Lippen um seine Breite, die ich dann wieder zurück in den Mund saugte.

Der Penis versteifte sich und schwoll noch mehr an, als ich ernsthaft zu saugen begann. Jetzt konnte ich ihn nicht nur riechen, sondern auch schmecken, die saubere Haut mit dem süßen Salz der Flüssigkeit, die sich durch den kleinen Schlitz zwängte. In seiner Geilheit stieß er gegen meinen Gaumen. Seine Hände führten meinen Kopf langsam auf und ab, und das erleichtert den Druck in meiner Kehle. Bei dem Auf und Ab meines Mundes nagte ich auch schon mal an seinem gespannten Fleisch, das immer härter wurde. Er stieß dringlicher zu und spreizte die Schenkel noch mehr, um einen besseren Winkel für sein Stoßen zu erhalten.

Plötzlich spürte ich Hände auf meinem Po, die das Kleid noch höher schoben, bis es zerknittert um meine Taille lag. Jemand begann die Innenseiten meiner Schenkel zu streicheln.

Ich musste aufpassen, dass ich meinen Kiefer nicht um Johnnys Glied spannte und hineinbiss, denn nun wurden die forschenden Finger durch etwas Nasses, Warmes ersetzt. Eine Zunge leckte über meine Schenkel und nahm sich abwechselnd ein Bein vor. Immer nur die Innenseite.

Für einen Moment musste ich aufhören, Johnny zu verwöhnen, aber er presste seine Finger in meinen Nacken, um mich an Ort und Stelle zu halten. Meine Lippen knabberten bis hinunter zur Wurzel des Schafts. Aber die unsichtbare Zunge leckte weiter an meinen Beinen, unermüdlich, und dann wusste ich, dass es Miss Sugar war, deren Zunge Kontakt mit meinen zarten Pussylippen aufnahm.

Mein Kopf drehte sich von der unerwarteten Lust, die mir widerfuhr. Instinktiv wollte ich die Schenkel zusammenpressen, aber das ließ Miss Sugar nicht zu. Sie hielt mich mit ihren kühlen Fingern fest und spreizte meine Beine weiter auseinander, dann öffnete sie die Labien und setzte im nächsten Augenblick wieder ihre Zunge ein.

Ich streckte mich begierig dem Mund und den Fingern entgegen. Sie leckte über die Klitoris. Eine Frau leckte mich! Auch das war neu für mich. Wie am ersten Morgen, als ich mich von Mimi hatte fingern lassen. Aber das hier war ein bedeutender Schritt weiter, und Miss Sugar schien mir eine erfahrene Fachfrau zu sein.

Als die Sensationen von allen Seiten auf mich einprasselten und die Musik auf der Bühne noch lauter und gewaltiger wurde, fragte ich mich, ob Miss Sugar sich nicht auch um Johnny kümmern sollte statt um mich. Aber vielleicht genügte es ja schon, dass er ihr zuschauen konnte, wie sie mich leckte.

Ich dachte, ich würde ihre Zunge ertränken, so nass war ich. Sie schloss nun die Lippen um die Klitoris und saugte unerbittlich. Das Flattern ihrer Zunge baute den Druck auf. Ich drängte mich ihrem Gesicht entgegen.

Die Musik war ganz leise geworden; die Streicher zitterten, man konnte eine neue größere Tragödie erwarten. Ich geriet für einen Moment in Panik. Was passierte, wenn plötzlich die Lichter angingen? Aber das war vielleicht Miss Sugars Problem, meins nicht. Nun ja, die Streicher zitterten sich weiter in die Bedrohung hinein.

Wir alle drei legten eine Pause ein, aber jetzt tauchte Miss Sugar den Kopf wieder zwischen meine Schenkel, und Johnny stieß wieder in meinen Mund. Ich wollte damit aufhören, denn ich konnte seinen Stab woanders besser gebrauchen. Aber ich wollte auch meine Labien und die Klitoris über Miss Sugars Gesicht mahlen und die einsetzende Ekstase erleben. Sie hatte aufgehört, die Klitoris zu saugen. Ihre Zunge drang tiefer in meine Spalte ein und bewegte sich von einer Seite zur anderen.

Während ich saugte, schleckte Sugar immer fester. Sie führte einen Finger ein, dann zwei. Und danach der Einsatz der kundigen Zunge.

Es schien, als arbeiteten wir alle mit derselben Geschwindigkeit, aber kaum hatte ich das gedacht, da spürte ich, wie Johnnys Schaft plötzlich noch ein paar Zentimeter zuzunehmen schien, und dann schoss es auch schon aus ihm heraus. Ich hielt ihn mit dem Mund fest umschlungen, und er schien gar nicht mehr aufhören zu wollen.

Auf der Bühne erklangen die letzten Töne der Solisten und des Chors, und das Orchester spielte dem Finale entgegen. Jedes Instrument wollte seine ganze Lautstärke zeigen – wenn es der Dirigent erlaubte.

Solange Miss Sugar mit Fingern und Zunge an mir wirkte, behielt ich Johnny im Mund. Es dauerte nicht lange, da hatte mich ein Orgasmus im Griff, der intensiver nicht hätte sein können. Ich wurde geschüttelt und spürte, wie Miss Sugar mich bis auf den letzten Tropfen ausleckte, dann gab sie mir einen Klaps auf den Po und sagte, ich sollte so schnell wie möglich vom Boden der Loge aufstehen.

Die Zuschauer sprangen auf und spendeten frenetischen Beifall. Ich fiel auf meinen Sitz zurück, rang nach Luft und zog mein Kleid im jungfräulichen Weiß über die Knie. Johnny zog den Reißverschluss seiner Hose hoch und wischte sich die Haarfransen aus den Augen. Er versuchte, ganz cool auszusehen. Ich schätzte, dass Miss Sugar und ich ihn auf eine völlig neue Erfahrungsebene gestellt hatten.

Auf der anderen Seite von Johnny bemühte sich Miss Sugar um den Sitz ihrer Frisur. Die blonden Haare, das weiße Kleid und ihre weißen Gesichtszüge, das war wieder das perfekte Bild, auf das sie so großen Wert legte. Die Lichter gingen an, aber der Beifall hielt an, und wir drei hoben unsere Köpfe und kehrten in die reale Welt zurück.

»Bravo, Suki«, sagte Miss Sugar,

Die Menschen in der Reihe vor uns lehnten sich mit dem Rücken an die Balustrade. Sie starrten uns mit offener Bewunderung an und schauten staunend von einem zum anderen. Zwei Frauen standen da, sie hatten große, sehnsüchtige Augen und fächelten sich mit dem Programm Luft zu; die beiden Männer beklatschten unsere Vorführung mit glitzernden, lüsternen Blicken und mit viel Zustimmung.

»Was Sie angeht, Miss Sugar«, sagte ich gerade und ließ die Wimpern einige Male klimpern, »möchte ich nicht wissen, welche Geheimnisse sonst noch in Ihnen stecken.«

Draußen auf der eisigen Straße standen Miss Sugar und ich eng zusammen, und die gut angezogenen Opernbesucher hasteten zu Bussen, Bahnen oder Taxis. Unsere Logenbegleiter waren, so hatten wir inzwischen erfahren, wohlhabende Amerikaner; Geschäftsfreunde von Johnny. Sie folgten uns die Treppen hinunter, drückten uns Visitenkarten und Handynummern in die Hände und bedrängten uns, mit ihnen auf ihre Zimmer im Ritz zu gehen. Es war verlockend.

Aber Miss Sugar hatte andere Pläne. Sie lud unsere neuen Freunde morgen Abend in den Club ein. Dann legte sie einen Arm um meine Taille und sagte: »Heute wollen wir unter uns ganz intim sein.«

Sie klatschten wieder und nickten. Die Männer klopften Johnny auf den Rücken, als wäre er ein besonderer Held. Miss Sugar und ich standen still wie Statuen und hielten uns umschlungen. Vestalische Jungfrauen.

Johnny kümmerte sich darum, dass die Amerikaner ihre Limousinen fanden, dann kam er zurück. Er fragte nervös: »Und wo soll ich unterschreiben?«

Siebzehntes Kapitel

Johnny trat aus Miss Sugars Schlafzimmer in der Mansarde, sprachlos vor Erschöpfung. Dafür hatten wir beide gesorgt. Miss Sugar und ich hatten uns kaum von ihm verabschieden können, so sehr waren wir immer noch ineinander verstrickt. Viel später waren wir dann in einen tiefen Schlaf gefallen.

Klopfen an der Tür weckte mich. Ich war völlig verwirrt. Miss Sugar war nicht da, wie ich jetzt feststellte, und meine silbrigen Schuhe und das weiße Kleid konnte ich auch nirgendwo sehen. Auf dem Kissen neben meinem Kopf lag ein langer weißer Umschlag. Es klopfte weiter. Sugar hatte wahrscheinlich ihren Schlüssel vergessen. Oder diesen Umschlag. Ich griff nach ihm und erhob mich von der Matratze, völlig nackt. Ich riss die Tür auf und hoffte, dass es sich um Sugar handelte. Es wäre schön, wenn sie noch nicht genug hätte.

»Guten Morgen, Suki. Ich bin froh, dass du noch hier bist, denn deine Spiele mit dem plötzlichen Verschwinden sind auf Dauer ein bisschen nervig.«

Mimi stand da, elegant und cool in einem schokoladenbraunen Minirock aus Leder, kniehohen Stiefeln mit hohen Absätzen und einem cremefarbenen Kaschmirpulli. Ihre Haut war warm und braun, und ihre Augen sprühten Feuer, als sie meinen nackten Körper sah. Ich fragte mich, was sie zu den vielen roten und blauen Flecken sagte, die ihre zurückhaltende Assistentin mir beigebracht hatte. Mimis Mundwinkel senkten sich. Sie legte eine Hand auf meine nackte Schulter und führte mich zurück in die Wohnung.

»Mimi, ich dachte, du wärst Miss Sugar, die zurückgekommen wäre ... ich meine, du solltest noch in Symes Hall sein«, sagte ich, während ich nach etwas suchte, um mich zu bedecken. Das einzige Ding zwischen meiner nackten Haut und der Außenwelt war der Umschlag. Aber Mimi schaute mich gar nicht an. Sie sah sich im Zimmer um, als suchte sie etwas Bestimmtes.

»Da hättest du sein sollen«, sagte sie. »Aber ich glaube, dir geht es zu gut in deinem neuen Job, oder vielleicht haben wir deinem Kopf zu viel zugemutet. Nicht nur, dass du zurück nach London fährst, bevor die Zeit dafür gekommen war, du borgst dir auch meinen Samtmantel und löst beinahe ein Unglück aus.«

Sie schaute auf das zerwühlte Bett.

»Es tut mir leid«, sagte ich verlegen. Mimi hatte die Fähigkeit, dich so zu loben, dass du glaubst, eine Million Dollar wert zu sein, und im nächsten Augenblick kommst du dir wie ein Wurm vor. »Ich konnte nicht da bleiben. Ich konnte nicht riskieren, dass Chrissie die Wahrheit über meine Arbeit herausfindet. Das wäre das Ende unserer Freundschaft. Sir Simeon wusste, dass ich abreiste. Aber ich hätte es auch dir sagen müssen. Und was den Mantel angeht ... ich habe den erstbesten Mantel gegriffen, den ich im Büro gefunden habe. Ich brauchte ihn für das Opernhaus. Aber auch dafür entschuldige ich mich. Aber wir haben gearbeitet, Mimi.«

Es sprudelte nur so aus mir heraus. Hör auf, forderte ich mich auf. Man muss glauben, dass du immer noch eine Anfängerin bist.

»Ja, das habe ich gehört. Ich bin immer noch die Chefin, Summers, auch wenn ich in letzter Zeit nicht so oft da war. Ich habe darüber nachgedacht, dich zu entlassen, nachdem du abgehauen bist. Aber auf der anderen Seite verstehe ich deine Gründe, und dann habe ich schon Miss Sugars Bericht über deine Vorstellung gestern Abend gelesen. Du hast dir mehrere Goldsterne verdient ... allein schon wegen deines Einsatzes bei dem jungen Johnny Symes. Nicht schlecht, vor allem, wenn man bedenkt, dass es dein letzter Abend als Haushälterin des Clubs sein sollte.«

Mimi kam auf mich zu und wies mit dem Kopf auf den Umschlag. Ich schaute ihn an und sah, dass mein Name getippt darauf stand. Zweifellos hatten Miss Sugars flinke Finger dafür gesorgt. Der Umschlag war voller Fünfzig-Pfund-Noten.

»Johnny Symes?«, krächzte ich, als wäre er aus dem Umschlag gesprungen. »Dieser junge blonde Typ war ein Symes?«

»Ja, ein Cousin. In dieser Familie kommen sie in allen Größen und Umfängen vor«, erklärte Mimi. »Merlin kommt auf seine Mutter, wie du auf dem Portrait in Symes Hall gesehen haben wirst. Der kleine Johnny stammt von Sir Simeons Seite.« Sie hob die Schultern. »Ich habe erst heute Morgen von seiner Existenz gehört. Er hat euch alle reingelegt, was?«

»Meinst du, dass er auch keine frigide Frau hat? Ist er gar nicht verheiratet?«

»Weder noch. Er ist noch nass hinter den Ohren. Erst in diesem Herbst hat er seinen ersten Job in der City angetreten.«

»Was hat Sir Simeon dazu gesagt?«, fragte ich und errötete.

»Er machte einen Kommentar, dass du dich durch seinen ganzen Stammbaum arbeitest, aber wenn es Johnny gelingt, einige seiner wohlhabenden Kollegen und Kunden zum Club zu bringen, ist das eine feine Sache.«

»Ich habe es nicht darauf angelegt, mich durch seinen Stammbaum zu arbeiten. Oh, ich sollte mir wohl besser was anziehen«, murmelte ich und sah mich wieder nach was Tragbarem um. Aber meine Sachen befanden sich noch im Büro, schätzte ich. Ich hatte nichts zum Anziehen. In meinem Kopf pochte es, und ich wusste, dass ich scheiße aussah.

»Es ist schade, diesen köstlichen Körper zu verbergen, aber ja, du solltest dich anziehen. Hier, ich habe dir was mitgebracht.« Mimi reichte mir wieder eine Einkaufstasche. »Ich schätze, du brauchst was, wenn du zurück in deine schäbige Pension gehst. Oder sollen wir dich hier als Gefangene halten, nackt und schön, wie du bist?«

»Ich muss mit dir reden, Mimi. Du hast gesagt, dass letzte Nacht meine letzte Arbeit als Haushälterin sein sollte? Dann hast du offenbar gehört, dass ich aufhören will?«

»Ja, das habe ich gehört. Aber ich habe auch eine Entscheidung getroffen, und danach wirst du deine Entscheidung revidieren. Da bin ich mir ganz sicher. Aber die wichtigen Dinge zuerst.«

Sie nahm mir den Umschlag aus der Hand und ging zu einem Schrank am Fenster. Ich sah ihre langen Beine und die vollen Hüften, als sie ins Schlafzimmer ging.

Ich schlang meine Arme um meinen Körper und musste an die vielen erstaunlichen Akte der vergangenen Nacht denken. Jetzt konnte ich kaum glauben, was wir alles getan hatten.

»Ich muss zuerst unter die Dusche, bevor ich das hier anziehe«, sagte ich zu Mimi.

»Wie du willst. Ich muss sagen, du siehst halb totgevögelt aus. Aber könntest du zuerst mal zu mir kommen? Ich möchte dir etwas zeigen.«

Ich schlang ein Pelz-Imitat, das auf dem Sofa lag, um mich und stand auf. Als ich auf Mimi zuging, schaute ich an ihr vorbei aus dem Fenster und sah, dass man von Miss Sugars Zimmer einen ebenso guten Blick hatte wie vom Penthouse aus. Man konnte direkt in Sir Simeons Wohnung schauen.

»Oh, wir wissen, dass Miss Sugar uns beobachtet, wenn wir in seiner Wohnung sind. Wir lassen die Jalousien immer oben«, sagte sie lässig und nahm einen winzigen Camcorder aus dem Schrank.«

»Ich dachte, sie verehrt Sir Simeon?«

»Tun wir das nicht alle, Darling?« Sie schob meine zerzausten Haare hinter meine Ohren. Ich errötete. »Sir Simeon ist der Mann, dem es beinahe gelungen wäre, Miss Sugar zur Heterosexualität zu konvertieren. Aber ich glaube, du hast sie zurück auf den Pfad der Sappho gebracht.«

»Und was habt ihr mit Miss Sugar angestellt, bevor sie in den Club aufgenommen wurde? Du hast mal so eine Andeutung gemacht.«

»Ich hatte nichts damit zu tun. Ich wollte auch von dem Experiment nichts wissen. Ich mochte sie, wie sie war. Aber da dies ein Club für Gentlemen ist, hörte es sich überzeugend an, ihr zu zeigen, wie sich der Sex mit einem Mann anfühlt.«

»Oh, wie grausam«, rief ich.

»Grausam? Man könnte auch sagen, dass es besonders generös von uns war, denn nicht nur Sir Simeon hat es versucht, sondern auch sein Sohn Merlin.«

Ich schluckte.

»Sie war nicht dagegen«, sagte Mimi. »Aber ich muss zugeben, dass die Männer eher einen Wettbewerb unter sich ausgetragen haben. Jeder wollte es sein, der Sugar den Spaß auf einfühlsame Männer beibringt.«

»Die beiden tragen immer irgendeinen Wettbewerb aus, nicht wahr?«, fragte ich. »Ich habe gehört, dass Merlin um dich kämpft. Er hat es mir selbst gesagt.«

Mimi machte eine wegwerfende Handbewegung. »Kindisch und unsinnig. Sie werden bald lernen, dass ich keinem gehöre. Sie wollten mich aus dem Zimmer schicken, aber ich habe mich geweigert. Ich wollte bleiben, um Miss Sugar zu helfen, wenn es nötig werden sollte. Aber es war nicht nötig. Sie hat jede Sekunde genossen.«

Ich kicherte, und Mimi sah mich strahlend an.

»Und wie hat Sugar das nachher aufgenommen?«, fragte ich.

»Sie war wie immer. Stand auf, richtete ihre Kleider her, überprüfte ihre Frisur und sagte, das wäre nicht schlecht gewesen, aber sie würde wohl bei ihren Vorlieben bleiben.«

»Sie ist eine verblüffende Frau.«

»Sie mag dich«, sagte Mimi. »Sie hat mir schon den Bericht über gestern Abend zugeschickt. Sie dachte natürlich, dass du und sie ein neues Mitglied aufnehmen und ihm zeigen, was die Damen so alles drauf haben. Aber was sie alles über dich berichtet hat ... Ich habe sie noch nie so betört erlebt, so vernarrt in jemanden. Ich muss sagen, da könnte man eifersüchtig werden.«

»Was wolltest du mir eigentlich zeigen?«, fragte ich. Mein ganzer Rücken war steif, weil ich mich seitlich drehen musste, um sie anzusehen.

»Nun, in der ganzen Aufregung gestern Abend und der Hast, heute Morgen ins Büro zu kommen – sie ist immer wahnsinnig pünktlich –, hat sie vergessen einzusammeln und zu archivieren. Es geht um den Nachweis, verstehst du? Deshalb dachte ich, ich sollte selbst nachsehen, und deshalb bin ich hier.«

»Nachweis? Kann das nicht warten, Mimi? Ich muss wirklich mit dir reden.«

»Ruhig, Suki, ganz ruhig.«

Mimi setzte sich zu mir aufs Sofa und schaltete den Fernseher ein. Da waren wir gleich, alle gestochen scharf, im Hintergrund die Jazz-Platte, die Miss Sugar aufgelegt hatte, nachdem wir aus dem Opernhaus zurückgekehrt waren. Wir lagen nackt auf dem Bett; Johnny Symes, Miss Sugar und ich. Ich war also nicht mehr nur auf meine Erinnerungen angewiesen, es gab einen richtigen Film über das, was geschehen war.

Da war Johnny, der in mich hineinpflügte. Ich hatte einen Schenkel um seinen Po gelegt. Mein Rücken krümmte sich, als Johnny meine Brüste massierte. Miss Sugar schwenkte ihren Körper und rutschte heran, dann stöhnte sie laut, als sie sich auf mein Gesicht niederließ.

Es gab eine Menge zu sehen. Vier oder fünf verschiedene Positionen. Dann gab es auch die Szenen, in denen Miss Sugar und ich allein aktiv waren.

Mimi sah mich von der Seite an. Ihr breites Lächeln öffnete ihr Gesicht.

»Was haben wir denn da?«, fragte sie verwundert und setzte sich aufs Bett. Sie schlug die langen Beine übereinander. Ich wollte aufstehen, aber sie legte eine Hand auf mein Bein und drückte mich zurück. »Dies sieht wie eine Aktion aus, die mit der Pflicht nichts mehr zu tun hat.«

Ich wartete darauf, dass mir die Röte ins Gesicht stieg, aber das geschah nicht. Ich schaute auf den Bildschirm, und statt Verlegenheit knisterte es wieder in mir, als ich die aufregenden Griffe und Liebkosungen sah, und die Wirkung war noch viel stärker, weil Mimi neben mir saß.

Miss Sugar, völlig nackt, hatte sich auf alle viere aufgerichtet, und ich, ebenfalls nackt, kniete hinter ihr. Von Johnny war nichts zu sehen, und es gab auch kaum Geräusche, abgesehen von der gedämpften Hintergrundmusik.

Miss Sugar blickte über ihre Schulter zu mir, und ich gab ihr einen kräftigen Klaps auf ihren Po. Der ganze Körper bog sich wie bei einer Katze. Dann ließ sie den Kopf in die Kissen sinken, während sich mein Kopf ins Tal ihrer Schenkel begab. Deutlich war meine Zunge zu sehen, lang und nass und rosa. Gleichzeitig griff ich in ihr weiches Fleisch.

Sugar erinnerte mich an ein flinkes, weißes Tier, das im

Schnee lebt. Ihre kleinen festen Brüste rieben sich an der Matratze, was man im Schein der Kerzen, die um das Bett herum aufgestellt worden waren, gut sehen konnte. Sie warf dann den Kopf in den Nacken und drückte sich auf mein Gesicht.

Mimi drückte auf den Unterbrechungsknopf und hielt den Moment fest, kurz bevor es Miss Sugar kam. Ich konnte den Blick nicht vom Bildschirm wenden. Ich sah Sugars süßen Saft auf meine wartende Zunge fallen.

»Woher hast du das gewusst?«, fragte ich mit vibrierender Stimme. Mimi nahm das Video aus der Maschine und steckte es in ihre Handtasche.

»Teils Rückschlüsse gezogen, teils mein sehr intimes Wissen über Miss Sugar und wie sie arbeitet, wenn sie das Kommando hat. Es wäre ihr nicht möglich gewesen, den Abend enden zu lassen, ohne dich zu vernaschen. Sie will Frauen bekehren, deshalb haben Sir Simeon und Merlin auch nicht wirklich eine Chance gehabt. Sie steht auf Frauen, und es scheint, dass du zu ihren Lieblingen gehörst.«

Mimi gluckste, stand auf und zog mich auf die Füße. »Überstunden. Du hast dir dieses Geld redlich verdient, aber du kannst noch viel mehr verdienen, wenn du deine Karten richtig spielst. Zieh dich an. Ich muss mit dir reden.«

Ich legte die Kleider aufs Bett und konnte einen Anflug von gierigem Entzücken nicht unterdrücken, als ich das braune Leder mit meinen Fingern betastete. Zu der raffiniert geschnittenen Hose und den spitzen Stiefeletten, die ich schon einmal getragen hatte, fand ich noch ein eng sitzendes T-Shirt, cremefarben wie Mimis Pulli, und einen langen Ledermantel.

»Damit sehe ich aus wie du«, sagte ich, als ich mich angezogen hatte.

Mimi sah hoch.

»Das soll auch so sein«, sagte sie und klopfte auf den Platz neben sich. »Die Transformation ist komplett.«

»Was meinst du damit?«

»Abgesehen davon, dass diese Kleider dir phantastisch stehen, mein hässliches Entlein, haben wir gewisse Standards, die wir halten wollen. Fangen wir an mit . . .« Sie nahm meine Haare in ihre Hände, zog sie einen Moment vom Gesicht weg und ließ die Ringellöckchen dann wieder federn. »Nein, lassen wir die Haare diesmal lose.«

Ich saß neben ihr und atmete ihr Moschusparfum ein.

»Ich meinte es ernst, Mimi. Ich möchte für euch nicht mehr arbeiten.«

»Ich habe das schon beim ersten Mal gehört, und das ist okay. Du wirst nicht für mich arbeiten«, sagte sie und setzte sich bequem zurück. Sie legte den roten Samtmantel über ihre Knie. »Lass mich dir zeigen, warum ich so besorgt war, als ich herausfand, dass du meinen roten Samtmantel genommen hattest.«

Sie zog etwas aus der Manteltasche und schwenkte es vor meinem Gesicht hin und her.

»Ein Flugticket«, murmelte ich. »Einmal nach New York.«

»Ja, so ist es. Ich werde einen neuen Gentlemen's Club gründen, mit dem ich unsere amerikanischen Freunde erreichen will.«

»Mir fallen sofort einige potenzielle Mitglieder ein«, sagte ich und musste an den gestrigen Abend denken. »Johnny Symes hat sehr bereitwillige amerikanische Freunde.«

»Na, bitte, wer sagt's denn? Dir fließen die Freundschaften nur so zu.« Mimi strich mit dem Flugticket über meine Wange. »Ich wollte dir das schon in Symes Hall erzählen, Suki. Oh, da fällt mir ein – deine Freundin Chrissie würde dich gern sehen. Himmel, war das eine Party!«

Ich erhob mich und ging hinüber zum Fenster. Sir Simeons

Wohnung war extrem aufgeräumt. Und sie schien auch leer zu sein.

»Ein Ding nach dem anderen, Mimi. Natürlich werde ich Chrissie besuchen, bevor ich abreise. Ich muss mich bei ihr entschuldigen. Aber daran will ich jetzt nicht denken. Was macht Sir Simeon? Es sieht fast so aus, als hätte er seine Wohnung verlassen.«

»Ja, er zieht in mein Haus. Er kann auch darauf aufpassen, wenn ich weg bin.«

»Er geht nicht mit dir?«

»Ich bin die Katze, die stets allein unterwegs ist, Summers. So wie du. Und ich will auch nicht an einen Ort gebunden sein. Aber ich war noch nicht fertig mit den Dingen, die ich dir sagen will. Du hast dich verändert, seit du hier arbeitest. Vielleicht ist das auch dein wahres Gesicht.«

»Ich habe es übertrieben, das ist mir bewusst. Am Abend von Michails Party habe ich es übertrieben und auch, als ich mich mit Geoffrey Grey am London Eye getroffen habe.« Ich ließ den Kopf hängen und versuchte, so auszusehen, als schämte ich mich. »Aber ich kann mich dafür nicht entschuldigen, Mimi. Diese ganzen Ausschweifungen, meine exhibitionistische Neigung – das hat mir alles einen Riesenspaß gemacht.«

»Ich will nicht, dass du dich dafür entschuldigst«, antwortete sie, und ihrer Finger streichelten über meine Wange. »Du hast eine Menge Energie, die du bei deinen Sexakten einsetzt, nicht wahr? Und Scham kennst du nicht. Du schreckst nicht davor zurück, deinen Bekannten beim Sex nachzuspionieren, und du hast nichts gegen heimliche Treffen ... ja, Summers, in den letzten paar Monaten hast du dich zu einer Person entwickelt, die nicht zu unterschätzen ist. Jeder sieht das so. Du bist aufgegangen wie eine wunderschöne Blume, du hast dich großartiger entwickelt, als ich mir in den kühnsten Träumen vorgestellt habe, und das will was heißen. Ich dachte, du wärst eine Wilde, aber so wild ... Dich hält nichts auf, was? Und sie wollen mehr von dir.«

»Ich verstehe nicht.« Ich runzelte die Stirn und blieb still sitzen, damit sie ihre Finger nicht zurückzog. »Ich dachte, ich hätte meine Grenzen als Haushälterin gesprengt. Aber das liegt natürlich auch daran, dass ich bis heute nicht weiß, welche Aufgaben eine Haushälterin zu erfüllen hat. Ich meine, ich habe ein paar Mitglieder gevögelt und auch den Verlobten meiner besten Freundin.«

Mimi lachte gurgelnd, und als sie mein besorgtes Gesicht sah, lachte sie noch lauter. »Wach auf und atme den Duft des Potpourris ein, Summers! Dem Club geht es ausgezeichnet, in erster Linie haben wir das dir zu verdanken. Und das Schöne daran ist, dass du das nicht einmal weißt. Wir haben mehr Mitglieder, als wir verwöhnen können. Jetzt hörst du unseren Vorschlag, und wir brauchen deine Antwort sofort. Wir wollen, dass du und Miss Summers die Geschäftsführung übernehmen. Der Club soll nicht größer werden und so intim bleiben.«

Ich blickte hoch zu ihr, und über mein Gesicht breitete sich ein schmutziges Lächeln aus. Mein ganzer Körper schwoll an vor Stolz und Aufregung.

Achtzehntes Kapitel

»Du wirst also Unternehmerin.«

Chrissie sah sich im Penthouse um, strich mit den Fingern über das verchromte Treppengeländer, drückte die Spotlights an, die von der Decke an krummen Drähten hingen, und öffnete und schloss die Türen des beeindruckenden begehbaren Kleiderschranks.

»Ich habe dir gesagt, dass ich Wurzeln schlagen kann«, antwortete ich und schenkte Champagner ein. Ich könnte mich an dieses Leben gewöhnen. Chrissie warf mir einen Blick zu, dann kam sie und holte sich ihr Glas ab.

»Aber es war sehr knapp, was? Um ein Haar wärst du wieder abgehauen und ins Ausland geflohen, ohne mir ein Wort zu sagen. Und beinahe hätte ich nicht herausgefunden, dass Jeremy ein Mitglied des Clubs ist, bei dem du dich beworben hattest. Ihr hättet euch treffen können, ohne zu wissen, dass ihr beide eng mit mir verbunden seid.«

Ich errötete. Meine Gedanken waren bei Jeremy, wie er es mir besorgte. Ich sagte nichts; ich war froh, dass Chrissie alle bisherigen Informationen gut verkraftet hatte. Sie machte einen entspannten Eindruck.

»Ich dachte, du würdest verrückt, als du mich in Symes Hall gesehen hast«, sagte ich. »Ich sprach schnell, um meine Verlegenheit zu überspielen. Ich hätte mich schon vor Wochen bei dir melden sollen, um dir von meinem neuen Job zu erzählen. Aber es ist nicht meine Schuld, dass Jeremy seine Geheimnisse vor dir hatte. Wie sieht es denn aus mit euch beiden?«

»Phantastisch. Es war nie besser. Die hässliche Schwester ist in die Wüste geschickt, und wir sind verliebter denn je.«

Chrissie warf ihre blonden Locken herum und schlug die Beine übereinander. Ich hatte diese Sicherheit nicht: Avril Grey hatte die Sturheit eines Terriers. Ich konnte mir nicht vorstellen, dass sie sich leise in die Wüste schicken ließ.

»Das hört sich gut an«, sagte ich und suchte ein neues Thema. »Und wie geht es dem Jungen mit den goldenen Haaren? Ich meine den Jungen von der Parfummesse. Hat er sich von deinem Überfall auf der Party erholt?«

»Er wusste nicht, wohin er gucken sollte, als wir uns das nächste Mal begegnet sind«, sagte Chrissie kichernd. »Aber ich habe ihm beigebracht, wohin er zu gucken hat. Inzwischen ist er mir ein bisschen zu forsch geworden. Er nimmt sich Freiheiten heraus, wenn ich in meiner Abteilung arbeite.«

»Freiheiten? Das hört sich so an, als hätte er sich Schlagsahne unter den Nagel gerissen. Welche Freiheiten hat er sich denn herausgenommen?«

»Es macht ihn unglaublich heiß, wenn er mich berühren kann, wenn ich die entsetzliche Uniform trage. Er legt seine Hände auf den türkisfarbenen Rock. Sogar dann, wenn noch Kunden da sind, die ich bedienen muss.« Chrissie zog ihre enge Jacke fester über die Hüften.

»Ich fühle mich wirklich erleichtert«, sagte ich und seufzte. Ich drückte mein Glas gegen die Wange. »Ich konnte ja nicht wissen, wie du die ganzen Enthüllungen aufnehmen würdest, über den Club, über Jeremy und auch über die Dinge, die ich schon im Club gemacht habe. Wie kommt es, dass du so nachsichtig damit umgehst?«

»Diese Mimi Breeze.« Chrissie schüttelte den Kopf und gluckste. »Sie könnte einem Mönch die Unschuld abschwatzen. Am Tag nach der wilden Party hat sie mit uns geredet und gesagt, wie wunderbar du bist und wie viele deiner Kunden dir und ihrem Team danken. Wie könnte ich was dagegen haben, dass mein Jeremy zu einem solchen Club gehört? Sie ist bezaubernd, und ich könnte mich in sie verlieben, wenn ich an diesem Ufer wohnte. Ich bin sicher, du wirst sie vermissen.«

Ich nickte. Mimi hatte also in Wirklichkeit nichts erklärt. Chrissie hatte eine sorgsam bearbeitete Fassung dessen erhalten, was ihr geliebter zukünftiger Ehemann im Club suchte und fand. Nun, ich würde ihr nicht die Augen öffnen.

Als ich mich im Apartment umschaute, konnte ich mein Glück immer noch nicht glauben. Ich hatte nur mit den Fingern geschnipst, und schon war dies mein neues Zuhause. Nach unserem Gespräch über meine Zukunft war Mimi mit mir in die Pension gegangen, hatte die Rechnung beglichen und gefragt, welches Zimmer ich im Club am liebsten hätte. Ich hatte das Apartment genannt, und noch am selben Tag hatte sie mir beim Umzug geholfen.

»Mimi hat mich entdeckt und gefördert«, sagte ich. »Ich werde sie vermissen. Sie ist brillant und bezaubernd. Ich will ihr zeigen, dass ich für diese Arbeit geeignet bin, deshalb lockt mich zunächst auch nichts mehr ins Ausland. Ich muss auf eigenen Füßen stehen. Und dann ist ja auch noch Miss Sugar da.«

»Wer ist das denn?«

»Meine Partnerin.« Ich fühlte, wie meine Wangen warm wurden. »Sie führt den Club mit mir zusammen.«

Chrissie hüstelte und stellte ihr Glas auf die Glasplatte des Kaffeetischs.

»Ich habe nachgedacht, Suki. Glaubst du, dass ihr noch weitere Partner gebrauchen könnt?«, fragte sie. Ich wusste, was diese miauende Stimme zu bedeuten hatte.

»Du meinst, du würdest bei uns mitmachen wollen?«

»Nun, ich muss gestehen, dass ich wahnsinnig eifersüchtig bin, dass du in dieser kurzen Zeit diesen tollen Job gefunden hast. Ich bin sicher, dass es meine Garderobe war, die bei deiner Vorstellung den Ausschlag gegeben hat.«

»Es bedurfte schon mehr als ein geborgtes Kostüm, um diese Position zu erreichen und zu halten. Siehst du dich wirklich in der Lage, das zu tun, was ich mache, Chrissie?« Meine Stimme klang tief und leise, was ich auch von Mimi gelernt hatte. »Glaubst du, so eine Einrichtung führen zu können? Handtücher falten, Blumen arrangieren, neue Cocktails erfinden, bei den Mitgliedern abkassieren, eventuell Telefongespräche für die Mitglieder führen? Alles, damit sie sich glücklich fühlen. Ihnen zu jeder Tages- und Nachtzeit zur Verfügung zu stehen?«

»Es gelingt dir nicht, mir einzureden, dass dieser Job etwas anderes ist als eine Fundgrube an Spaß. Vergiss nicht, ich verbringe jeden Tag damit, Leuten Parfum in den Nacken zu sprühen und Eheversprechen zuzuhören. Wenn du das alles kannst ...«

»Alles, was du kannst, kann ich besser – ist es das, Chrissie?« Es war mir nicht länger möglich, meine Irritation zu verbergen. »Du glaubst wohl, dass dieser Job nur ein Spaziergang durch den Park ist, was?«

»Ja, mir kommt er wie eine frische Brise vor.«

Es entstand eine Pause, und dann begriffen wir beide das Wortspiel, das sie von Miss Breeze abgeleitet hatte. Ihre Lippen zuckten, meine auch, und mit einem Gefühl, dass das Eis gebrochen war, mussten wir beide lachen. Ich schenkte wieder Champagner ein.

»Also gut, kommen wir zu deiner Idee zurück«, sagte ich, und meine Gedanken überschlugen sich. »Ich glaube, von der geschäftlichen Seite könnten wir dich brauchen ...«

»Ich bin ganz Ohr, Suki.«

»Ich rede von deiner Parfumabteilung. Du hast mit Frauen, Ehefrauen, Mätressen zu tun. Du könntest Nachschub für uns rekrutieren. Nicht, dass wir einen Mangel an Mitgliedern haben, aber wir wollen keine Reklame. Wir leben von der Mund-zu-Mund-Propaganda. Deine Abteilung wäre ein idealer Ausgangspunkt, auch wegen der vielen Messen, die du besuchst …«

»Ja, aber dies ist ein Club für Männer, Suki. Welchen Nutzen hättest du von meinen vielen Herzoginnen?«

Ich öffnete die Tür meines Apartments und ging mit ihr nach unten. Als wir am kleineren der beiden Salons vorbeikamen, bemerkte ich, dass zwei meiner liebsten Gäste gerade eingetroffen waren. Geoffrey Grey und Merlin Symes hatten sich rechts und links neben den offenen Kamin gesetzt. Ich zog meinen Bauch ein, fühlte den Kuss der Spitzenwäsche auf den Brüsten und auf den Labien.

Chrissie stand noch auf den letzten Treppenstufen. Sie bewegte den Kopf hin und her, bewunderte die gediegene Einrichtung und wollte alle Türen öffnen.

»Da nicht, bitte«, raunte ich ihr zu, als sie den größeren Salon betreten wollte. »Da findet gerade eine wichtige Sitzung statt.«

Im Büro setzte ich sie vor meinen Schreibtisch und zeigte ihr eine neue schlanke Broschüre, die noch nicht fertig gestellt war, aber bald eingesetzt werden konnte.

»Das befindet sich noch in der Vorbereitung. Ich will einen Club gründen, genau wie den Gentlemen's Club, aber für Frauen. Wenn wir dein Hilfe in Anspruch nehmen, könnten wir den Club vielleicht ›Perfume Place‹ nennen. Frauen können zu uns kommen, wenn ihnen zu Hause die Decke auf den Kopf fällt, wenn sie ihrem Familienleben, ihren Männern, Freunden, Bossen entkommen wollen, wenn sie gehätschelt werden wollen und lange keine Schmeicheleien mehr gehört haben. Und du kannst unser Gründungsmitglied werden.«

Während Chrissie durch die Blaupausen der Broschüre blätterte, schwebte Miss Sugar ins Büro. Sie war noch in ihr übliches blasses Grau gekleidet, aber in ihrem Schritt lag etwas Beschwingtes, und auf den Wangen zeichnete sich ein helles Pink ab. Sie hob die Augenbrauen, als sie Chrissie vor meinem Schreibtisch sitzen sah.

»Ich möchte, dass du mit Chrissie über unser neues Unternehmen sprichst«, sagte ich leise zu ihr. »Avril Grey hat uns Blaupausen ihres Entwurfs aus der Druckerei geschickt, aber erwähne Chrissie gegenüber niemals den Namen Avril Grey. Verkaufe ihr nur die Idee. Kannst du auf mich verzichten? Ich habe ein paar Mitglieder gesehen, um die ich mich kümmern muss.«

Ihr ganzes Verhalten ließ darauf schließen, dass sie eine neue Freundin gefunden hatte. So entspannt sah man sie nur ganz selten.

»Mit Glied oder ohne?«, fragte sie lachend. »Bei ›ohne‹ kannst du mir Bescheid sagen.«

»Warum glaubst du, dass ich es so eilig habe, Sugar?«, gab ich zurück und stieß sie leicht in die Rippen.

Sie hob ihr Kinn in die Luft und ging zu Chrissie, ein gieriges Glitzern in den Augen.

Ich konnte nicht schnell genug in den roten Salon gelangen. Ich hatte entschieden, ihn zu meiner inoffiziellen, persönlichen Domäne zu machen, und die Mitglieder konnten ihn nur betreten, wenn sie von mir eingeladen waren. Ich beließ die Einrichtung, wie sie immer schon gewesen war. Traditionell, anheimelnd, intim. Dunkelrote Wände, orientalische Läufer, tiefe Sofas und überall Spiegel. Ein Tisch mit vielen kunstvollen Schnitzereien, mit Weinflaschen überladen. Gedämpftes Licht. Terrassentüren führten hinaus zu einem mit Glas eingefassten Patio, der auch von allen Gästen genutzt werden konnte, die sich in den unteren Räumen aufhielten.

»Gentlemen«, sagte ich, als ich in den Salon schwebte und mich endlich mal als Herrin des Hauses fühlte. Ich fragte mich, ob ich jemals Mimis Stil nacheifern sollte. »Wie wunderbar, euch beide zu sehen. Ich hatte gehofft, dass wir uns bald wiedersehen würden.«

»Wir wollen ein wenig von dir haben, Lady, bevor dir die Aufgaben über den Kopf wachsen und du keine Zeit mehr für uns hast.«

Wie immer hörte sich Merlin ein wenig cool an, und auch die leichte Verachtung schwang immer noch mit. Er wollte mich zurück auf den Erdboden holen und mir zu verstehen geben, dass ich immer noch Pferdemist auf den Stiefeln habe, doch ich sah, dass er sich für die Reise nach London in Schale geworfen hatte. Er trug schwarze Jeans und ein weißes Hemd. Seine Haare waren kürzer geschnitten, was ihm ein jüngeres Äußeres gab. Er versprach, sehr schmackhaft zu sein.

»Für dich werde ich immer Zeit haben, Merlin. Ich meine, Mimi hat ja auch immer Zeit für dich gehabt, nicht wahr? Jedenfalls für eine Nummer.«

»Mimi ist weg«, knurrte er. Ich verbiss mir ein Lachen. Es war so leicht, den Ärger in ihm zu wecken, aber er hatte ihn auch schnell wieder vergessen. Und er hatte natürlich Recht. Mimi war weg. Und mit ihr war auch der Wettbewerb überflüssig geworden. So sehr ich sie liebte, ich wollte, dass Sir Simeon und Merlin eine neue Frau fanden, um die sie kämpfen konnten. Und diese Frau wollte ich sein.

»He, ihr zwei, hört auf zu streiten«, protestierte Geoffrey Grey und putzte seine Brille. Er setzte sie wieder auf, als könnte er uns damit zum Schweigen bringen. Auch er hatte sich ausgehfein gemacht. Er hatte sich rasiert, wodurch er jünger und reiner aussah, und sein lohfarbenes Haar, das keinen Friseur gesehen hatte, passte farblich zum weichen Tweedanzug. Seine Schuhe waren poliert, sodass ich die Reflektion des flackernden Feuers auf ihrem Leder sehen konnte. »Ihre neue Position steht Ihnen gut, Miss Summers. Sie sehen königlich aus. Verraten Sie mir Ihr Geheimnis?«

»Das liegt am Club«, sagte ich und meinte das auch. Ich ging hinüber zum Tisch mit den Getränken und griff nach einem Chablis. Sogar mein Gang hatte sich verändert, die Schultern nach hinten, die Brüste herausgestreckt, die Hüften beim Schreiten leicht schwingend. Es lag an den Kleidern, an den Schuhen und am neuen Status. »Es ist nicht so, als käme man zur Arbeit. Es ist eher so, als gäbe es jeden Tag eine Party. Und da ich jetzt die Geschäftsführerin bin, sehe ich keine Grenzen mehr. Doch – der Himmel ist die Grenze.«

»Wenn Sie nichts dagegen haben, Miss Summers«, sagte Geoffrey und hustete höflich, als er mir ein hohes Glas aus den Händen nahm, das im Kältefach gelegen hatte und nun zu schwitzen begann. »Wir möchten heute nicht unbedingt eine Party haben. Wir sind hier, weil wir unsere Ruhe brauchen, nicht wahr, Merlin?«

»Nach der Woche auf dem Kontinent, wo wir mehr Pferde für Symes Hall gekauft haben, brauchen wir nur ein bisschen TLC«, stimmte Merlin zu. Ich sah ihn mit großen Augen an, und Geoffrey half mir aus meiner Unwissenheit heraus.

»Tender loving care«, sprach er die Langform der Abkürzung aus. Also ein bisschen kuscheln und was sich daraus ergeben würde, dachte ich. Ich war froh, dass der verächtliche Ton aus Merlins Stimme verschwunden war. Er lag in seinem Sessel, und ich sah ihm an, dass er müde war. Das Paar stand mir zur Verfügung.

Ich ging hinüber zur Haupttür und verriegelte sie. Die Patiotür war nicht so wichtig. Ich legte eine CD auf. Ein cooles, sexy Saxophon zerschnitt die Stille. Die zwei Männer blieben sitzen, jeder in einem breiten Ohrensessel, und schauten mich erwartungsvoll an.

»Wenn ihr Ruhe sucht, dann sollt ihr Ruhe finden«, murmelte ich, kehrte zum Kamin zurück und betrachtete mich im großen Spiegel. Ich drückte meine heißen Wangen, dann begann ich, die Perlenknöpfe zu öffnen, die an meinem langen schwarzen Kleid hinunterliefen. »Und eine Spezialbehandlung auch, wenn ihr die Regeln beachtet.«

Die ersten Knöpfe enthüllten das tiefe Tal meiner Brüste und die runden Formen, die vom Feuer und von einigen gedämpften Lampen illuminiert wurden.

Ich öffnete noch einige Knöpfe mehr, bis ich die Knopfleiste zwischen den Beinen erreicht hatte. Das Kleid fiel auseinander, aber ich hielt es noch für einen Moment geschlossen, um auch meinem neuen dominanten Image zu entsprechen. Ich hielt den Atem an. Dann schlug ich das Kleid auseinander und ließ es auf den Boden gleiten. Dafür musste ich es zuerst von den Schultern schütteln. So stand ich da, angestrahlt vom Feuerschein, nur im schwarzen Spitzen-BH und den Strümpfen. Der hauchdünne Stoff hielt die Brüste fest und hoch, aber man konnte die dunklen roten Nippel sehen.

»Wir sagten, dass wir Ruhe suchten, Suki«, jammerte Geoffrey Grey.

»Was für ein Schicksal.«

Ich hakte den Vorderverschluss des BHs auf und ließ meine Brüste aus den Körbchen fallen. Geoffrey Grey stöhnte. Merlin grinste und strich über die schattige Oberlippe. Er streckte die langen Beine von sich weg.

Ich nahm meine Brüste in die Hände und begann sie zu kneten, zuerst sanft, dann fester. Es war ungeheuer erregend, sich vor diesen beiden Männern zu produzieren, und dann auch noch in meinem intimen roten Salon. Ich wusste sie steif vor Erwartung, und das allein reichte für meine Geilheit. Sie würden mir zuschauen, und dann würden sie darum kämpfen, wer mich zuerst haben sollte. Ich wusste, wen ich am liebsten hätte, wen ich die ganze Zeit schon bevorzugte, und er wusste das vermutlich auch. Ich wusste, wen ich zuerst in mir spüren wollte.

»Du hast einen weiten Weg hinter dich gebracht, Suki Summers«, bemerkte Merlin, der sich eine gemütlichere Stellung im Sessel suchte. »Bist du jetzt nur noch auf Dreier aus?«

»Eine dritte Person kann die besondere Würze bringen«, sagte ich, seufzte und tanzte vor ihnen herum. »Das habe ich auch erst lernen müssen. Aber ich habe es auch immer wieder genießen dürfen. Du kannst ja mal zuschauen.«

Ich entspannte und genoss es, ihre Blicke auf mir zu spüren. Die Musik brachte uns alle hoch. Ich koste meine Brüste noch leidenschaftlicher, wand meinen Körper und ließ die Haare über den Rücken schwingen.

»Ihr werdet schon vom Zusehen hart, nicht wahr, Jungs?« Die Hitze drang in meine Pussy.

»Geoffrey, wenn du nichts dagegen hast ...« Er lehnte sich zu seinem Freund. »Die da ist für mich.«

Ich legte einen Arm unter die hüpfenden Brüste, und mit der freien Hand streichelte ich meinen Körper. Ich zwickte den mit diamantenen Nieten besetzten Tanga und hielt ihn zur Seite, um ihnen meine gewachste Scham zu zeigen. Ich hatte mich noch nicht an die Stimulierung gewöhnt, ein Tangahöschen zu tragen, erst recht keins mit kleinen Nieten, die innen angebracht waren und meine empfindliche Haut bei der geringsten Bewegung massierten, rieben und kitzelten.

»Ich stelle die Regeln in diesem Club auf«, sagte ich. »Und ich sage, dass Geoffrey bleibt.«

Ich trat zu Merlin und stellte einen Fuß jeweils seitlich von seinen langen Beinen. Ich krümmte die Hüften, bis der Tanga gegen sein Gesicht rieb.

Seine Hände streichelten die Rückseiten meiner Strümpfe und kitzelten die Haut hinter den Knien. Er kannte meine Schwachstellen. Ich drückte meine samtenen Pussylippen gegen sein Gesicht und fühlte seinen Atem, der über meine nackte Haut wehte. Ich begann wieder, meine Hüften zu schwingen und nahm den Rhythmus auf, der in mir pulsierte.

»Was immer Sie sagen, Madame Summers«, nörgelte Merlin. »Aber ich bekomme Sie zuerst.«

Er packte meinen Po und grub seine Finger in die Backen, dann zog er mich zu seinem Mund. Ich hörte Geoffrey stöhnen. Ich war schon so scharf, dass ich, als Merlins Zunge meine Klitoris berührte, ein lautes Stöhnen ausstieß, als wollte ich Geoffrey antworten. Ich mahlte mich gegen Merlins Mund.

Dann, mit einer fast übermenschlichen Anstrengung, trat ich von ihm weg. »Du musst lernen zu warten, bis du dran bist, Merlin.«

Ich tänzelte hinüber zu Geoffrey. Er hatte sich auf den Boden gelegt und wie ein Hund auf alle viere begeben. Er bleckte die Zähne, und sein Gesicht rieb sich an meinen Schenkeln. Ich spreizte die Beine und nahm seinen Kopf dazwischen, dann schob ich mich seinem Gesicht entgegen.

Er öffnete mich, ohne auch nur eine Sekunde zu zögern, und starrte begierig auf das Pink zwischen den Labien. Ich spürte seine Zunge, aber gleich darauf waren es seine Zähne, die scharf an der Klitoris nagten.

Ich zuckte überrascht, als Geoffreys Zähne mich auf diese Weise bearbeiteten. Ich verlor schon bald die Kontrolle. Wen also würde ich zuerst nehmen? Wer würde es mir besser besorgen können? Es war ihr Wettbewerb, wenn sie ihn haben wollten. Ich war nur der Preis.

Merlin war inzwischen bestimmt auf hundert, aber dadurch konnte es nur noch besser werden. Je mehr sie sich aufregten, desto explosiver würde die Lust sein. Ich schüttelte mich vor Spannung.

»Nun mal langsam, Geoffrey«, sagte ich.

Ich trat weg von Geoffreys eifrigem Mund.

»Plötzlich auf hohem Ross«, knurrte er missmutig. »Was soll das denn?«

Eine Hand legte ich auf meine Brüste, die andere schob ich zwischen die Beine. Ich zwang mich, die Finger nicht zu bewegen. Langsam ließ ich mich auf den Boden nieder. Ich breitete die Arme aus, als wollte ich Gäste begrüßen, dann legte ich mich auf den blutroten Läufer.

»Nicht auf hohem Ross«, flüsterte ich. »So tief unten, wie du es haben willst.«

Die beiden Männer krochen plötzlich über mich, streichelten und küssten mich und zogen die Beine auseinander. Ich dachte, ich würde bald eine Zunge spüren können, aber stattdessen brachte jemand meine Hände hoch über den Kopf und band sie zusammen.

Ich rollte mich hin und her, mein Körper wand sich, während sie mich hart anpackten und immer noch bissen und leckten. Einer von ihnen näherte sich mit dem Mund über die Innenseiten meiner Schenkel, der andere küsste meine Kehle und strich meine Haare von meinen Augen weg. Er bewegte sich tiefer zu den Brüsten hin, drückte sie hoch und hievte die Nippel himmelwärts. Ich quietschte und juchzte, und ich spürte, dass der Orgasmus aufzog. Ich stellte mir vor, dass ich über der Szene schwebte und aus dieser Perspektive die Phantasie erlebte. Ich wüsste gern, wie lange ich aushalten konnte.

»Ich will euch beide!«, rief ich plötzlich. Ich wollte mich aufsetzen, um einen Teil meiner Autorität zurückzugewinnen, aber einer von ihnen drückte mich einfach wieder auf den Boden. »Ich will euch beide spüren. Jetzt!«

»Sie glaubt, sie kann uns herumkommandieren, aber natürlich kann sie das nicht. Schließlich ist sie nur Suki Summers.« Das war selbstverständlich Merlin, der so redete, Merlin mit all seiner Arroganz. »Sie liegt gefesselt da, wieso kann sie glauben, dass sie der Boss ist?«

»Richtig«, sagte Geoffrey Grey, aber ihm hörte man die Unsicherheit in der Stimme an. »Hast du darauf geachtet, dass der Strick nicht zu fest sitzt, Merl? Oh, sie ist eine Wonne. Lass mich zuerst.«

»Wenn du unbedingt willst«, sagte Merlin. Er amüsierte sich. »Ich warte. Glaube mir, Geoff, sie ist das Warten wert.«

Ich schlug die Augen auf. Er drückte seinen Mund auf meinen und küsste mich fest und lange, dann stieß er meine Beine noch weiter auseinander. Ich liebte es, dass wieder zwei Menschen um mich waren, die mich lieben wollten. Ich fragte mich, was Merlin wirklich dachte, als er sah, dass sein Freund seinen eindrucksvollen Penis in mir versenkte.

Meine Brüste waren nackt und geschwollen, mein Mund stand weit offen. Geoffrey bewegte sich zunächst langsam in mir. Ich sah, dass Merlin in der Nähe des Geschehens war, im Gegensatz zu damals auf Michails Party.

»Sie ist nass und geschmeidig, und sie heißt mich willkommen«, verkündete Geoffrey. »Ich glaube, für dich wird nichts mehr übrig sein«, prahlte er.

Ich schlang meine Beine um seine Taille, und er begann, schneller zu stoßen. Ich wollte nicht, dass Geoffrey etwas bemerkte, aber ich hielt mich zurück – ich sehnte mich nach Merlin. Ich nahm alles auf, was Geoffrey zu bieten hatte, aber meine Gedanken kehrten zurück zu den sensationellen

Begegnungen mit Merlin; auf dem Bett seines Vaters, im Wald, auf Chrissies Party im großen Haus, als die Stalljungs uns draußen durchs Fenster zugesehen hatten. Meine Gedanken waren mit diesen Bildern beschäftigt, aber mit meiner Willenskraft erstickte ich den Drang, die Wellen meines eigenen Orgasmus nicht auskosten zu wollen.

Geoffrey begann noch einmal härter in mich hineinzupumpen, um sein Ziel zu erreichen, und dann musste er aufgeben und seiner Lust freien Lauf lassen. Er biss in meinen Hals und stöhnte meinen Namen.

Mein Körper schmerzte und fühlte sich wie nach Prellungen und Quetschungen an, aber gleichzeitig fühlte ich mich auch beschwingt. Mir war ein bisschen schwindlig, und ich hatte vergessen, wo ich war und mit wem.

Merlin zog Geoffrey von mir weg. Geoffrey fluchte und ließ einen Schwinger los, der Merlin verfehlte. Er duckte sich und stieß Geoffrey zur Seite.

Dies war ein richtiger Test für die Männer, wurde mir jetzt klar. Aber ich wollte die Gelegenheit nicht ungenutzt verstreichen lassen. Ich wollte Merlin.

»Der Wildfang, der zur Schlampe wurde«, murmelte Merlin in mein Ohr. Seine Hände glitten langsam über meine Seiten, schoben die Brüste zusammen, ließen sie hüpfen. Er tauchte mit dem Kopf hinab und fing einen Nippel mit dem Mund ein. Er biss hart zu, und der scharfe Schmerz schickte auch Verlangen durch meinen Körper.

Ich zitterte von der Mischung aus Schmerz und Lust. Er ließ die Zähne um den Nippel, der zum glühenden Knopf geworden war. Er hob meinen Po an und beugte den Kopf, dass er noch in meine Brüste beißen und gleichzeitig seinen Penis in die Richtung meiner nassen, wartenden Pussy bringen konnte.

»Fick mich, Merlin«, grunzte ich.

»Solche Ausdrücke von der Geschäftsführerin?«, fragte er. »Also gut, Wildfang, ich fick dich.«

Sein Schaft schien noch größer zu sein, als ich ihn in Erinnerung hatte. Die üppige Spitze füllte mich aus, aber das Gefühl wurde erst großartig, als er ruckweise den Schaft nachschob.

Eisenhart fühlte er sich an, und ich lechzte nach jedem Zentimeter, der in mich eindrang. Noch bevor er ihn ganz in mich versenkt hatte, zog er ihn wieder hinaus, um mich zu ärgern. Dann begann das Nachschieben von neuem. Er mahlte in meine schmerzende Pussy hinein, neckte, koste, forschte. Es war eine Wonne, ihn so zu erleben.

»Du musst mal sehen, wie sie all ihre Dominanz, ihre Überlegenheit verliert, wenn sie ordentlich herangenommen wird«, sagte Merlin zu seinem Freund. »Ich kann doch auf eine solche Möglichkeit nicht verzichten, oder? Komm, wir sehen mal, wie lange wir das rauszögern können.«

Mein Atem kam jetzt schon hechelnd. Merlin steckte in mir. Er ließ meine Brüste los. Sein Gesicht hing über meinem. Kleine Perlen aus Speichel glitzerten auf seinen Lippen, angestrahlt vom roten Feuerschein. Er krümmte den Rücken, um die ganze Länge seines unglaublichen Schafts mit noch mehr Wucht in mich hineinzutreiben. Seine Backen bewegten sich immer schneller und ruckten vor und zurück.

Meine Arme waren über dem Kopf zusammengebunden, aber ich konnte mich trotzdem bewegen. Ich presste meine Schenkel hart gegen seine Hüften und wollte, dass wir gemeinsam spielten. Er verharrte für ein paar Sekunden, das gab mir die Gelegenheit, als er die Bewegungen wieder aufnahm, in seinen Rhythmus einzufallen.

Sobald unser Stoßen harmonierte, als hätten wir es abgesprochen und viele Male geübt, fühlte ich die aufkommende

Ekstase, die sich an einem bestimmten Punkt sammelte, bereit zur Explosion.

Der kühle, boshafte Merlin verschwand. Es waren nur wir beide, die auf dem Läufer lagen und geräuschvoll stöhnten. Er zog sich langsam aus mir heraus, dann stieß er wieder zu, einmal, zweimal, dreimal. Mein ganzer Körper wurde von Zuckungen erfasst, und ich spürte, dass er auch kam, dass er in mich hineinpumpte. Meine inneren Muskeln drückten ihn, umschlangen ihn wie einen ganz engen Handschuh. Ich wollte jeden Tropfen aus ihm herausquetschen.

»Binde mich bitte los, Merlin«, sagte ich mit zitternder Stimme, als ich wieder Luft schnappen konnte. Ich zog meine Knie an und presste sie gegen meine Brüste. »Die Nacht ist noch jung. Aber ich kann euch beide nicht unterhalten, wenn ich nichts mit meinen Händen anfangen kann.«

»Nein«, zog Merlin mich auf. Er hatte sich gegen seinen Sessel gelehnt, aber noch auf dem Boden sitzend. »Mir gefällt es, wie du jetzt bist. Hilflos und nackt. Nicht mehr die große Chefin, was?«

»Du hast dich überhaupt nicht verändert«, beschimpfte ich ihn und zerrte an meinen Gelenken, um zu sehen, ob ich die Knoten ausleiern konnte. »Du bist und bleibst der Stalljunge. Und ich Närrin habe gedacht, wie gereift du heute Abend ausgesehen hast.«

»Leute, he, seid friedlich. Ihr habt gerade eine schöne Zeit erlebt«, rief Geoffrey. Er wollte sich aufrichten. »Ich werde Sie befreien, Miss Summers.«

»Untersteh dich«, warnte Merlin.

»Ich kann immer noch Rick rufen«, sagte ich. Unser Barmann Rick hielt sich immer im Hintergrund. Er schaute immer zu, ganz egal, was ich gerade zu tun hatte. Der Gedanke, dass er noch dazukam, hatte was Verlockendes.

»Binde sie los, Merlin«, dröhnte eine Stimme durch den Salon. »Dies ist kein Verlies.«

Merlin und Geoffrey griffen nach ihren Kleidern, dann wandte sich Sir Simeon knapp an mich.

»Miss Summers«, sagte er leise und trat über uns hinweg. »Auf ein Wort.«

Neunzehntes Kapitel

Wie ein ungezogenes Schulmädchen stand ich vor Sir Simeon. Er hatte Merlin und Geoffrey aus dem Salon geschickt, bevor ich dagegen protestieren konnte. Sie warteten jetzt wie schmollende Jungs in der Bar.

Ich war immer noch aufgedreht und stellte mir vor, wie Sir Simeon mich im Landhaus genommen hatte. Sein Gesicht war erst in der Ekstase weich geworden.

»Merlin sollte sich auf das Leben auf dem Lande konzentrieren, findest du das nicht auch?«, fragte er und nahm eine Fotografie in die Hand, die ich auf den Tisch neben dem Kamin gestellt hatte. Das Foto – es war ein paar Jahre alt – zeigte mich auf meiner arabischen Lieblingsstute; meine Haare und ihr Schweif wehten in einer atemberaubenden Sonnenuntergangsstimmung, und im Hintergrund konnte man die Pyramiden sehen.

»Er hat dort schließlich eine Aufgabe zu erfüllen«, fuhr Sir Simeon fort. »Ich glaube nicht, dass London der richtige Ort für ihn ist.«

»Er ist hier als mein Gast, Sir Simeon, und auch als Mitglied des Clubs«, antwortete ich unbekümmert. Ich legte eine Hand auf die Hüfte und nahm mir vor, meine Ruhe nicht zu verlieren. »Und es wird ihm sehr schwerfallen, nicht mehr zu uns zu kommen. Ich finde, er passt gut zu uns.«

»Ist das alles, was er will? Gut zu euch zu passen?«

»Wenn man es genau nimmt, kommen alle aus dem einen Grund«, antwortete ich und stützte mich auf den Arm des

Sofas. Ich schloss ein paar Knöpfe meines Kleids. »Sie wissen, dass der Club deshalb so erfolgreich geworden ist. Seit Mimi mich beauftragt hat, den Club zu führen, und Sie verkündet haben, dass Sie sich zurückziehen wollten, habe ich die Arbeit so erledigt, wie ich es für richtig hielt. Und natürlich wie es den Mitgliedern gefällt.«

Er lehnte sich in seinem Sessel zurück. Er trug einen dunkelblauen Anzug mit einem Nadelstreifen. Die weißen Manschetten seines Hemds unterstrichen seine braune Haut. Er könnte ein Politiker sein oder ein pensionierter Richter.

»Ich habe Mimi darin unterstützt, dich als ihre Nachfolgerin einzusetzen«, sagte er. »Aber ich habe immer noch die Macht, dich rauszuwerfen, wenn ich das für nötig halte. Und was Merlin angeht – ich teile dir mit, was ich dazu zu sagen habe, ich bitte dich nicht. Und wenn du nicht aufpasst, Miss Summers, könntest du Jahre sorgsamer Planung vernichten. Ich will nicht, dass der Gentlemen's Club oder auch der neue Club, den du planst, eine schlechte Reputation erhalten.«

»Nun, Sir Simeon«, sagte ich und setzte mich neben ihn, »das ist zu spät, denn beide Clubs haben bereits eine Reputation. Man spricht darüber. Viel mehr und viel besser als vor meiner Zeit. Das lässt sich nicht mehr zurückdrehen. Das würde nur möglich sein, wenn Sie den Club schließen wollen. Und das nur wegen eines albernen Familienstreits?«

Er strich mit einem Finger nachdenklich über die Unterlippe. Ich hielt meinen Blick auf ihn gerichtet, während ich langsam die Beine übereinanderschlug.

»Ich sehe, dass es keinen Sinn hat, mit Ihnen zu streiten«, bemerkte Sir Simeon nach einer Pause. Auf dem Patio konnten wir männliches Lachen hören, als Rick seine Cocktail-Shaker arbeiten ließ. Wie das ungezogene Schulmädchen sehnte auch ich mich danach, dass Sir Simeon das Gespräch für beendet erklärte, damit ich zurück zu meinen Freunden gehen konnte.

»Ich fürchte, das ist richtig, Sir Simeon. Ich habe zu viel Spaß. Ich bin entschlossen, diesen Club erfolgreich zu führen, aber auf meine ganz eigene, süße Art.«

»Du hast in kürzester Zeit sehr viel gelernt«, murmelte er und betrachtete mich lange. Ich blieb still auf dem Sofa sitzen und atmete sein Cologne ein. »Ich habe die rabiate Geschäftsfrau nicht unter der alten Baskenmütze vermutet und habe auch nicht die Domina im schlecht sitzenden Polyester-Kostüm gesehen. Aber ich habe das kleine Biest in dir gesehen.«

»Aber mögen Sie nicht, was Sie sehen?«, fragte ich leise und fügte noch ›Verführung‹ auf die Liste meiner Fähigkeiten hinzu. Sein Jackett öffnete sich über dem pinkfarbenen Hemd, als er einen Arm über den Sofarücken legte. Sein Bauch war flach und überraschend muskulös unter dem Hemd. Ich wusste schon, dass er kräftige Arme hatte.

»Mimi ist eine Expertin. Wie ich hat sie dein Potenzial erkannt, und sie hat Recht behalten. Dieser Job hat dich geöffnet. Wie eine Blume. Man braucht dich nur anzusehen.«

»Und was sehen Sie?« Es ärgerte mich, dass es Mimi gewesen sein sollte, die mich geformt hatte, aber es lohnte sich nicht, das zum Thema zu machen – Mimi war nicht da. Ich war da.

»Eine überwältigende sexy Mädchenfrau. Halb ungeschliffen, mit Menschenverstand und mit Halbbildung. Ich würde dich immer noch mal gern nackt im Heu sehen.«

Er streckte sein Bein und verzog dabei das Gesicht, und mir fiel ein, dass er trotz seines versteinerten, unbeugsamen Äußeren wenigstens eine Schwäche hatte. Es entstand ein Schweigen zwischen uns, das vom Klappern der Töpfe und Pfannen in der Clubküche gebrochen wurde. Ich setzte mich aufrechter hin.

»Wie wäre es mit mir nackt hier auf dem Sofa?«

Sir Simeon lachte, und seine blauen Augen verrieten, dass er sich amüsierte. Er zog mich heran, bis mein Gesicht dicht vor seinem war.

Ende

Zwei Frauen und ein Vorhaben: „Wir machen dich zum Sex-Star“

Anna Clare
SEX-STAR
Erotischer Roman
Aus dem Englischen
288 Seiten
ISBN 978-3-404-16495-0

Claire Sawyer ist PR-Beraterin. Als sie die Gelegenheit erhält, aus dem unbedarften Studenten James einen Star zu machen, greifen sie und ihre Freundin Santosh zu. James steigt zu den Promis auf, verkehrt mit Rockstars und Models. Was Claire und Santosh nicht wussten: Ihr „Spielzeug“ hat einen eigenen Willen und lebt seine Sexualität in vollen Zügen aus.

Bastei Lübbe Taschenbuch